樂 府

心里滿了，就从口中溢出

旧巢痕

评点本

拙庵居士 著

八公山人 评

北京联合出版公司
Beijing United Publishing Co.,Ltd

目 录

第一回　世纪儿／〇〇一

第二回　磨洗认前朝／〇〇九

第三回　大老爷／〇一九

第四回　苦命女／〇三三

第五回　人之初／〇四九

第六回　何处是家乡／〇六七

第七回　二表姐／〇八三

第八回　不由人算／〇九七

第九回　八哥劫／一〇五

第十回　描红／一一一

第十一回　见世面／一一九

第十二回　菊花／一二九

第十三回　浑人／一四一

第十四回　新居／一五一

第十五回　抓麻雀／一六五

第十六回　兵变／一七三

第十七回　出阁／一八一

第十八回　新娘子／一八九

第十九回　七岁成人／二〇七

第二十回　长嫂为母／二一五

第二十一回　新风旧俗／二二一

第二十二回　天雨花／二三七

第二十三回　木鱼伴／二四九

第二十四回　家塾／二五七

第二十五回　过五关／二六五

第二十六回　洪水／二七五

第二十七回　黄大仙／二八五

第二十八回　树倒／三〇一

第二十九回　猢狲散／三二一

第三十回　尾声／三三三

第一回

世纪儿

评曰：从出生写起，在世纪初年，故题名"世纪儿"。共两节。

原书无回目。兹代拟如下：

世纪开场　呱呱儿啼认外界

王朝倾覆　隆隆炮火识将来

公元一九一二年，即孙中山在元旦以临时大总统的名义宣布推翻专制建立共和并改用阳历的那一年，旧历七月初、新历八月中的一个炎热的晚上，在江西省 W 县的县衙门后面一所房子的一间小小的偏房里，一个男孩子呱呱坠地了。

这位母亲的虚岁只有二十一岁。她在"坐草"时昏昏沉沉地仿佛听见"收生婆"低声咕噜一句，"男孩"；但她正在痛苦中挣扎，也没有理会到这一个词儿的严重含义。后来她被"收生婆"扶上床去，半卧半靠着躺在床上，身旁放着刚从她身上脱离出来的包扎好了的小娃娃，这时她才稍微清醒一点，耳边似乎听到了"收生婆"在外面中间堂屋里大声报喜：

"恭喜老爷！恭喜太太！添了一位小少爷。"

接着是闹哄哄的领赏和谢赏的声音。她望了望身边的闭着眼睛不哭不叫的小男孩，明白了自己是生下了一个儿子，随即闭上眼睛睡去了。

并没有人进屋来向她道喜。她只是一个生产工具，生产出来的东西不归她所有，而是属于老爷太太的。

她的这间屋的门框上面还贴上了一个小小的红布条，表示这是产房，有"血煞"，告诉人不要进去冲犯；产妇也在

"生产工具"中是不是应加上妇女一项？生产活人的工具是不是"最最最"主要的生产力？至少中国古时人就是这样认为的。所以有些征服者把被征服者中男的杀掉，而将女的留下来生产娃娃。可惜论传统文化者很少注意此点加以重视。

一个月内不能出这房门。这叫作"坐月子"。

她昏睡着不知过了多少时候，也许是只有一会儿，觉得有人进来；开眼一看，原来是一个中年妇人，手里捧着一碗红糖水，递给她喝，并且说：

"恭喜你呀！生了一个小少爷。这就好了。"

接过空碗后，她又说：

"老爷听说生的娃娃是男的，很高兴，说他明年就六十岁了，在这兵荒马乱的时候又得了一个儿子，是老来福，看来他运气还没有变坏。还说他今天卜过一卦，很灵。你好好养息，躺在床上不要动，身体要紧。我马上给你端两个荷包蛋来。活鲫鱼买来了，做汤，给你'表'下奶。有了奶就什么都不愁了。唉！你要早一年生就好了，那时老爷还做着官，哪里会像现在这样！"

她接着又低声说：

"你好好养息，不要着急下地。听说外边乱得很。有人说会到衙门来抄县官的家。我想是谣言。你不要怕。老爷这样大年纪。你有了少爷就什么都不要怕了。我过一会儿就来。"

这位对她十分体贴的中年妇人是"包厨"的大师傅的妻子。她到现在还没有生下一男半女。夫妇两人是县官的小同乡，从安徽的乡下远来投靠，给县官做家乡饭菜，渐渐包办了全家以至全县衙的伙食，也积了一点钱，只是愁没有儿女。她正在盘算着要买一个女儿来"压子"。

产妇又望着身旁的孩子。孩子还是闭着眼睛熟睡不醒。她朦朦胧胧地想着："生了一位少爷，这就好了。"这时她才想到，自己的一辈子就靠这小小的一块肉了。想着，她不由得亲了一下这块从她身上取下来的肉。小娃娃张嘴轻轻发了一点声音，却还是没有醒过来。

这位年轻的母亲现在完全清醒过来了。她身上还隐隐有余痛，可是她不顾这些，只想到一件事："我生了一个儿子，该不会再卖我了吧？"

这个还不到二十周岁的姑娘已经被卖三次了。

她记得自己是生在 K 县的一家铁匠铺里，小时天天听到叮叮当当的打铁声。不知为什么她只有几岁就被卖到一家人家去当了丫头。从此再没有见到自己的父母。她每天干着各种各样的零星活，挨打，受骂。到十来岁时又被卖到一个做官的人家，到了南昌府。这家姓 Y，官派十足，和前一家不同。她干的活也不一样了。她要侍候老爷、太太、少爷、小姐。对她的要求也不一样了。不但要懂得做官人家的规矩，还要打扮得像个丫头样子。她梳头、穿衣、走路、行礼、叫人、拿东西、当厨师下手、给太太端烟袋等等都可以过得去，只有一样没法办：大脚。她在家时不曾裹小脚，买她的那家不是大户人家，又要她干粗活，也不管她的打扮，只形式上裹上了，实际上脚还在自由生长。可是 Y 家的规矩不一样。尽管是丫头，也不能不裹小脚。大脚就是犯法。虽然下等人妇女可以大脚，但是大家门户里连丫头也必须有"三寸金莲"才像个样子。于是她受罪了。一丈来长的裹脚条裹了又裹，还加上白糖一样的也许是矾的东西，据说能使骨头变软。裹脚并不能减轻她的工作；一切照常，一点马虎不得。脚整天痛得要命，却

男女之别天上地下，一生一死。生男则自己有希望活下去。生女则会当作货物卖掉。求生不得，求死不能，令人想到当年的"黑奴"和华人"猪仔"。男为奴，则女人为奴之奴。奴挨了主人打，回家就打老婆出气。

一点也不见小，只能求它维持原状，不再长大。可是这也不行，无论如何也要把脚指头狠命裹得成为一个尖子。鞋子只能缩小，不准放大，鞋前头必须呈尖形。她的一双脚像放在铁鞋子里一样，走起路来一扭一捏，受尽了罪。她实在不能忍受下去了，便实行了暗地的反抗。到晚上，上床后，她在被窝里偷偷把裹脚条松开了，舒舒服服地睡一大觉。白天她再照样活受罪。这样的结果，整个脚没有再长大，鞋子没有加尺寸，可是脚骨也没有变形，没有缩小，只是脚指头裹得弯曲紧缩，成了不大不小的畸形的脚。这双大脚使Y家的人直叹气。但是打和骂和罚她不吃饭也改变不过来。这双大脚使她在Y大老爷身边留不住了，只能当干粗活的丫头。十八岁还未满，主人就把她卖出来了。她只知道出卖的原因是这双挨骂的大脚，至于其他什么道理，那是官府人家的事，她一点不懂，也不知道。

缠足、裹小脚之苦，今日女郎无法想象。不知今日男士还有没有如古时男人欣赏"三寸金莲"者？有没有人还想恢复"束胸"和"贞操带"？若有，那就给男人恢复"宫刑"吧。想到古时男人怎么对待女人，那就不必怪女帝武则天对男人那么仇恨、那么轻蔑了。

Y家叫人卖她的时候，正好这位捐到W县知县的官儿来到了南昌府。这位县太爷的官太太是他的第四次续弦的夫人，还不满五十岁。她三十岁过了才出嫁，只生了一个儿子。她是小脚，又胖，本来就不大能动，近来忽得了气喘病，常常发作，坐在床上哼，要有人在身后跪着捶背。她还一把一把吐浓痰，甩得满地都是，需要有人不断打扫，要干净就得有人不断给她递吐痰的盖碗，不断洗碗，还要有人侍候她吃药，"定喘丸"。这些事，前房留下的儿子是不干的。她自己的儿子年幼，也不干。前两房留下的两个女儿只好勉为其难，可是小姐也只能轮换管管递药和捶背，打扫之类的事还得由"下人"来做。这样，有了使用丫头的必要。同时，这位县太爷本是穷秀才出身，好容易一步步奔忙到现在，才把历年弄到手的钱捐出去买到一个县官做，五十多岁才真正过官瘾。官太太更有使用丫头之必要。经官媒人一说，Y 家的丫头长得又白，又年轻，身体又好，听话，能干，只是一双大脚难看，老爷和太太便都同意要。由于是从官府人家出来的，据说总共花了三百两银子才买进了门，取了一个丫头名字。不久，老爷取得了太太的同意，把她收了房，以便自己也得到贴身服侍。

没想到这丫头真有福气，竟在这"鼎革"之年，老爷头上的花翎和顶戴都掉了下来的倒霉年头，给他生下了一个儿子。晚年得子，算是难得的喜事。这丫头在

一卖再卖三卖，无非是因为是个女人。男人也卖身，可就不那么容易。

老爷的心中地位上升，竟隐隐有候补太太或是正式姨太太的资格，专等那多病的胖夫人归天了。

不幸的是，先归天的不是太太，而是老爷。

公元一九一三年的阴历三月中，江西 W 县衙门后面那所房子的一间小书房里，一个小老头坐在藤椅上，头向后靠着椅背，一手搭在扶手上，一手抚着胸口，闭着眼睛，无声无息。他面前的桌子上放着一只空碗，一双筷子，一个盘子，里面有一根油条。桌上还有打开的墨盒，上面架着一支小楷毛笔，旁边是一张纸，纸上几乎写满了行书字，有许多添注涂改，仿佛一篇文章稿子，题目却是《上大总统书》。

这位老人打扮得很特别。他穿的不是清朝和民国时流行

临终作道士装束，大概是不殉清朝也不顺民国之意吧？

的长袍马褂，却是一件前面相合无扣而系带子的道袍。其实这就是明朝的常服。他不是前半脑壳剃光而在脑后拖着一根大辫子，也不是剪成短发或剃成光头，而是把全部头发留起来梳成一个髻盘在头顶上，用一根簪子别着。头上戴的是一顶道士小方帽，盖住髻和簪，帽的前额上钉着一小块翡翠。他留给后人的一幅入殓时的炭笔半身画像就是这个样子。据说请来的那位画家看了一眼，注意了服装，就凭照片画了出来，面貌还很像，连紧皱着眉头都一点不错，正是临终遗容。

他靠在藤椅上不声不响，鼻息全无，心脏不跳；原来他在吃了一根油条并喝了半碗稀粥之后，就忽然离开这世界了。现在看来，送他命的是急性心肌梗死。

过了些时候，进来一个年轻的穿着短衣的丫鬟模样的人。她是来收碗的，一见老爷睡着了，便想到要盖上点什么。她轻轻地收起了碗、筷和盘子，匆匆出门，正要放下东西去拿件衣裳，恰好看见了三小姐。她说老爷坐在椅子上睡着了。三小姐说："怎么？才吃早饭就睡了？"两人一讲话又惊动了隔壁屋里的太太；她也走出门来看。三人一同进书房时，猛然发现老爷这一觉睡去是不会再醒过来了。于是哭声大起，一阵慌乱，惊动全家。

这年，死者刚到六十岁。

评曰：此开卷第一回也。作者自云：昔贤小说评书中人物曾有句云，天下无能第一，古今不肖无双。此书中人虽非纨绔公子，但无能和不肖倒是超过了那位小王爷，只是其平生经历江湖、廊庙、在家、出家，却没有那样一支笔写下来了。

评曰：写世纪儿出生先说父母，是古来传统写法，现在不免过时，过时人写过时事，用过时章法、笔调，双方正好配合，不可以此贬低本书。但写丫鬟只见大脚，写老爷只见皱眉头，写太太只是又胖又病，比起时下小说新潮一新再新，洋人的叙事描写手法一"后"再"后"，实在是太落后了。古来小说不知有多少，传下来的不过多少分之一，此刻又只有很少几部变成了连环画，上了银幕、荧屏，大约不必过几年就不会有多少人看原本的有字书了。可以断言，此书不久即将埋没，我这评语也必成为古董。但愿若干年后有一天作为文物得以发掘出来展览，那就是邀天之幸了。[1]

1　这一段评语原写在另一页纸上。
　　本书为金克木先生的小说体回忆录，所谓"拙庵居士著、八公山人评"，皆金先生自己所玩之游戏。书中的"评曰"和边注，都是金克木先生自己假借八公山人之口所做的评注。——编者注

第二回

磨洗认前朝

评曰：这一回写一百年前读书人做官的一条道路，实是一部长篇小说的材料，压缩下来像个干瘪的木乃伊，很不像话，但又省略不得。明眼人自可从这里觉察出前朝、后朝，父与子，经历的过程现象不同，道路是一样的。磨洗今朝即可见前朝模样。所以这一回又是世纪儿的影子，预示本书没写到的故事。

仍为代拟回目如下：

旧影现前朝读书种子

新潮观后世官宦人家

这位县官的一生是清朝末年一小部分封建知识分子的经历途径。

从出身追本溯源，他并不是出于世代书香门第，官宦人家。

在明末清初的农民大起义中，他的远祖一家从四川出来，最后流落到安徽S州的F县。这名义上属于州官管辖的县，其实县治只是河岸边的小镇，同所属的乡间集镇差不了多少。离县治不过五里路就是一些小山头环抱的谷中盆地。这家人就在这里定居下来。大概是依靠全家的勤劳开荒，这片山地居然渐渐变成生长粮食和果树的小桃花源。这家人也繁殖成为一族人。他们占据了这个小山区。山中并无一家外姓。这块地也一直没有名字。全族务农，也不闹事。县官衙役只管收钱粮；因出息不大，并不打他们什么坏主意。这一族人口增长也不快，尽管分家再分家，却总是靠开荒种地过日子，兼并还谈不上。地又少，又在山窝里，又是只有一姓，因此外来的别的族的滋扰也几乎没有。所以这地方就是以他们的姓为名，加上一个山字，外面人再给加上一个穷字。"穷山K家"就这样经过了清朝直到民国，三百年间缓缓发展，地扩大了，人增多了，情况却基本上没有大变化。到一九四九年以后，在共产党领导下进行土地改革运动时，这个穷山沟里竟没有划出

这一大段写广大中国山区中一个小地方的千年缩影。城市化后，这情况一去不复返了。

一户地主，只有一户被划为富农，其余都是中农和贫农，还有在本地和到外村去当长工的雇农。这里识字的人很少。有一个小小私塾，但教书的也不能算是知识分子，老师也不识多少字，还是靠种几亩庄稼为生。学生是一些小孩子，念几年，最好的能记账并写几句半通不通的信，就不念了。从没有人想到读书应考做官。好武的人倒有过，在太平天国时期有人曾出山去参加打仗。结果是都没有回来。在起义的太平军和捻军以及合肥李鸿章率领下的保清朝镇压革命的淮军中，两方面都没有出身于这山窝的人当上什么头领。这里的人为生活而劳累，他们的劳累又刚足以维持生活，正是一个自给自足的小农经济社会，商品关系只是到附近县城（其实连城墙都没有）去卖山货和买工具及很少的生活用品。到民国时期，这里还有人用火镰石生火。这的确是一个闭塞的小天地。上文说的那位县官曾经捐出二百两银子，交给族长，要盖祠堂，修家谱，结果是一场空。这一族的历史只有口头传说和不完全的未修成的家谱的序言草稿。

　　大约在清朝道光年间，鸦片战争之前，这一族中有一小户搬了出去。这是一家五兄弟中最小的弟弟。说不清究竟当时为了什么原因，也许是家务纠纷，这个读过一点书的小兄弟遭到歧视，就带着家眷搬到了三十里外的 S 州城里。逢年过节他们还回来祭扫祖先坟墓，但他们在这山窝里已没有田地房屋，再不回来种地了。

　　这个小兄弟在城里可能是靠亲戚的帮助居然扎下了根。城里东北角有一片农田，田边有座东岳庙。庙旁是菜园。他家在这里修盖起了几间草房。不久以后，房子前后左右都成了菜园。房前面的菜畦是他家的，再过去是一处小池塘，再往前就是北城墙，城外的山遥望着他家的大门。房子盖得很小，却很结实。尽管是半砖头半土坯做的墙，茅草盖的顶，年年都要修，竟然一直维持了一百年左右，到抗日战争中才全部倒塌。

这个小兄弟只有一个儿子，他便全力支持孩子读书。这孩子念书还不错，竟能考进了"学"，成了全族中第一个读书人。山里的人对他们也改变了看法。他们虽然认为弃农弃山去进城读书不合传统，也不相信他们的后代能有爬进官僚群中坐轿子的命，可是仍不能不承认族中出了一个读书能见到县官的孩子是个光荣。这个孩子考上了秀才以后就没有再上升。他既没有到府里和南京去应更高级的考试的经济条件，也没有考取举人的野心和自信，能在城里和当地上层人士平起平坐就是很高的幸运了。他却没有料到这幸运是要他付出生命代价的。

太平天国末期，这一带的仗打得很厉害。皖北出了一个反复无常的苗沛霖。他是个举人，却投了太平军，见清军得势又投清军。当他打着太平军旗号攻打 S 州城的时候，城里的州官集合人守城，把一些绅士，包括教书秀才，也拉来帮助守城指挥作战，以壮声势。这位从山中来的农民族中的秀才也在其内。城一破，他死了，尸骨无存。清朝一胜利，抚恤为皇帝效忠的人，他当然在内。除列入县志，明令褒奖等等以外，还给他的独子一个恩赏的功名，一个未经考试而得的秀才头衔，贡生。这个独子却也奇怪，竟不肯借此进一

为什么这家人要离乡进城？是全族不容吗？那又为什么？留下一个谜，无人能破了。但由这位后代念念不忘捐钱修祠堂，修家谱，而族长收下银子不肯修，也就可以说是露出蛛丝马迹了。这种情况，今日少年只怕更难明白了。然而修祠堂拜祖坟以自称子孙为荣的事断了吗？漂流海外者如此自有思乡道理，海内如此为了什么？

步应考，也不肯利用这个去走动官府，却躲在家里不出来，只极力培养他的下一代独子。他自己四十多岁就死了。他的独子却考取了秀才，又补上了廪生，每月有官费，而且有资格给考秀才的童生做保人以取得报酬。他于是成了教私塾的教师，还常常作些诗文，有了点名气。菜园当然是雇工去种了。

这位完全成为知识分子的正是前面说的那位县太爷。

他不满足于小县城中"才子"之一的小名声，离开了本乡本土，到晚年竟然做了清朝末代皇帝的一任末代小县官。

他怎么做上官的呢？这也是说来话长。

他三十岁作的《自寿》诗中有两联对句说：

小阳春好光阴速，大母年高奉养难。

妻子安贫情共适，弟兄无福影尤单。

那时他还有点像他父亲那样自甘守住家门的神气。可是家中情况有了变化。他家三世单传（指男的，不算女的），都是独子，他那时却生下了五个儿女；偏偏又是"妨妻"的命，一连死了三个妻子。大儿子虽然早早考上秀才，却也是"妨妻"，同父亲一样，娶一个，死一个，留下孩子；娶到第三个时，共有了一儿一女。人口增加，婚丧不断，两个穷秀才教书加上半亩菜园还要雇人种，经济上不大能自得其乐了。他在母亲故去和儿子成立以后，快要四十岁了，就离开家到附近几个县去找出路。初次出门，带钱不多，幸而在封建社会中亲戚朋友关系还起点作用。他在这次的《浪游日记》中写道：

"……登舟时，表弟忽来送行，赠银蚨八元。可感也。"

在这"浪游"的几年中，他认识了一些朋友，知道了一些在外"应酬"的门路。有当时他作的一首十足酸秀才气的《赠友》诗为证：

天涯有客感离群，无限春愁托暮云。

别绪时邀花共语，闲情偶借酒微醺。

半生漂泊空怜我，一字推敲幸有君。

喜缔新交胜旧友，联床彻夜话殷勤。

诗不佳。但出自学作"试帖诗"的秀才之手也算难得。当时龚定庵（自珍）的诗还不大流传。一般人熟悉的是《随园诗话》。那书提倡"性灵"，好比后来怎么想就怎么写的白话诗。这里引的诗正是此体。这也不是高雅文人所谓"同（治）光（绪）体"。

他就这样在邻县有钱人家中教家馆。大儿子也在家教书。甲午年（1894）中日战争爆发了。他有个不知什么关系联上的老师，姓戴，在军中做官，邀他前去。他自认是"驿马星动"，欣然上路往天津赶去转海道。不料人还未到，那位老师已随丁汝昌、邓世昌殉国而死了。这只使他在诗稿《天籁自鸣》中留下一首哭戴老师的七言古诗和诗前面的序。不过他这一趟路也没有白跑。因为他远来为师理丧，帮助老师的家属和亲友做了点事，竟由此得到与已故老师有关联的人推荐给一位S"军门"去教家馆。称为"军门"，实际也不过是个中级军官，但官总是官。他在这位军官家中当了家庭教书先生兼作点私人秘书的业余工作。仗着他的"八行"（那时信纸行款是一张红纸分为八直行，所以书信也叫"八行"）还来得，骈散体裁和行款都熟悉，一封信从切合身份关系的称呼后的"恭维……"起，到问候什么"安"止，连"抬头""落款"，都是能恰恰写两张，一行不多，一行不少。其实说事情的话只有三两句，余下的尽是浮文套语，不过各种说法等级不同，必须切合双方关系，用错便成笑话。正是会者不难，难者不会，在读书人都只学八股文、试帖诗的时代里，会写应酬信也是一种能耐。他在经书、诗、文、八股之外还有点杂学，能谈兵，谈"经济"（古时指政治，包括理财），也能引几句《纲鉴》吓唬外行，还会星命占卜，谈"奇门遁甲""大六壬""文王课"乃至"天文"（看星象）、"地理"（看"风水"即看"阳宅""阴地"），甚至记得几个验方，有一部《验方新编》。很快他就得到了这位"军门"的赏识。一次谈话中，这位S大人竟关切地问他的理想前途，慨然答应给他谋一个"卡子"。这真是意外的"栽培"，使他身份一变。原来曾国藩和李鸿章在打太平天国和捻军时，为筹军饷设了很多"厘金"关卡，在水陆码头商旅必经之地设上"卡子"，派一个官吏，带上差人和扛枪背大刀的兵，拦路抽税。每一"卡子"按照收入大小估计，定额包交；上级只到时照额要款，不管你实际收了多少税。自然连收税带受贿，这样的"卡"买路钱的包税人，除了稀罕出奇或倒霉透顶的大傻瓜以外，没有一个不赚钱的。这差使照例要交钱买，名义当然叫作"捐"或"报

八股文只是敲门砖。书生要混饭吃，为人用，就得会杂学。清代幕僚是一个重要的社会阶层。李鸿章原是曾国藩的幕僚。

要打仗就得筹军饷。指望清朝政府给汉族人民间自办的湘军、淮军发饷是不行的。尽管打的是共同敌人，朝廷也不能给不是八旗子弟兵的汉人武装发饷，于是自谋生路，创下了随地征收"买路钱"的关卡制度，也造成了一种风气。这也是传统。

效", 其实就是买。又不是人人能买, 那就要有势。"卡子"越大, 缺越肥, 抢的人越多。这本来是为筹军饷, 所以军官对此有特权。一个"军门"要弄一个小小"卡子", 真可谓不费吹灰之力。果然, 不久就代他办好了一个起码的"卡子", 地名连现在地图上都找不到, 叫作"二道口"。有个"军门"的旗号做后台, 他连干了两三处"卡子"。尽管地方都小得可以, 收入总是比教书大得多。于是他续娶了第四个妻子, 把小儿子和三个女儿都接了出来。大儿子不需要再管全家, 便也找个机会到了河南。这一家人就由山沟进城里, 由小县出来见世面了。

　　S军门没有升大官就去世了。这位包税人却连年捞了一笔钱, 就照当时清朝的公开卖官条例, 花钱"捐班", 买到了一个县官之职。表面上是因为他本是秀才, 有"功名", 比商人捐官不同, 实际上是另有门路。那时捐官的多是"候补道"之类, 官阶较高, 花钱也多, 名义好听, 却不知何年何月才能"补"上。他要求不高, 又不怕边远穷瘠。竟得到分发江西Y州。先在一个小县里混了一气, 又搜刮了一笔银子"报效"朝廷, 竟买到了"入京引见"。大概是宣统登基的第三年初, 他兴冲冲地跑到北京, 向吏部之类衙门"报效"一番, 到午门磕了头, "望阙谢恩", 拿着"署理Y州知州""实放W县知县"的封官文书回江西上任。得意之余, 他作出了一生最后一首诗, 其中说, "仰首天颜真咫尺"。其实宣统皇帝溥仪当时才五岁, 未必坐在龙廷御座上, 他也不见得敢远看，看也看不见，这不过是在诗中说大话罢了。

看来官运亨通，不料清朝一旦土崩瓦解。南昌"光复"，他连忙表白赞同。这也不行，江西人要这个安徽人把在江西几年搜刮的钱全交出来，一文也不许带走。不幸他得的既不是"肥缺"，又开销浩大，最后一趟北京来回，从南昌各衙门一直送礼送到北京朝廷，本钱耗尽了，还没有来得及从老百姓身上捞回，就丢了官，哪里去再弄一笔钱送还江西"老表"呢？江西省几个督军争权之后，终于孙中山的同盟会的李烈钧坐稳了督军交椅，于是清算来了。他被扣押，又被抄了家，实在没有多少钱剩下，走也走不了，也无处走，卜卦也不灵了。忽然听说孙中山大总统已让了位，袁世凯当了大总统。老袁是清朝旧臣，是安徽人李鸿章提拔的，又做过安徽人吴长庆的部下，说不定还有点情面。他便起草《上大总统书》，妄想用北京来压江西。他在上告的书中说，他本人"从未在安徽原籍购买一房一地，如有份外私财，甘受重处"。这倒是不假。他弄的钱哪里去了？他不识时务，还想花高价买大官做，送礼行贿用光了。

他一咽气，这一家人怎么办呢？

评曰：读此一回如读清代末朝历史，只缺了洋人，下一回就出来了。

作者大处着眼，小处着笔，和罗列式及概论式的历史书有异曲同工之妙，而别有一番情趣。

第三回

大老爷

评曰：从前读书人做官不止考试一条路。前一回说的是买官之路。这一回又说另一条。这是文武结合之路，即笔杆子与枪杆子相结合。两者都是武器而以枪为主，枪指挥笔。清朝崩溃以后，袁大总统虽未做成皇帝，可是从他办"筹安会"起，这一文武结合传统延续下来。几位不识字的督军也有文人帮忙发通电。当然，也有不肯结合的。那就不客气，杀头，例如邵飘萍、林白水。

回目仍代拟如下：

度势审时空怀大志

有才无命莫怨苍天

现在一切都只能指望大少爷——此刻已经是大老爷了。

他还远在陕西长安。

他和他父亲年纪相差不过二十岁。他"进学"时才十几岁。父子二人都是考的所谓"贡生"。这是相当于一般秀才的头衔。原来，清朝据说为了广揽人才，设有"恩、拔、副、岁、优"五种"贡生"考试，隔的年数不同，这样，读书人"进学"得头衔的机会就多了。十几岁的秀才也不稀罕了。

他同父亲一样成为读书人，教书匠，在"诗云""子曰"中带着小孩子混日子，当"猢狲王"，也叫开"子曰铺"。他也同父亲一样自知不能靠科举出身升官发财，要"上进"只有另谋出路，于是也涉猎"杂学"。在父亲离开家乡以后，他带着妻、子、弟、妹在家苦度光阴。不幸他也同父亲一样接连"妨妻"，日子并不好过，因为婚丧是大事，是要花钱的。终于他不知由什么机会到了河南。他不但同父亲一样有"秘书"之才，还有一桩胜过父亲之处，不像父亲那样是千年历史传统下的书呆子，只知照老一套做官。他毕竟是第二代了。他在河南施展了联络之才，居然巴结上了一些当时当地的"要人"，竟以外乡人而在河南立足了。

两件事是对他个人和他的家族都大有影响。

一是他在河南结婚。他在河南时又"赋悼亡"，"妨"掉了第三个妻子。三个妻子撇下了一儿一女在他身边，其势不得不再娶一房。他自有主意，为了在河南生根，决心娶一位河南小姐。果然，事有凑巧，一位河南籍"大员"的才德兼备的小姐被他迎回家中了。

这位小姐，排行十三，生得相貌端正，具备"大家风范"。一双小脚真正只有三寸，一点不见歪曲痕迹，仿佛天生如此，真是中国封建压迫妇女传统的最丑恶表现，可是当时却算是一"美"。

这还不说，她又知书识字，会写会算，能看弹词，唱昆曲，吹洞箫，下围棋，还通达官宦人家礼仪，循规蹈矩，不苟言笑。总之，她仿佛是《红楼梦》中人物就是了。

这样一位大家闺秀怎么能下嫁一个无官无业又是外乡人的穷酸作"填房"呢？原来她有一大缺陷："庶出"。

现代人大概已经不明白什么"嫡庶之别"了。一夫一妻制下也没有"嫡庶"问题了。然而，在旧的封建宗法社会中，几千年来这是一件头等重要的大事。这是"名分"。妻分"嫡庶"，子分"嫡庶"，真是天渊之别，从皇上家到老百姓都是如此。自然，那穷得只能打光棍或只能勉强娶到一个老婆的劳动人民不在其内。"嫡庶之别"意味着产业和权力的继承，家庭和社会地位由此而来。从秦始皇时废扶苏而立胡亥起，就闹这一套，直到光绪、宣统，还有"继承大位"的问题。"慈禧"之所以能成为"太后"垂帘听政，也是因为生了个独子，由"庶"而"嫡"，用尽心思，很不容易才升上来的；所以她紧紧抓住这个头衔不放，因为头衔就是地位，地位就是权力；封建社会中地位权力就是一切，首先包括财产。不懂这一点，对于中国封建社会历史恐怕难免"隔靴搔痒"了。

话说回来，这位十三小姐具备一切品德，足以上攀龙凤，可是她母亲却由于并不自主的原因而不能为她争气。她只是一个不知第几房的姨太太，甚至更下一级，而且出身不详，大概也是没有家世可考的。她背后无靠山，又只生一个女儿；尽管这女儿极力学习当小姐的一切必要条件，而且也算是小姐，却无法有竞争能力。她们母女一切靠她父亲。父亲一去世，就只好以出嫁为出路了。条件是母亲跟着女儿一起过门。由这一点就可知她们在家中的地位了。总之，家产无份，以后也没有什么来往。不来往还有个原因是，这样的"大家"，按照规律，在"鼎革"之际，由"内忧外患"而瓦解，不消几年，当然就再无消息了。直到那位母亲后来回河南去世，都没有听说过她们家里的音讯。这位小姐对于自己家从来不提一个字。

"嫡""庶"相差不止一个等级，更不是像今天的"正""副"。那是"主""奴"之别。"后""妃"也是如此。妃子不论怎么得宠，总是地位不高。马嵬坡勒死杨贵妃算不了什么。废皇后就是大事了。书中夹此一段议论，虽不可少，却不合现代小说规格。

不论后来如何，这次"续弦"是大老爷的得意之作。他攀上了河南的"高门"，自己也"沾亲带故"，算得半个河南人了。

因为这位大太太对这一家的命运以后有很大影响，是个关键人物，所以多说几句。

另一件事虽然很大，却不必多说。

同乡关系是做官经商的一项重要条件。在喷气式飞机出现以前，交通不快，方言不通，除亲戚外就讲多情。从前有"五同"之说，还包括同学、同事等等。帮派关系能越过国界，超出"五同"，那就是现代的新"同"了。

由于一次什么宴会之类的机缘，大老爷和一位公子拉上了关系。两人谈得"投契"，他竟然被这位大公子看中了。公子有极大的野心，又有极远的眼光，正在物色人才，网罗部下，一眼发现这个安徽书生不是寻常之辈，很有点经济韬略，杂学旁通，是封建传统中的非凡人物，绝非一个文人或学究。大概不消多日，两人心照不宣，大老爷弃文就武，由教书而秘书，由文秘书而武秘书，和他父亲的弄"卡子"赚钱买官做"分道扬镳"而"殊途同归"了。

　　最后，到宣统年间，他先在太原，后到西安，当武备学堂的"监督"或"督监"（校长一级的官）。他在晋陕两地为那位公子培养和拉拢了一些"人才"，准备"大事"。他的夫人一直保留着他当这两任"监督"时行什么典礼的照片，上面有些同事和学生的题字。

　　这位公子的大红名帖上是三个大字：袁克定。

　　也许现在青年们对这名字还不熟悉，那就赘上一句，此乃洪宪皇帝河南项城袁世凯的太子是也。

　　别的话就不必多说了。

　　关键时刻，何去何从？

点出昙花未能一现的空想太子，未免多余。不知作者为何不隐而明说。

　　辛亥革命的武昌一声炮响，震动了整个末代王朝，也震动了王朝下的这一家，只有在西安的大老爷看得出，他的"朋友"袁公子的时机可能要到了。他应当满心欢喜，可是又有无穷忧虑，因为他的父亲一家还在江西，音信不通。他知道父亲是个书呆子兼官迷，万一真要"效忠故国"，或则江西一时还不"光复"，他在陕西就不能先摇身一变。这个骑墙态度正好也是袁世凯的态度。这一来，他虽没有变成革命党，却也没有被革命党所杀。直到他死后，他的箱子中还有不少人的大照片，据他的夫人说，其中很多人都被杀掉了。

时局变化很快，他比父亲幸运得多，当然也能干得多，预先埋下了一着棋子，拉上了一线关系。"袁大总统"就职，他正跃跃欲试之时，不料忽然"丁"了"忧"，即父亲去世，照那时规矩是不能马上升官了。虽然已经号称民国，这一点封建传统却不能破除。

既然天下已经"定于袁"，他就大摇大摆，带着家眷南下奔丧了。

那时交通很困难，民国二年（1913）又值革命与反革命处处对抗之时，亏得他有办法，居然带了妻子儿女从陕西赶到了江西，处理他父亲的，也是全家的，善后。

老太爷去世后，家中一团糟。

革命军政府已经看到这家人没有多大油水，他在地方上也没有树立什么仇敌，人一死，也就解除了扣押，没有人再来追究，新官只催促他家办完丧事快走。

可是全家失去了头脑和主心骨，无人做主。

太太出身于小康之家，软弱无能。两个大些的儿子都年幼，一个不过二十岁，一个才十来岁，毫不懂事。最小的儿子只八个月。还有小女儿未出嫁，也不管用。从家乡来的亲友不少，不过都是"打秋风（抽丰）"，住些时得钱便走。留下来想捞点什么这时还没有走的只有两个人，一个是老太爷的本家弟弟，排行老四，全家称之为"四叔"。他没有什么文化，也不能干，是个乡下人，可是就为了这一趟出门见了世面，回家后渐成富裕中农，国民党北伐时竟为本县新的县太爷看中，当了一任县"农会"的会长。另一个亲戚是太太的弟弟，行三，被称为"三舅老爷"，也没有什么能耐，却自以为很有本事。此外，还有个教家馆的，带着全家来，教两位少爷，他自己的两个儿子也附读。这位老师在辛亥革命前夕，一则见大局不妙，二则两位少爷上了洋学堂，他就拿了一笔钱，全家返归故里了。

那些"刑名""钱谷""文案"等"师爷"以及"账房"等机构的人员，一见大势不好，就各奔前程，一哄而散，不管这位"东家"了。至于什么"八拜之交"更是连影子也不见一个。

武昌革命炮响之后，南昌随着闹"光复"，这个小县里立刻大乱。县官维持不住，表示"归顺新朝"，这也不行。他本人被扣押，家眷被赶出衙门，寄居在一艘大船上。同时还有些人来"抄家"。说也奇怪，"抄"的东西是有目标的。家中一切都扣在衙门内，上了锁，贴了封条，可是那许多书箱却被翻了一遍，几乎本本书都翻开看过。船上只有妇女儿童，就"抄"可疑之物，把小儿尿片一块一块检查过。结果当然是一无所获。事后才知道，原来有人造谣说，县官的银钱都打成了薄薄的金叶子，藏在书中，所以来"抄"书，并非要兴文字狱。船上没有书，可夹金叶子的只有尿片，因此特蒙注意。如此而已。

小县中既无同盟会的革命党员，又无满人作为革命对象，广大老百姓并没有被动员起来，所以不久就恢复安定，

这里写的像《二十年目睹之怪现状》，差不多是同时的事。因此是相仿，不是抄袭。

"抄家"是不是也算一种几千年不变、古已有之、史有前例的传统？真不知这该破的"旧"后来如何混入要立的"新"重复出现，而且不必"奉旨"？

大权落在本地一些绅士手中。他们虽然
内部有矛盾，但为了保持本县权不外落，
还是比较一致的。这些人对县官也还比
较了解，都是当年的"诗酒之交"，知道抓他无利可图，就
外紧内松，放他全家回衙，东西发还，不过不许离开，要算
清了账才准走。这是因为时局还不稳定，怕将来新官借口追
究来对付他们，被加上什么"私自纵放"和"包庇"之类罪
名，进行勒索。

稍稍松了一口气，全家都想早日离开，但既无人活动，
也无门路可钻。这时三舅老爷忽然从什么地方听来消息，说
是眼前最有力量的是洋人，只要能到上海找到外国人，一封
电报就万事大吉，转危为安。上海去不成，九江也有洋人。
三舅老爷自告奋勇要"身入虎穴"，面见洋人，为营救姐夫，
真有"单刀赴会"的气概。

于是全家搜刮余剩，凑成几百两银
子（大约不会到一千两），除留下点作
日常家用和应付临时的"敲诈勒索"之
外，全数交给三舅老爷。他便一船离县
前往南昌，转道九江去了。

这位至亲虽非骗子，却是呆子。他
夸下海口，到了省城，晕头转向，不知
有权的人在哪里；又到九江，跑到租界
上，倒是看见了高鼻子凹眼睛的洋大人，
可是无法接近。他带着大笔银子（十六两一斤，足有几十斤），
蹲在旅馆里无计可施。据说是不知碰上什么机缘，知道红十
字会是洋人办的，人人可去，他便欣然前往。据他说是见到

不知道这里有没有阿Q兄？

"洋人"出现了。这是少不了
的。大地方、小地方、大事、
小事，总有他们直接间接插手。
"洋人"不必自己活动，自有
人送上门来。不少人对"洋人"
如盲人摸象，"出洋"不"出洋"
一样。摸着的不是鼻子就是尾
巴，或是腿、牙，以为这就是象。

了会中洋人，说明来意，洋人慷慨应允，要求交钱，他便将银两交去，换得一纸收条，解除了天天怕人偷的担忧。可是日复一日，并没有下文。他在那里不知是怎样打发日子，乐哉陶陶，也不把全家的望眼欲穿放在心上。有人说，他还到了上海，不知是否属实。总之，洋大人并无电报来保县官，舅老爷也不见回来。直到县官去世，打电报去，舅老爷才匆匆赶回，带来了十几个像银圆一样还稍小的银质证章，全家每人一个，连几个月的小外甥也在其内。证章上一面是个红十字，一面是"中国红十字会正会员"。原来他交给红十字会不知多少钱，算作捐款，换来"正会员"的光荣名义。这个银证章，那孩子到几岁时还常拿来当玩具。拿出来时总不免听到母亲用抱怨的口气叙说这惨痛的经历。不用说，这位舅老爷虽因至亲不受追问，却也从此以后不再来往了。

就在这凄凉空气中，大老爷全家赶到了。

他一到，立刻情况一变。

他先是"举哀"行礼如仪，将父亲"大殓"。作为客居，一切从俭，说明回家乡后再正式"开吊"。他自己照例"披麻戴孝"，在家"守制"，同时毫不犹疑地进行活动。地方上一见从北方来了一个不知什么官儿，事情已过去多日，乐得就此下台，不加阻拦。一天风云已散，大老爷决定"扶榇还乡"，打点上路。

外事如此，内务更顺利。

大太太一到家，三言两语，察言观色，就看出了全家情况。她是"抚台"官宦之家出身，又在晋陕两地见过多少省级大员家眷，哪把小小县官的事放在眼里？她这些年来只带着几个小孩子，除对外作点内眷的应酬外，没有什么事值得她施展才能。这一次恰好是英雄有了用武之地。不但一家几乎不名一文，经济上全靠她丈夫带来的钱，而且全家大小无一能人。当然，在两句话禀明婆母之后，她就一手掌握大权，安排一切。不消一时半刻，账房成立，用人职位确定，件件事井井有条。连伴同前来的她的母亲也由于做得一手河南好菜，几十桌酒席不在话下，菜谱心中有数，什么材料，如何下手，先后次序，全安排得清清楚楚，使那位同乡"包厨"只得甘拜下风，成为下手，服服帖帖听从指挥，几乎是一转眼间全家大变样。不必多说，简直是《红楼梦》中王凤姐到宁国府办丧事的小型扮演。那位婆母本来就怕多事，这一来，乐得在自己房里养喘病，心中大为庆幸；原来她从没想到，也没见过，这样一位能干的儿媳妇。

不消多少天，在一对能干夫妇的全权指挥下，全家连同所有的家私（包括"万名旗""万名伞"之类由地方绅士包办的拍县官马屁的东西）一起上了大船，还挂上某府、某堂的号灯，浩浩荡荡由江西回安徽去了。

确实是回省，但并不等于回原籍老家。大老爷自有一整套战略计划。

他是绝不会真正"丁忧回籍，守制三年"的。这是什么

这位小型王熙凤比那位小说"原型"相差不过一百几十年。由今思昔，一脉相承。并非事实抄书本，而是书本抄事实。真人写不出。写出的人比真的人更能吸引人。

女子大展才华，古有武则天，是孤家寡人，独一无二。一千三百年以后，到这一世纪末年，在全世界的许多国家的许多方面，女人显示出非凡的才能，卓越的政治意识，敏锐的感触反应。下一世纪，女性将成为一种特殊的伟大力量。向来一直是女的要和男的一样，将来是她们要和男的大不一样。"武则天"将变为"文则地"。年号将是新的"万岁通天"。

时候，能容他"归隐山林"？不过借此等一两年，"听候大用"。同时，他对家里人的情况，心中有底，各作安排。

于是，全家一分为二。

他和二弟送灵柩还乡安葬，并在家"守孝"。

母亲连同她所生的三弟以及四弟及其生母，则同自己的妻子儿女一起回到省会住。这是因为母亲的娘家在省会，可以有个照应。三弟和自己的儿子可以在此上中学。

多少事叙述简略而井井有条，仿佛照见了书中主人公的胸中谋划，如同明镜高悬。

其他家乡的人，四叔及包厨的，一律遣散。他们随灵柩到家后，就各得点钱回自己家去。

这个安排是很好的筹划结果。

首先是他自己的家全在省会 A 城，他将来"出山"后，一有新职，随时可以接走。

母亲和三弟以及那个出生得不是时机的四弟和他的生母，就交母亲的娘家去照管。这不是亲生母亲，只要给点钱养着就是了。

二弟是个不中用的人，不会有出息，留下看老家，照管祖传房子。"守孝"一满，就让他同已订婚的表妹结婚。

他不将父亲葬在老家祖坟，借口"风水"，另在离老家相当远的地方买了一块二十五亩的田地。地中一处有四个坟穴，将父亲和自己的生母及另两位母亲合葬，还留下旁边一处穴给现在的母亲。

为何不归葬祖坟？不像是由于风水。又留下一谜。小说中有谜，才耐人寻味。

田地永佃给一个本家，每年交固定租课。这房地两产就交给二弟；让他去当地主，自得其乐。这个弟弟本来怕这位厉害大哥，又胸无大志，缺少能耐，乐得在家"守墓"，不会出来找他。

至于那个小妹妹，已到结婚年龄。现在暂住A城，以后让她回老家成婚，由河南妹夫来迎娶。

照此办理，船一到A城，就在船上"行礼如仪"，分出大部分的家上岸去，先在舅父家暂居，随即搬进租的一所房子。长兄和二弟就带着其余的人回老家办理丧事，不必细表。

这是一九一三年的事。照老规矩，"守孝"三年，要到一九一六年孝服才满。这三年正是袁世凯阴谋做皇帝的时期。这位大老爷不得依靠他的那一线关系去谋求"攀龙附凤"，却要留在穷乡僻壤，心里着急也无法。

不料事情总有两面。袁世凯在一九一五年冬天恢复帝制当皇帝，一九一六年春天就失败，随后不久这个倒霉"御驾"也就"宾天"去了。大老爷没有"出山"，倒落了个干净，真是"始料所不及"。

不过在这样的形势下，这位大老爷当大官的路子断了。"守孝"期一满，他不得不改变计划，自己单人独马北上"求官"。一家分居两处，开销太大，也只好"分久必合"了。

一九一六年，他亲自到A城将全家接回S县去。同一年，也办理了二弟和三妹的婚事。但他自己的家却另有安排，暂留A城。

写了三回还是介绍家里人。第四回仍然如此。这个"楔子"未免太长，但又不可少。从第五回起才入正文。本书主人公要到三岁以上才能有事可写，因此先说家中人也是顺理成章的。作者原有附言，后来删去。其中说写此书于七十年代末，为给上山下乡儿女知道前代的事，不为发表。过了三年才有出版之议，所以不像小说也不足为怪。曾见原书中夹此附言，记在这里作为说明。

评曰："文武之道"，又矛盾，又统一。文王选拔姜太公姜子牙。秦始皇有李斯帮忙治天下。黄巢、李自成、张献忠、洪秀全之所以不能终成大气候，原因之一就是缺少笔杆子。永乐皇帝南征去打他的侄子建文帝，还要依靠国师姚广孝出谋划策，把守后方，如同萧何。这位姚和尚能纂修《永乐大典》，也是文士。试想，若没有萧何，谁提拔韩信？没有张良，刘邦逃不出鸿门宴。宋江要有军师吴学究吴用，才能称霸梁山。"秀才造反，三年不成。"造反缺了秀才，成也不能久。然而书生毕竟是书生，不可不用，又不可大用。用得着，"三顾茅庐"。用不着时，下场就难说得很了。李斯是第一名例子。曾静为雍正皇帝用作反面教员又是一例。

第四回

苦命女

评曰：《红楼梦》中说"悼红轩"，《镜花缘》里说"哀萃芳"。两书都自说哀悼妇女。但读此二书仍觉作者之哀悼究竟是出于欣赏。书中妇女才高命薄，所谓"心比天高，命如纸薄"。说来说去仍是男人对女人的怜悯。若无才无貌又如何？此书前四回写男人读书做官，女人随男人为附属，是真实情况。不幸固然可悲；幸了也没有什么可喜。凤冠霞帔，子孙满堂，又怎样？就不担心，不受气？女的可哀，男的也可叹。少年子弟空想未来，到头一场空。这些人活着到底是为了什么？又干了些什么？这是数千年文明结穴时自然冒出的疑问，早些时是不会有的。现在全世界正在过大关，人类究竟会怎样摇身一变？真能变还是"万变不离其宗"？男女是平等还是互换位置？恐怕下一世纪才有回答的可能，这位世纪儿是答不出的。

勉强试代拟回目，以虚代实。

望断天涯　芳草罗裙藏积怨

梦萦人世　青春纨绔枉多情

A 城三年，对小弟弟来说，是重要的开端。但他不知道，对他的关键时刻还在离开 W 县以前，那是他会不会有妈妈的重要关头。

他的母亲在从江西 W 城回安徽 A 城之前，大老爷回家之后，就向主持全家大政的大老爷和大太太夫妇以及她的主人——名义上的全家之主——老太太，作了坚决的表示：守寡！

对于一个不满二十三岁的女孩子，终身守寡是多么严重的事。但在她是除此以外别无出路。

可以想象，她怀抱婴儿哭过多少，她对着棺材又哭过多少。"留子弃母"是封建家庭中经常出现的惯例。外边形势稍一缓和，风言风语就来了。

说"守寡"是好听的话，她的地位用不上这个词。说明白些，不过是留下来喂养孩子当奶妈仍旧做用人就是了。

她能忍受第四次被卖吗？会卖到哪里去呢？

她怎能抛舍这新从身上掉下来的一块肉？

有喘病的老太太看来不大会虐待她，顶多是侍候得苦一点，累一点，挨点骂。

重要的是大老爷夫妇。看来这位大哥对小弟弟还很疼。也许是因为无家产可争的缘故吧，他并没有什么妒意。大太太是官家小姐，不轻喜怒，也口口声声叫四弟，似乎不会怀什么歹意。他们已经承认这个弟弟在家中的地位了。

只要儿子长大，自己就能有出头之日。

可怜这被卖三次的丫头哪里会有什么世故和教养能作逻辑推理，她不过是根据自己被卖和侍候人的经验，对未来作一点形象考虑罢了。

被卖掉是什么滋味，现在人能体会到吗？"守"之一字有什么严重含义？现在人不会懂得了吧？"守"就是"守寡"。什么叫"守寡"？只有女的知道。本书后文写了一位正规寡女的情景，是速写。

她的好友，那个"包厨"的妻子悄悄地对她透露去留的前途。她的另一位朋友是未出嫁的三小姐，向她表示过天真的感情，明明是盼望她不要走。

她对死者，对儿子，对自己，下了坚强的决心。

当老太太和大太太正式问到她的主意时，大太太说：

"你还年轻，要打好主意，一辈子几十年的事，不是说着玩的。我们不勉强你，由你自己做主。我们总归会为你好好安排，不论是留是去，都不会为难你，也不会让你受一点罪。你为老爷生了一个儿子，我们绝不能亏待你。你好好想想，不要着急。"

这时她放声大哭，哭中喊出：

"我不走！我死也不走！我不离开我的孩子！我想好了。我守！我守！我守！守一辈子！"

还没有等到大太太来得及再说话，她突然起身跑到厨房里，拿起一把刀就砍，砍左手无名指的指头，幸好只切下一块肉，鲜血直流，同时大声哭喊：

"我不走！我不走！"

大太太的母亲正在厨房里，她同那个"包厨"的妻子连忙过来拉住她，不让她再砍，夺下刀，同时一迭连声安慰她：

"有话好好讲，何必这样呢？"

"老爷太太不会难为你的，放宽心！"

大太太已经听见了，也赶了来，不慌不忙地说：

"快带她到灵堂去！"

在棺材面前，她哭得更厉害，血流得更多，在灵柩前跪下，几乎要昏过去了。

大太太伸手在香炉里抓了一把香灰，包住受伤的手指，一面吩咐：

"快用白布包扎好。"

大太太真是完全不动声色，仿佛都预料到了似的。

"大官的小姐"就有好的吗？等着瞧吧。

大老爷也来了。他似乎无动于衷地可是严肃地说了两个"好"字。

她哭着哭着对棺材磕了个头，由"包厨"的妻子扶着回她的房里去了。

看到床上熟睡的婴儿，她又放声大哭。这时"包厨"的妻子看见只有她们两人，就说：

"别哭醒了孩子！哭多了，没奶，就受罪了。"

这句话很灵，哭声低了，变成抽咽。随即她耳边响起很低很低的耳语：

"早上是说要叫媒婆了；后来大太太说，还是问问她自己；孩子太小，要有人带。"

如果不是有这孩子，而且是男的，她就避免不了再被卖的命运了。别说是指头上一点点肉，只怕剁掉一只手也不行。

不过现在还是为了孩子，是不是孩子大了又要卖她呢？可怜她还是那么年轻。

耳边又低声说：

"看来大太太想留下你。她是大官的小姐，不会小气。你看她妈妈为人多好，对下人多和气。"

当然说话的人不十分清楚，那位母亲本来也是"下人"。

三小姐进来了。"包厨"的妻子连忙出去。

三小姐看着她的血染白布的手指，也擦眼泪了。

"你放心！他们不会叫你走。谁叫你去，我就跟他闹。我大哥不是那种人。我伯伯收下的人谁敢卖！伯伯刚去世，谁敢动你，你就到灵柩前面去告诉伯伯。"

"伯伯"是这一家的兄弟姊妹对父亲的称呼。三小姐这一妙着给了她安慰。不但有小，还有老，棺材入了土，还有牌位。她觉得有依靠了。

当晚，老太太房里作出了决定。

这决定就是大老爷的发言：

"官宦人家收房的人，又生了一个儿子，不留下，成何体统？只怕她年轻，守不住。她自己打好了主意，就这样吧。"

他不慌不忙，斩钉截铁地，一字一字地说。有发言权的只是他。这就是判决书，没有包含什么商量的语气。

家庭会议中各人有各人的心中打算，不是真的会议。结果不问可知，只能是听一个人说了算。家主人，即掌握经济来源与用途，有举足轻重地位的人，不是声音大、嚷得凶的人。

大太太发言：

"我看她不是杨花水性的人。"

这一句是她打了包票，就是说，她看上了这个老实孩子，要收用。她自己已为大老爷收到一房丫头，老实无比。她现在还要一个同样老实而级别较高的人做帮手。

最后老太太说了一句话：

"我也少不了要人服侍。"

掌权的家庭核心会议这样结束了。

也是当天晚上，大老爷亲临她的房里，看小弟弟，抱了抱，说："是个聪明的样子，很像伯伯。"接着对她说："你有志气，很好。跟伯伯在世一样，我们绝不会亏待你。"

第二天早晨，大太太来她的房里亲自（实际也是代表全家）表示慰问，重复了大老爷的话，又加上几句：

"现在你只管好好带小弟弟；带好了，大家都好。你还年轻，将来学点本事，认认字。我教你。只要你肯用心学。我看你不笨。"

她从心底里感激这两位家主，觉得自己不但下有小孩，上有死去的老人，还有了这样一对大靠山，真是不愁以后，不必怕被卖到不知什么地方去受苦了。

她抱着孩子亲了又亲，心里充满了希望，脑子里出现了不知什么幻梦。

孩子瞪着大眼对她望。

现在还应该补叙这一家中另几个人的事。

老太爷还生了三个女儿，命运各自不同。

大姑娘生得早，命苦。

因为母亲和继母接连死去，她不得不在少年时期就时时要代管家庭内务。后来有了嫂子，她又要尝受小姑和嫂子之间的小矛盾。直到父亲得了关卡缺，生活稍好，接她出去时，她才享受到为

无知的娃娃能是希望吗？希望和失望之间是画等号的，不过和绝望有点距离罢了。

这里是三姐妹小传的提要。后面还有三妯娌大传的开头。加上胖老太太，胖侄媳妇，各有自己的不称心处。还有一个一个陆续生下来的女孩子，这书中都说不到了。算起来竟没有一个是走运的，连四兄弟也在内。自杀的有男有女有老有小，不止一两个。作者在书中写不到，又何必写呢？去换取同情或耻笑吗？

父亲做助手独管家务之乐；可是不久又来了一个继母，又添了一个小弟弟，她仍然处在多余的人的地位上。这时她已经二十多岁，转眼就要三十岁了。

那时女孩子的出嫁年龄是十五六岁，十七八岁就算大了。恰恰在那个年岁上，她命运不济，父亲外出谋事，又不曾预先给她定下亲，哥哥不便做主，于是她就这样误了好时光。姑娘二十岁一出头，说媒的也感到困难了。到了外地，更加难有门当户对的人。父亲感到有点对不起她，又非常珍惜这个大女儿，一定要找好女婿，不肯许人"填房"（续弦），她只好困守闺中。

她病了。一天一天消瘦下去。妇女病是女儿家忌讳的；又没有生身母亲和同胞姊妹，无处可说；等到不得不露出真相时，她已经是骨瘦如柴，而且性情古怪，脾气暴躁，同少年时的她自己一比，判若两人了。

这种病是无药可治的。三十岁上，她离开了这个世界。

父亲痛悼这个大女儿，但已无可挽回，只得给她设下一个纸牌位，上写"K大姑芷芳之灵位"。每逢祭祀给她单摆在一旁，让她也享受一点香火。这是不合规矩的，但也是不得已的变通办法，用以表示哀悼。小弟弟是每逢祭祀总要在这没见过的大姐姐纸牌位前作三个揖。但他一直不能知道，这个未出嫁而死了还留在家里，在祖宗旁边角落上受香火的一张纸封套里的姐姐有过什么样的辛酸。

河南大嫂的唯一女儿七岁病故了。这张"大姑"的纸牌位的纸边上添了两个小字："云姗"。这大概是大嫂亲自写上去的。小侄女陪伴着大姑姑。

二姑娘的命运也不好，却另是一种情况。

她到出嫁年龄时，父亲已经在"关卡"上弄了点钱，有点地位了，一心想找个好女婿。已经耽误了大女儿，不能再耽误二女儿了。

说媒的人提出可供选择的对象中，有一位卸任知府的儿子，还是独生子。河南人，原籍在离安徽老家不远的地方，在外地也算有点乡谊。论家世，没有什么可以指摘的，只怕那男孩子本人配不上二小姐。父亲坚持要相一相亲。这在当时是办不到的。一位知府，尽管是"告老还乡"丢了差使的，也不能让自己的独子去给一个芝麻大的、还算不上是官的、小卡子的小官吏相看中意不中意。可是经过能干的媒人三说两说，居然制造了一个机会，使老太爷能从旁偷看一眼。当然他是不能正式露面的，只能是仿佛路过望见，由媒人指点出来。那位公子果然一表非凡，器宇轩昂，举止文雅，老太爷十分中意，定下了亲事。

> 从前的婚姻是门和户结婚，家和家结婚，不是人和人结婚。现在呢？是什么对什么？

吉期一到，卸任知府家按照旧时礼法，大摆排场，迎亲过门。这边也不能大意，备下丰厚的嫁妆，加上临时陪嫁的"老妈子"护送。吹吹打打，好不风光。老头子了结了一桩心事。

照规矩是三天"回门"，可由兄弟去见一面，实际是检查一下是否受了委屈。这本是例行公事。因为她哥哥不在当地，弟弟太小，这项例规便马虎举行。由一位亲属代表去了一趟。这人回来也没说什么。其实他看见新娘面有泪痕，陪嫁的"老妈子"在旁边皱眉不语，心里知道内有蹊跷，可是不好说。老太爷仍然欢欢喜喜过了一个月。

满月接回门时，纸包不住火了。

应当是"双回门"，女儿女婿一同来。轿子却只接回了小姐。她进门就大哭，一头扎在床上，什么话也说不出来。亏得陪嫁的"老妈子"也完成任务回来了。这才由她说出了真相。

原来老太爷相中的女婿是冒名顶替的，上了媒人的当。真正的新郎在"拜堂"成婚入洞房后露出了真面目。他身材矮小，面黄肌瘦，显然是个小痨病鬼，娶她去"冲喜"的。如若不然，堂堂知府家里怎会要就级别来说是门不当户不对的儿媳妇？

老太爷这一气真是非同小可。然而女儿受的罪还不止于此。

知府大人夫妇都抽鸦片烟，而且架子极大，要求儿媳"晨昏定省"。夜里在床前侍候，倒茶拿烟，要等一对烟鬼过足了瘾，再到大烟催得精神力量松懈下去感到要睡时，儿媳妇才能回自己房去。早晨儿媳妇必须在帐子外面站立侍候，等待帐中一声咳嗽，就要恭恭敬敬送上两小碗燕窝汤。虽然烟鬼半夜才睡，中午才起，儿媳妇也不能不早去侍候，因为说不定烟鬼醒来，一声咳嗽而无人应声，那就不得了，必须儿媳跪下请罪，才得"息雷霆之怒"。这套规矩只适用于儿媳，不适用于儿子。知府要她进门也是为了过一过这种家庭封建等级的瘾。他丢了官，无法对老百姓施展官威，还得对"下人"，直到对儿媳妇，摆臭架子。这是封建官僚的本性。可怜这位儿媳的父亲刚从穷知识分子爬到官僚的边界上，还没有了解官僚家庭内部的一套，仰攀官亲上了当。其实，"多年媳妇熬成婆"，有婆婆，媳妇就得受煎熬，这是封建社会通例，而官僚家庭是其集中表现。可是，如果儿媳的家世来头大，那就又另当别论了。所以都讲究"门当户对"。

有什么办法？生米煮成熟饭了。

女婿不来见。老丈人心里想着自己相中的假女婿，越想越有气，再也不想见这个真女婿了。

显然，照这样下去，二姑娘不久就会被折磨死。出嫁的妹妹也不比未出嫁的姐姐日子好过。

所谓官宦人家，不论钱多钱少，权位大小，架子是少不了的，好比商店的招牌。架子又是必须有倒霉的下人来抬的。没有听使唤的，那还是什么官？没听差就训儿女，打小孩，讲老规矩。如今也许颠倒了，反正是过官瘾，照旧。

幸而那知府官瘾比烟瘾更大，自己做不成，要儿子做，花钱给他买了一个"候补道"，让他夫妇去武昌，在候补街上赁一所房子候补。老夫妇要等儿子补上了"道尹"（管辖几个县或无管辖而有同等地位的官衔），再去任所享福。这样一来，二小姐暂时免了"晨昏定省"，只剩下对痨病鬼生气和哀叹自己命运了。

那时捐官的如"过江之鲫"，武昌竟然有"候补街"，可见住在那里的候补官之多。这位公子什么也不会，只会花钱请客。他从前清一直候补到民国，还是住在候补街上。他终于戴着候补道的虚衔离开世界，死时年纪并不大。

可以想得到，二姑娘虽出嫁也没有做母亲的福气。起先买了一个小女孩做养女，取名代弟。她当然带不来更代替不了弟弟。后来又买了一个丫头"收房"。丫头取名红梅，图个吉利。那个痨病鬼候补道自然也无法使红梅结子。

公婆和丈夫都去世后，代弟也出嫁

二小姐的一生一家，是够写一部小说。

了。二姑娘不忍再卖红梅，把她嫁给了一家小康人家，还给了一点陪嫁。也许可以说是她这点好心真得到好报。这时家产已被父子两代在鸦片烟枪和酒席的云雾中花得精光，她只好靠代弟回门给点精神和物质的安慰。红梅也还有时来看望旧主人。

理所当然，她是不会长命的。民国建立没有几年，这位知府一家就烟消云散了。

不幸的是代弟的丈夫是个花花公子，对她很不好。她满肚子的气不能发泄；在她的养母去世前不久便精神失常，以后完全成为疯癫病人死去。

二小姐芙初还不如大小姐芷芳能在娘家留下纸牌位。假如真有鬼魂要香火供养，她死后的处境就更悲惨了。

三姑娘淑娟又另有一种遭遇。

老太爷鉴于二女儿攀高门上了当，决心挑女婿不问家世只管本人人品，又接受大女儿耽搁嫁期的教训，便尽早给小女儿定亲。女婿是二女婿的堂弟。本人果然不错，家庭人口也简单，只有一个妹妹，没有公婆要侍候，可就是有一桩大缺陷：穷。他没有家产。老太爷当时正在捐官过瘾，一心以为富贵在望，认为穷不要紧，自己拉扯一把就是了。于是招了一个穷女婿。不料女儿还未出门，自己先丢官去世。过了几年，由长兄做主，三姑娘结婚成礼，去过穷日子。不几年，长兄也去世了，娘家没有了指望，婆家也没有依靠，不幸女婿中年又向她永别，留下了一儿一女。她想尽各种办法，自己劳动，求亲靠友，无论如何总要让子女读书。两个孩子，又聪明，又有志气，肯求上进，都决心在旧社会中苦苦奋斗，想有出头之日。不料当女孩上到高中男孩初中毕业时，抗日战争爆发了。学校上不成了，姐弟二人还会有什么"远大前程"呢？还用得着说吗？

不过，三姑娘后来终究找到了儿子，还看到他娶上媳妇，生下孙子。说"看到"是虚话，因为她的两只高度近视眼加上老年白内障，这时已经看不见了。可是 晚景好些了，又看不见。"老来福"，谈何容易！能在这样情况下离开人世，她还是比两个姐姐幸运一些的。

老太爷有四子三女，三个女儿的命运已如上述，那么儿子呢？大儿子的情况前面也已说过，现在要讲一下大儿子的大儿子，即长孙。

按照这家人的内部习惯称呼，第一代是老太爷，老太太；第二代只有长子，长媳是大老爷，太太；第三代只有长孙是少爷，长孙女是小姐；此外的人称呼就不确定，不一致了。现在讲的少爷是唯一的少爷，全家中他的同一代再有男孩时，什么老爷、少爷之类称呼都成为历史陈迹了。

少爷是幸运的，他是大老爷的独子，正像小姐是独女一样。河南夫人也生了一个女儿，七岁便死去了。后来丫头生了一个女儿，那是不能算小姐的。

少爷只有老爷能管；太太也对他客气，不闻不问，彼此保持礼貌；因为她嫁过来时，少爷已经是少年，做继母的不便管了。

老爷一心想培养少爷，可惜他不是材料。他人很老实慈厚，并不胡作非为，可是文不成，武不就，读书无兴趣，办事不能干，只会弄点小玩意，喝几口酒，吃几味可口的菜，自得其乐。他也上了学，可是成绩大不如他的三叔，即老爷的三弟。（虽然不在一起上学，家里也知道。）勉强算中文清通，什么英文、算学、博物都不行，音乐、美术、体操也不如他三叔。看来学业无望，怎么办呢？老爷自有主意，采取特殊措施，送他到东洋留学去。

少爷到了东京，在神田区一住下就同几个中国同学成为好友。他们都是少爷之流，不是凭学业考官费来的，所以臭味相投。这样住了大约不到一年，"光复"了，又赶上奔祖父之丧，他的留学事业夭折了。他一点也不觉得可惜。他回顾留学日本的生活时只有这样的话：

"东洋地方很干净，人人讲礼貌，可是讲的话叽里咕噜不好懂，字都是偏旁，不写全，最糟糕的是伙食太坏。没办法，我们几个好朋友搭伙自己做。我管做菜，每天想新花样，材料我不管买，我吩咐要什么，他们准备好了，我动手。有时也只好凑合他们买到的材料做。这样也好，我倒发明了几个特别的菜，他们都说好看又好吃。日本的米饭倒不错。"

他从日本回来后，没有多久，"东洋话"大概已投入东洋大海，只会讲"你好""日安""晚安""谢谢"了。当然，那句骂人的话"马鹿"（傻瓜、笨蛋）是忘不了的。

上学之外，老爷还有办法，在少爷的婚姻上打主意，替他谋出路。给少爷说亲的人有的是，老爷却看中了一门亲。这家是湖北人，家住一个离武汉三镇不远的水陆码头上，开麻行，大量收购农村的大麻，转手出口。名义上是个独立的大商人，实际就是英国怡和洋行的买办，在洋行外围以独立

这位大少爷是有福气的。从出洋到有"外室"，一辈子不做事，闲游浪荡，大好事，大坏事，全做不来。他享的福不大，可是也没受什么罪。无能耐，也无大志，浑浑噩噩。只可惜临终那年逃难，碰上从未经受过的苦难，夫妻双双去世。那是因为日本兵打进来了。

身份出现。买办是帝国主义吸取中国农民血汗的吸盘，是发财的行业。这家有一个女儿，一个儿子，一心想巴结个官，可是封建官僚瞧不起他的门户，这才找到了大老爷的门下。老爷有眼光，知道那时要办事和做官都非同洋人拉上关系不可，非有钱不可。这家不但有钱，允诺给女婿一大笔财产，而且同英国洋行有关系。东洋也罢，西洋也罢，他认为只要"洋"就有前途。他允下了这门亲事。

大小买办是中国的一个特殊阶层。大的是亦商亦官，如胡雪岩。小的在各"通商口岸"的外国"租界"上都有，没租界的地方也有。香港还有"办馆"招牌。办的什么？为谁办？对谁办？怎么办？是历史陈迹了。其实过去还不久，就被人忘了。

少爷娶了一位胖小姐，并且成了麻行的"半子"，同他的年幼的内弟，麻行小老板，也合得来；老丈人大有依靠女婿协助儿子继承事业之意。结婚不久，就生下一个儿子。那时两家只此一孙，真是比什么掌上明珠还宝贵。

事先说明了这个女婿是名副其实的"半子"，女儿不离开家，女婿要仿佛入赘那样协助丈人，并培养小内弟。因此，少爷的家是独立的，在湖北。少爷留学东洋时，国和家都起了大变化。他回来奔丧。丧事告一段落，他不回安徽，也不能再去东洋，径回湖北老丈人家去了。后来才单独到 A 城上学。

美中不足的是这位少奶奶既胖得出奇，又懒得要命，除了娇惯她的孩子以外，她什么也不管。这个丈夫根本不在她眼里。丈夫另外有个自己的大家庭，也应当算是她要去的家，这一点她想也不想。只在奔祖父丧时去过一次江西。一笔嫁妆掌握在她的手里，丈夫不能过问。这笔钱和这个宝贝儿子就是她的一切。她常说：

"我同我的娃儿躺着吃一世也吃不完的。"

难道这一对少爷少奶奶的命运真能这样好，他们真能一辈子顺顺当当地享福吗？

给洋人当买办搜刮中国农民也不是打不碎的铁饭碗，买办也是同官僚一样并不能永世长存。

中国正在大变动之中。什么也不能稳定。

评曰：前四回实是一个"楔子"。简略得仿佛是交代材料。假如扩充起来，有位巴尔扎克或者托尔斯泰来下笔，会不会出现另一套左拉著作那样的家庭小说系列？不过那三位洋小说家不会懂得这里的人的心头苦难的。在千年重压之下，什么情呀，义呀，福呀，寿呀，全成为苦。男女老少都是"黄连树下弹琴"，苦中作"乐"而已。自己不以为苦的，旁人看来也是"劳劳碌碌苦中求，东走西奔何日休"，所为何来？

到这一回，"楔子"已完。下一回起，世纪儿要登场，另是一番景象。不过到不了他十岁就"树倒猢狲散"，旧巢之痕也淡化以至于乌有了。还有什么可评呢？

第五回

人 之 初

评曰：从此回起以世纪儿为主线，用他的小孩子眼光看周围人物。他的世界很小，但并不简单。若从符号性或说是"典型"性来看，也可以扩大成为一圈一圈更大的世界。题名《人之初》是小孩子所读的《三字经》的第一句，也指书中人开始了人生旅途的初步。他认的第一个字是"人"字。真难懂啊，人。

代拟回目如下：

子曰诗云　共说读书能上进

诛心索隐　岂知识字是灾星

A 城是个山城，斜靠在山坡上，裸露在长江中来往的轮船上乘客眼里。城里也几乎到处在高地上都可以望见下面滚滚流动的长江。

一开头说的那个初生小孩，到 A 城来时还不满两岁，到不满五岁就离开了，A 城给他的印象是淡薄的。

淡薄的记忆中也有鲜明的斑点。

他一生中第一件储存在记忆中的材料便是长江中的轮船。两岁时，他一听到远远的汽笛声，便要求大人带他到后花园中去，要大人抱他起来望江中的船。这是有一段时间内他天天必修的功课。

> 漂泊天涯从看江船开始，有象征意味。

有什么好看的？不过是一条宽带子似的江水，冒着黑烟的轮船，拥挤着人群的码头；留在他记忆中的再没有别的了。

这也许是他一生劳碌奔波的预兆吧？轮船汽笛的单调的鸣声是他最初听到的音乐。

A 城对于他有什么意义呢？

他的三哥对 A 城却有不同的回忆。

三哥同暂时离开丈人家的大侄（大少爷）在这里度过四年中学的生活。那时的学制是小学四年，中学四年，因此两人在离开 A 城时都得到了一大张"报条"：

　　捷报贵府某大老爷：
　　某某于某年某月在安徽省立第一中学毕业……

下面是一些照例的吉庆话。

这是一张用木板印刷的现成的纸，临时填上姓名。"报子"拿着这个来要赏钱。这"报条"便张贴在大门口。后来搬家时还揭下来保存着，在S县新买了住宅以后，重新贴在门口两边墙上。

又过若干年，这相对望着的中学毕业"捷报"才自然剥落消失，同这个大家庭一样。

"报条"是不是还会复活？"捷报贵府某大人荣获某某国际头衔，得某某大奖。"不便提倡，但可以"改换门庭"，登报表扬。

那时小学毕业好比考中秀才，中学毕业犹如考中举人，大学毕业当然是中进士和点翰林了。S县上大学的极少极少。阔人子弟在外上大学的也不再回来，连家庭都跟着离开了。大概到二十世纪二十年代末期才有上大学回家来结婚的。因此在仅有一所相当于后来初级中学的"公学"的县城里，省城第一中学毕业自然是值得夸耀的光荣资格，因此这一对"报条"也值得贴在门口。

这资格和中学生活对于大少爷是无所谓的，他有一个靠山老丈人。但是对于三哥却不同了。他人既聪明，又有志气；为了大哥让自己的无能儿子去东洋而不让他去，心里不服又说不出口，便

阔亲戚比出国留学更可靠。原来大少爷在世纪初年就有此觉悟。

发愤用功；文科理科功课和音乐、体育门门得优，尤其是英文更加学得起劲，当然这也是为留学西洋作准备。

不过他的记忆中留下深重痕迹的还不是上学，而是另一件事。这事却要从他的好朋友小表哥谈起。

这一家人从江西搬到A城是因为老太太的娘家在这里。

但她娘家的三舅老爷因为前面说过的办了红十字会那件事不大来往了。二舅家好像没有什么大人。只有大舅家照顾他们。大舅有两个儿子，开一所酱园。大儿子经营酱园，小儿子上中学。大舅当老太爷。这个小儿子便是小表哥。

小表哥得以上中学是有原因的。他上的小学是外国教会办的。那时小学有英语课。他学英语的成绩得到外国人赏识，毕业时便被保送进圣公会教会办的基督教中学，这当然是为了培养未来的教徒。上中学的费用比小学大得多，尤其是教会中学。但是洋人设有奖学金，照他们的"品学"兼优的标准发给；毕业时成绩再好，还可以继续给奖学金保送上教会办的大学。小表哥免费进了中学是靠了教会。中学毕业又是由教会保送到上海进了圣约翰大学学"商学"，毕业后一直当会计。这过程中他是否什么时候正式受过洗礼成为基督教徒，不大清楚。这只是形式。单凭这一路保送上学就足以使他对基督教教会忠心耿耿了。没有教会奖学金，一个普通酱园的小老板不但进不了上海圣约翰大学，连圣公会中学也上不起的。

传教与教育合一，中国本来有，不过拜的是祖宗、皇帝、圣人，教义是"经义"。洋教育制度一套又一套传进来一直不适应气候。洋人自己现在也有喊教育改革的，并无成效。

三哥和小表哥年龄相仿，志趣相投，同为学英文留洋而奋斗。两人各起一个外国名字，无非是威廉、乔治之类。彼此还用英文写信。教会学校的洋气也就从小表哥传到三哥身上。三哥会演奏"洋歌"，吹"洋号"，打"洋鼓"，认识五线谱，会体操和踢足球（那时小地方没有篮球、排球），也会打乒乓球。家里还为他买了一架小小

当年泛滥成灾的"洋"字如今淘汰了。是不是改为"新"字了？

的风琴。这使他的小兄弟后来也居然学会了用风琴奏乐甚至"作曲"。三哥还有一件特长是会照相，曾为小弟弟照相并自己洗晒了出来。

主要的变化还是在思想感情方面。念英文尽管主要是背熟英国人为印度人编的课本《纳氏文法》和改编过的《华英进阶》（都是上海印的），但书的内容总有点不完全符合中国封建道德规范，而《鲁滨孙漂流记》和《威克斐牧师传》之类洋书的基督教道德也不能说很适合中国古老家庭。特别是在洋人的熏陶之下，直接影响更大。最突出的影响是外国女性的地位和中国不同。教会学校不是男女合校，但教会也办女学。牧师是男的，但女学的洋教员是女传教士。一懂英文，难免在接触洋人或参加洋人为中国学生办的"唱诗班"及游艺会中直接了解到洋人的思想感情。封建传统经资本主义冷风轻轻一吹，便开裂缝了。教会学校的严格"学监""舍监"堵得住"轨外"行动，却堵不住"轨外"思想感情。

不必描写过程了。小表哥公然提出要同也上了教会女学的表妹订婚。经过一些曲折和风言风语，终于因为他父亲去世，大表哥管不住这个不用家里钱而能念书认识洋人的弟弟，小表哥在去上海上大学的前夕达到了目的，"亲上加亲"。以后他的婚姻和职业都是平稳度过直到老年；唯一欠缺是没有子女，不得已抱了别人的一男一女。这是后话。这位基督教会培养的忠厚小职员的一生是千千万万平常故事之一。只

怪不得许多人对潜移默化的"演变"会谈虎色变。首先碰撞的是男女关系，也就是破坏了家，破坏了国和天下的根本。家是万万动摇不得的。不幸偏偏就是这个家开始动摇。婚姻一乱，"三纲"随即颠倒了，"下人"不听"上人"的话了。这还了得！

有他的早期闹婚姻自主（还谈不上是自由恋爱）却是一件值得提一提的事。

这事对三哥却有了影响。都是同学，大少爷是结过婚的，无动于衷；和小表哥同年龄的三哥却不免羡慕。小表哥要求娶自己的表妹，还不算太越礼；三哥却看中一个非亲非故素不相识又无人做媒说合的女学生，再一私自来往，这就大大触犯封建家庭道德的大忌讳了。这是什么名堂！这还了得！

幸而——对三哥来说是不幸——他家在 A 城只住了不到四周年就离开了。他的美好理想刚刚含苞欲放就凋萎了。这事只有小表哥清楚。大少爷有所风闻却毫不关心。三哥是有苦说不出。这是他一生也没有自己讲出口的心灵上的第一个创伤。这比没有留学东洋的打击更大，因为去不了东洋，还有希望去西洋，婚姻却是只能有一次的。

接二连三的无形打击使三哥在离开 A 城后再也没有见到小表哥和小表嫂，而且不久后连通信也停止了。他心上人的消息就更不用说是风筝线断不知落向何方了。

小弟弟每天到后园去望来来去去暂时停泊的轮船，他的哥哥却在这 A 城的短暂停泊中装载了压在精神船舱里的沉重石头，回 S 县后装的石头就越来越多，终于把他压沉水底了。

这是这家人在 A 城时期的一个不声不响的小小插曲。

小弟弟在 A 城度过的岁月是从婴儿到儿童的过渡期。

插曲有时成为主旋律。

三岁了，他还每天要在母亲怀里吃奶。其实这完全没有营养上的必要了，母亲的奶水已经淡如白水，量也很少；这不过是母亲的心意，舍不得让孩子离开，晚上抱在怀里睡，白天也要抱在怀里喂奶，好像怕孩子一长大就要被别人夺了去。

有一天，他忽然被叫到用布帘隔开的放马桶的地方，马桶盖上放着一个肉包子，叫他拿起来吃。他莫名其妙地吃掉了。随后不久，母亲抱他在怀里，解开衣裳，露出涂了深黄色的不知是什么东西（黄连？）的乳头。他习惯地含在口里，立刻吐了出来，嘴里一阵苦，摇摇头，不吃了。母亲忙把他放下，递了一杯开水给他，扣上衣裳，说："妈妈的奶苦了。你长大了。以后不要吃奶了。喝口水漱漱嘴吧。"说话时，她嘴边带着笑，可是眼角含着泪。谁能描画出她这时的心情呢？这唯一的骨肉要脱离自己而独立了。当然这是盼望着的好事，可是自己不是更孤零了吗？

这时大嫂进来了，一声不响把小弟弟拉了出去。

妈妈一个人留在屋子里怎么样了？谁也不知道。

嫡母老太太是不管这类事的。这显然是实际上的一家之主的大嫂的主张。

这是遵照古老风俗断奶的一次仪式，是三岁的孩子脱离婴儿时期的大事。三岁孩子的记忆中刻下了这一幕的印象。这苦味要一直到他停止呼吸时才会消失。

三岁的孩子，没有玩具，没有同伴，不能出门，唯一自由活动的地方是全家宅中最广大的那间堂屋。他有一张方凳子和一张很小的小板凳。吃饭时，大人们围着中间的大桌子坐；他就在屋角里坐在小板凳上用方凳子做桌子，独自吃一小盘专拨给他的菜和一小碗饭。小孩不能与大人同桌吃饭，

吃马桶上的包子断奶，妙。此俗一去不复返了。

这是规矩。吃饭时大人也不谈话，小孩更不能说话。什么菜吃完了，还想要，也不许讲，只能望着大人，等大人发现了，问他，给他。这也是规矩。"食不言，寝不语"，这是孔夫子的教导。母亲和大嫂在他开始不用母亲喂饭时就一再嘱咐他，每顿饭训练他的。

他只有在饭前先跑到堂屋去，骑上小板凳，趁还没有人来时满屋子里跑。这大概是一种跑马游戏吧，是他自己发明的。可是他并不知道这是骑马跑，他还没有见过马，只乘过船，跟大人一起坐过轿子。

以下详写独子在家中的悲哀。

在自己屋里，他也没有什么好玩的。妈妈虽然年轻，也没有玩过，不会游戏，何况还忙着侍候老太太，难得清闲躲在自己屋里。

孩子也不能独自去后花园。名为后花园，其实很小，也没有什么好看的花。大人抱去看轮船的时期已经过去了。

大人在过年、过节、过生日时给他的小制钱，他都交给妈妈，妈妈给他两个留着玩，这是他的玩意儿。可是没有过多久，他试着抛钱和转钱玩时被大嫂看见了。大嫂立刻把钱收去交给他母亲，说："明钱（制钱）怎么能给小孩子玩？不小心吞了下去，怎么得了！"于是这当中有方孔的圆圆能滚动的小小玩具也没有了。

全家没有人闲谈。老太太、太太这时都不打牌。只有厨房里有时有笑语声。这是太太的母亲做饭时同别人谈话。她

游戏曾经是禁区。现在的少年儿童懂不懂？

是可以上与大人相平等而下与仆人相处的有特殊身份的人，是表面上的上等人，实际上的老太太以至太太心目中的下等

人。孩子叫她周伯母。三哥只在必要时才这样依照礼貌叫一叫。从来没有听见大少爷大声叫过她，尽管算是她的外孙。至于妈妈和大哥收房的丫头，虽然都生了孩子，身份仿佛提高了，但是在老太太和太太甚至三哥面前，仍然是奴隶。只表面上客气，都被称为"某姑娘"，而三哥和大少爷（后来还有二哥也一样）则从来不叫，从来没有面对面称呼过她们。无论怎样改变身份，丫头出身是不能变的，总之，是花钱买来的一件东西，不过算是属于"人"一类罢了。

身份即"出身"，生下来就定死了。要改变就得做大官，当皇帝，发大财。自己翻身以后对别人更讲身份。这是不是印度的"种姓"？

三姐是个严守礼法的人，对四弟也是"不苟言笑"，尽管她同小弟弟的母亲是谈得来的好朋友。

这个家庭的景象是安静，和平，寂寞，单调，连小孩子也没有什么生气，一片死沉沉，静候大老爷最后来处理。

每天的生活异常呆板。照 A 城的习惯，早晨是不正式吃饭的。买几根油条来，把前一天剩下的米饭加上水煮一煮当汤喝，就算早餐。这是各自为政的，全家的人吃早餐的时间有早有晚。老太太和太太在自己屋里早餐后就各自由一位"姑娘"梳头。这是很费时间的。梳头的人面对桌上梳头盒中的镜子坐着，从镜中看到背后站着的"姑娘"给她打开头发轻轻地梳，一直到绾成髻，插上簪子，再插上一支珠花什么的；头发上还要刷用刨花泡的水（那时还没有生发油），刷得油光闪亮的，这才算完。全过程中只有偶然的指示或请示，没有谈话。梳头洗脸完毕时，上中学的就该回来了。到开午饭的时间了。下午是没有固定日程的，各自在自己房里，做点针线活什么的。太太可能记账，算账，或则偶然翻出一本书看。老太太也许一个人玩骨牌，"打通关"。这平静的家庭在 A 城也没有什么亲戚朋友来打搅。两位中学生的同学，包括小表哥，也极少来。

天天一样的生活也有例外，那就是过年、过节，或过生日、过忌辰的日子。还有阴历的初一和十五这两天（朔、望）。这些日子的共同点是祭祀，不同的只是简单和复杂之别；至于是喜庆还是悲伤倒不大有明显的区别，都是照例规行礼，严肃是主要的。仪式一完，喜庆的日子就和忌辰的气氛大不相同了。这些都是听从太太的吩咐。

祭祀最简单的如朔、望日的仪式，只要烧香，有时加两支蜡烛，供上一点什么祭品，就完成了。复杂的祭祀则要摆供，几乎像摆酒席一样，还要全家都来行礼。主祭的只能是男子。

> 礼就是仪式，就是演习身份，排地位，讲服从，"下人"服从"上人"。

孩子这时虽是男子，但还未到一定年龄，只能是跟随三哥行礼；不过他的事多一条，三哥不行礼的朔、望日他也要单独去行礼，向祖先牌位跪拜。他这时仿佛代表了全家。

> 祭祖的重要性还没有完，上溯到始祖了，可不是亚当，是第一个帝王，黄帝。

祭祀的繁文缛节到这孩子长大了担任主祭时再叙述吧。现在他只是学会了磕头作揖，知道三跪九叩等等繁与简的礼是对待不同的尊与卑的人的，不能有差错。身份等级是森严的。大少爷是侄子，只能是他向小孩子行礼，小孩子却不能向他行礼，尽管他的年岁大。

这孩子在 A 城的四年生活中除身体增长以外，还有精神的变化。

重大变化影响了他一生。

有一天中午吃饭前，他在堂屋里等开饭，呆呆地望着门上贴的红纸对联。大嫂来了。不知怎么灵机一动，她对小弟弟说：

"你看这是什么？"她手指着对联上的一个字。小孩子张大眼睛望着。

"这是'人'字。跟我念：人。"她说。

从此入正题，识字。

小孩子茫然望着，嘴里也说"人"。他心里想着，这个"人"字两条腿分开叉着，上面没有头也没有手，怎么是人？

大嫂这样教了两三遍，便说：

"记住了。这是'人'字。明天我再问你。"

从此，她不再提这个字，也不说这件事。小孩子也没有再念，把这事忘了。大家照例吃饭。

第二天中午，大嫂在开饭前来了。她一见小弟弟并没有在门口望对联，就说：

"你过来，还记得这个字吗？这是什么？"她用手指那个"人"字。

她低估了小孩子的记忆力。各种条件同昨天一样，立即引起联想和直接反射：

"人。"小孩子回答。

在不识字的人中，认识一个字就逞英豪了。

"记住了！真聪明。"她笑了，没有出声，可这是真正开心的笑。这是小弟弟第一次看见她这样笑；以后这样的笑也不是常见的，没有几年，这样的笑逐渐减少，终于完全消逝了。

吃饭时她也没有提这件事。

吃饭时有条规矩是不论谁先吃完也不能走，大家都必须坐着恭候老太太吃完饭站起来以后才能走，只有老太太先吃完可以先走，或则她命令别人走，或则某人有事先向老太太禀明得到允许可以走，小孩子更要遵守这条规矩。

这天，老太太最后吃完了，大家都站起来。

大嫂开口了：

"大家稍等一下。"接着就对小弟弟说：

"过来。"说着，她自己已过来拉着小孩子的手走到门边，用另一只手指一指门联上的"人"字。

"人。"还没等她问，小弟弟就回答了。

全场大惊。

除了两个中学生以外，只有小姐识字多些，老太太和三姐识的字也不多，陪着在下方坐着专给老太太和太太盛饭的两个丫头出身的人是一字不识。不过这个"人"字倒是大家都认出来了。两位"前"丫头也许是这次才跟着认识的。

随后是大家的各种不同的笑以及老太太的赞赏。太太的说明："是我昨天中午教他的。过了一整天，他没忘。好，明天早上到我房里来，我教你认字。"

大家都离开了以后，小孩子听到大嫂跟前的丫头过来对母亲说："你真有福气。"母亲笑着说："将来你生个儿子，也一样。"回答是："我哪能有这福气？"两人脸上虽还有笑容，可是笑得不大一样了。两人都知道太太有大户人家小姐的特殊教养和脾气，她对待自己的母亲也从来不会超越礼法的。

得主人赞许提拔，真光荣。

第二天上午，母亲带着孩子来到大嫂房门口，轻轻掀开门帘露出一道缝，向里面一望，大嫂正在梳头。

梳头的丫头刚要开口，大嫂已经从镜子里看见了，说声："进来。"

进去以后，小弟弟在大嫂指定的桌子旁边椅子上坐下。桌上梳头盒边已经摆好了一本书，书面上三个大字：三字经。当然，这时他还不认得这三个字。

大嫂说：

"从今天起，我教你念书。要认识书上的字，背熟书上的句子。一句是三个字，一天教两句，六个字。认得了，背熟了，给你一个铜板。"那时一个铜板等于十文制钱，大约可以买两个肉包子或五根小油条。这是很高的物质奖赏。

妈妈悄悄出去了。不用说这一上午她一直为这一枚铜元的大奖担心，倒不是她想要钱，而是怕儿子学不会，大嫂不肯教，以后没有求学上进的机会了。

原来奖学金并不是外国人发明的。

小孩子不懂这些，毫不放在心上，只仔细观察书本。书是石印的有光纸本。书皮翻开，里面上方一行都是一幅幅画，下方是一行行字。每一行六个字，中间空一格，表示三个字一句。他刚想看画，大嫂用手指着字教他了：

"这头三个字认得吗？"

"人。"

大嫂笑了："好！"接着教下去：

"人——之——初。"

念了没有几遍又教下去：

"性——本——善。"

不管懂不懂，背这样两个短句子，小孩子真是不费吹灰之力，可是还得认字。他就一面念，一面看那些笔画像什么。没有多久，他就不耐烦了。嘴里仍旧念着，眼睛不时飞向上方的图画。他不知画的是什么，只见有些人物，有的像老太太，有的像小孩子。其实那只是下面文字的图解，是"昔孟母择邻处"的"孟母三迁"的故事。这是后来大嫂教过了才告诉他的。

有插图的《三字经》算不算古人书？

这一上午，除了他母亲在外面着急以外，旁边还有个着急的人，那给太太梳头的人。她小心地梳着头，抽空就偷眼看那书和念书的人。她心里也不由自主地跟着念。十年以后，她对那小弟弟笑着说过："我认的这几个字还是跟着你念《三字经》学的哩。唉！我要能学到你这样该多好！"她是个聪明姑娘，可惜太老实，可怜命又不好。

大嫂的头梳好了。她把书一合，说："背给我听。"

不成问题，两句都背出来了。

她又打开书一字一字问，又抽换着问。字是有次序的，一点也没有难住小弟弟。

大嫂又一次露出满意的笑容，伸手拉开梳头盒上的一个小抽屉，从里面拿出一枚铜元，交给小弟弟，说：

"拿去吧。交给你妈收起来。明天还来念书。上午不要贪玩了。"

其实在小孩子心中，一人在屋里关着，没有玩具，玩什么？还不如念书，看画，看大嫂梳头。

他高高兴兴跑出去，到堂屋里，钱交给母亲。母亲不知怎么笑才好了。大嫂来到，向全家一说，全家都乐了。

上午读书成了他的日常功课。他每天得一枚"当十"铜元，一直到他把整本《三字经》读完，没有缺过一次。中间大嫂曾反复抽查，让他连续背诵，都难不倒他。不过大嫂并没有给他讲内容，只偶尔讲讲，例如，"孔融让梨"，说，"'融四岁能让梨'，你也四岁了，要学礼节。看，这画的就是孔融。"不过她也没有把画讲全，许多是孩子自己猜出来的。

儿童记忆力强，认字和背诵歌诀式的书句是不难的，要讲解就不行了。什么"人之初性本善"，只怕孟轲和编《三字经》的王应麟自己也未必讲得明白。

这样开始了他的识字生涯。

"人生识字忧患始。"他从此一步步成为知识分子。

在他念了一段书以后，上新学堂的三哥认为这样死背书不行，买了一盒"字块"给他。一张张方块纸，正面是字，背面是画。有些字他认得，有些字认不得，三哥便抽空教他。他很快念完了一包，三哥又给他买一包来。

识字念书成了小孩子的唯一游戏。

两位老师像打铁一样，你一锤，我一锤，把小孩子打成了脱离工农群众的无用的书呆子。

当知识分子有什么好？不识字有什么不好？知识分子真有知识吗？知识分子究竟有什么用？有多大用？这一连串的问题是几十年以后才出现的。那时还没有"知识分子"这个词，只叫"读书人"。念《三字经》时他还不满四周岁，开始要成为"读书人"了。

评曰：识字读书求福，但也可以致祸，何故？

中国书的读者历来喜欢"索隐"。其渊源盖出于《诗经》的毛亨注。前汉有齐、鲁、韩三家传《诗》都列于学官，也就是政府承认而官学中应读的"钦定"参考书。到了后汉，三家传的诗都衰落了，反而不立于学官而流行于民间的《毛诗》成为正统一直传下来。毛注的特色就是每篇诗都有小序，一两句话指出诗里歌颂什么，反对什么，旗帜鲜明。头一首看来不过是"采风"时搜集来的平常的情歌。毛序指明这是歌颂"后妃之德也"，一下子就从民间升入宫廷，颂扬皇后、皇太后以至于贵妃了。有的诗则是"刺"，说是骂一个人，一件事。这往往更为读者所欢迎。近代思想开创者之一的蔡元培著一部《石头记索隐》，指出《红楼梦》是一部写清初的"政治小说"，小说中某人影射真人某某。这是清末报刊小说出现时的风气，如《官场现形记》。这样的"索隐"为朝廷开了文字狱，为民间开了出闷气的路。这样的书就会招祸了。

有人指出，清末民初报纸上没有什么新闻可看，副刊里倒有新闻，连载的长篇小说更是"新闻外之新闻"。张恨水的小说《春明外史》《金粉世家》在晚报上连载几年，大家争看，还谈论所写的是什么真人真事，以猜谜为乐。好在那时军阀不识字也不看报，还没有文人献殷勤告密，否则小说就会"腰斩"，作者也要遭殃。这样的事后来发生过不止一次。

追本溯源，"索隐"的祖师爷还是大圣人孔子。《论语》里"诗云"多得很，可是解释并不照字面讲。照这样，可以把张三定为李四，红与黑可以颠来倒去。孟子接着说要"以意逆志"，猜作者的心思。从孔孟以来一直没有断绝。所以读书是好事，也是坏事，凭文字能做官，也能下狱。

但愿此书及评不招来"索隐"。

第六回

何 处 是 家 乡

评曰：这一回详说回老家路程上小孩子所见。说的是行路，着眼在家和乡。指出小孩子是无家之人，也没有家乡。所谓老家不过是祖先之家而已。家里拜的是"祖先神位"四个大字的"中堂"条幅。祖先何在？以后连坟也平了。再挖出来也没有珍宝，更不能吸引旅游客。

仍代拟回目如下：

驿马星注定奔波命

小儿女难解大人心

一九一六年。

小孩子四岁多，叫虚岁算是五岁了。念完了《三字经》和一大盒"字块"，可是不会写字，不会讲。

大哥来到了 A 城。他的儿子也把儿媳和刚三岁的长孙从湖北接到了 A 城。小孩子有了个同伴，但这是比他小两岁却叫他祖父的小孩子，还不能玩在一起。

全家团聚为的是不久就要分开。大嫂带着儿子、儿媳、孙子和女儿以及那"收房"的丫头仍旧住在 A 城，老太太带着"前房"生的女儿和"收房"丫头以及她生的小儿子回 S 县老家。为什么不都回老家？理由是老家房子小，住不下。这也是真的原因之一，后来大哥另买了一所大房子，全家才又团聚。可是假如大哥做了大官呢？大嫂不是要随去上任吗？她在 A 城就方便多了。

可见已有分家的思想种子。

上中学的三哥还留在 A 城，等毕业了再回老家。

大嫂的母亲当然随大嫂。还有个老仆人也留在 A 城；不过他得先随老爷护送全家回去，然后随老爷回 A 城。

这是袁世凯妄图称帝和倒台死亡的一年。大哥因为时局变化激烈，所以刚满三年孝服就来安排家务。他在老家已为二弟完婚，这次再将三妹的婚事也办完，他就可以无牵无挂出去

点出袁世凯并非泛泛之笔。一家如一国，是谓"国家"。袁死而北洋军阀各霸一方，从此天下"分家"。

"浮沉宦海"了。

说是搬家，其实搬的只是以老太太为中心的一个单位；不过因为是老太太，是全家中地位最高的人，她一走，这就算家庭重心回老家了。

实际上，她自己的老家是在 A 城，她反而是离开了老家到一个陌生的地方去。

临行前，少不得老太太的娘家的人全来送行。这时才见到了那位同红十字会洋人办过交涉的三舅老爷。大舅、二舅都已去世。大舅的儿子，大表兄和小表哥，都来了，还有二舅家里的人。这些送行的人都是照例的公事公办，对这位老姐姐、老姑姑的离别无动于衷；可是老太太却是一把鼻涕一把眼泪哭得很伤心。

"这一走，不知哪年才能回来看你们了！"

对于嫁出去的女儿，娘家婆家到底哪一个是家？最后都不是。只有夫妻自己创立的才是家。大家庭本是由小家庭细胞组成，合久必分是自然的。小家巩固，大家也稳定。小家不能维持长久，大家也就风雨飘摇。这是不是也算中国特色之一？

虽然她出嫁后就离开了 A 城，但那时是随着丈夫带着孩子当官太太的；现在不同了，名为一家之尊长，实际无权又无钱。自己的儿子还在念书，一切都指望不是她亲生的大儿子和二儿子。大儿子从未在一起生活，如同路人。二儿子是她带大的，可是生性愚顽，又糊涂，又倔强，从来任性，不听她的话，不认她是妈妈，她曾经狠打过他。现在她要依靠这两个算是儿子的人，娘家又没有人撑腰；想到这里，她的眼泪就不打一处来，一泻不可止了。

收拾行李并不费什么事。箱柜捆好，架子床拆下来扎好，都贴上大红纸条，写明编的号码和某府行李字样。

重大的事是行礼。因为这次搬家不比从江西走，那是在"客邸"，又是丧乱之中，现在要正式一些。礼仪由大哥和大嫂主持。

虽则老太太为一家之主，但她是女的，祖先牌位和神龛应归长子、长孙供奉，所以，老太爷的神主在原籍办丧事后归二儿子祭祀，这里还有个祖宗牌位神龛，仍然不搬。别外有一幅大"中堂"，上面大概是老太爷当年亲笔写下的"祖先神位"四个大字，还有老太爷的临终遗像，这是要搬回去供养的。行礼就是全家对这些象征事物的辞别和启行。

祖先虽已死，却仍然活着。若不然，礼就没有了，尊卑次序也没有了。没有稳定的家，哪里来的稳定的国？外国表面不同，其实一样。大国拼命向外扩张只是为稳住内部的强心针。一收缩就百孔千疮了。祖先和个人同样靠不住。

点起香烛，全家都穿礼服。大老爷为首，男的一个个穿长袍马褂戴红顶结瓜皮小帽，向"神位"和遗像三跪九叩，包括五岁的和三岁的两个小男孩。不过他们没有马褂，要大人带着教磕头。男的行完礼，才轮到女的。以老太太为首，依次序向上拜跪。最后当然是两个由丫头升级的人，她两人都还不能穿裙子。全家行礼完了，周伯母才来给老太太送行。因为她是外姓，所以另外行礼。她与老太太论级别是同辈，所以只彼此行个"万福"或说"敛衽"礼。周伯母要对上行大礼，被拦阻了。

"快过来，叫周伯母，给周伯母磕头辞行。"

妈妈把小孩子拉过来，要他在地上铺的大红毡条上对周伯母行礼（因为不是同姓，所以不朝上面祖宗磕头）；然后她自己也对周伯母跪了下去，眼泪哗哗地流出来。

周伯母连忙拉住她，说：

"何必行大礼！"

"这一走，不知什么时候才能见到你了。"

"也快。'有缘千里来相会'嘛。我们是有缘法的。你回去好好带孩子。佛爷保佑他长命百岁。要他好好念书，将来一定有出息。"

说着，说着，周伯母也流下了眼泪。

这是一对苦命人。一个生的是女儿，一个生的是儿子，只有这一点不同，然而是大大的不同。周伯母是教她做菜和缝纫等家务事的师父；几乎是这年轻的母亲的母亲。她信佛，大概把对观音菩萨的信仰也传授了徒弟。这几年中间，她们一老一小几乎是厨房中的母女，有点相依为命的感情。在辈分上说，两人算是同辈，因此周伯母不能受她的大礼。

行礼已毕，"祖先神位"的巨幅"中堂"也卷好装箱。遗像框上的绸幡放了下来，也装好箱。事先选好的出行吉日吉时到了。

"黄道"吉日是从"皇历"上选的，这好办，去南京的轮船天天有。吉时是从开船前几个时辰中选的。反正轮船在 A 城码头要卸货，不是按时随到随开，有的是时间，完全有条件按照封建规矩去使用现代化交通工具。

出门时却是使用古老的运输工具。

轿子，"久违"了。只能在电影电视里见到了。

女人一概坐轿子，由前后两人抬着，轿帘要遮严，不能让外人看见里面。可是下轿上船，尽管是"官舱"（头等舱），也避免不了别人耳目，下轮船上火车就更公开了。

小孩子随母亲坐一顶轿子，靠在母亲怀里，外面什么也看不见。

下轿上船，望见了茫茫一片大江，进了一间所谓官舱，小得只能容下老太太、姐姐、母亲和他自己，空隙里还挤着箱子行李，小孩子几乎没有活动余地了。

大哥下了命令，不许小弟弟往舱外跑。于是他只能跪在当作床的舱板上从舷窗小洞里向外看，除了泥沙一样颜色的波浪和远处岸边的绿色树木以外，什么也看不见。

详叙之中不忘坐标、视点是小孩子。唯有小孩子尚能"客观"，因为他不懂。

汽笛长鸣。这是他久已熟悉的，可是没听到过这样响，几乎吓了他一跳。妈妈赶快用手捂住他的耳朵。

这回听汽笛叫不是看船而是坐船了。第一次坐船，他不到两岁，记不得；这是第二次，有点模糊的对江水的记忆。

他和船是有缘的，以后还要乘江船、海船，漂流到许多地方的。

这次旅行在孩子的记忆中留下的是"轿子—船—火车—船—轿子"，他是在封闭中移动的，而且差不多一直是抱在母亲怀里。她只怕这个比性命还要贵重的小宝贝丢失了。

火车、轮船当时都是稀罕的洋货。

也不知是怎么下船上火车，可是下火车时情景很鲜明。

是夜里，几处电线杆上有几只电灯放射着暗淡的黄光，这是从未见过的，在江西和Ａ城都是只见点煤油灯和蜡烛。

大老爷呼喝着老仆人监视搬运工人搬行李。因为火车是按时行驶不等人的，这里虽是个较大的站，但停留时间也不久。自己带的东西还好办，托运的就麻烦了，一定要看着从车上搬下来，再依手续领。时间急迫，紧张得很，和坐船太不相同了。

火车开走了。路轨旁月台上堆着乱七八糟的各种大小行李。旅客们纷纷各奔前程。

嘈杂的声音，不明不暗的光和影，使这依在母亲身边的孩子昏昏欲睡。火车上听着轰轰车轮声和到站时的汽笛声，他已经陆续睡了不少觉，现在还想睡。

在母亲怀里醒来时，他已经是在一只木船上了。那时把这种帆船叫作"民船"。这条河上只有短途的小火轮，水路稍长一点就只能搭帆船。为了免除上下船搬运行李麻烦，大老爷决定不搭一段小火轮再改帆船，而是雇大的"民船"，包乘到离家门不远的码头。

木船才是古老的传统宝物，应当供起来。

醒来时是白天，从船舷上小窗洞望出去，仍然是泥沙一色的波浪和岸边的绿色的树影。不过耳朵里听的不是呼隆呼隆的轮船、火车声音而是低低的波浪声和摇橹声。

没有多久，这有节奏而又不十分有规律的音乐再次把他送入梦乡。

一路上也没有正式吃饭，那一套吃饭的规矩全打破了。他只跟着两位母亲吃包子、油条、点心。

有时老仆人会过来向这间舱口望望。这只船还相当大，舱隔作前后两间，老仆人护送他们，住在后舱，看着掌舵的和摇橹的和堆放在舱板上下的行李。大哥一直不见，后来才知道是押着大行李搭乘包雇的另一只船。

这一路要经过两个县城的码头，停一停，有人上岸买点东西。这两次，大哥都过来问问，说："这一路都顺风，很顺利。有伯伯保佑。离家不远了。"

在舱里看不见船上张起的篷，也不知道顺风不顺风，船停时篷又落下来了，出舱也看不见。

两次船停时，小弟弟都被允许跑上船头去看大哥，由大哥抚摸他的脑袋，说："快到家了。"

他的兴趣却在看那码头，虽然也有一些小木船，有一处还有只小火轮停泊，也有人群闹嚷嚷，有的小贩叫卖不知什么东西，可是比 A 城差远了。省城毕竟是省城。

只看见小船、人、房子，挤在一起，挡住了视线，不像离 A 城那样，一回顾，可以望见整个躺在山上的全城。

老仆人上岸买了包子、烧饼、油条、酱油豆腐干等等食物来，大家饱餐一顿。

幸而没有一个人晕船，都是从小就坐过船的。可是一连两三天不能像在家中那样有规律地吃饭睡觉，又不能活动，除老仆人还是精神抖擞大呼小叫外，大家都感到十分疲劳；可是，除小孩子外，没有人能不断睡觉。

交通旅行破坏了稳定的生活秩序。以种田为生活思想范围的人当然憎恨流通。上山下乡回老家，这才有万古不变的一统天下。城市是"销金锅"，万恶之源，非打破不可，只能当作交易集市，收钱的口袋。

这样连续不断在车上、船上，上上下下过了四天，小孩子才在昏昏沉沉中觉得船又不动了。老仆人在舱口喊："到家了！太太！要下船了。"

刚碰上是个阴天。虽是上午，也暗得很，幸好没有下雨。

小孩子出舱望望昏暗的天色，心里有点纳闷。他在夜里曾从舱口向外望，望见一片乌黑，不分天和地，只有上面闪烁着不知多少星星，天边正对着舱门有一钩弯弯的眉毛一般的月亮。船上和岸上都没有半点灯火光，星光就显得特别明亮，比他过去在地上有灯光的情况下望见的星星亮得多。

"怎么满天乌云？那满天星哪里去了？"

因为事先打了电报，二哥已经雇了三顶轿子和挑夫，在码头上等着了。

以轿子开始，以轿子结束，四天的轮船、火车、帆船的旅行真折磨人啊！实际上不过几百里路。若从 A 城陆路直达 S 县，路近得多，可是没有火车、轮船，走起来更慢，更不安全。

"真是行船走马三分命啊！"这是姐姐对旅行的评语，小孩子是不懂的，更不懂全家担心的是人祸。虽然这里没有打仗，沿途的军队和土匪是无人能管

"行船走马三分命"，乘飞机呢？

的。尽管只经过同一省份内的一小块地方，仍然到处都是地头蛇，有枪就是有一切，随时都会出事，旅客没有任何安全保障。火车轮船稍好些，因为走得快些，至于江河里搭木船慢慢摇橹前进，那就是只有听天命了。若不是顺风能张起篷，仗帆的帮助，而是像蜗牛一样在水上爬行，那就更危险了。难料的风雨还不是最难对付的敌人。

船比较大，不能直停城下。因为在落水季节，支流河面窄，岸边有滩，只好停在离城二十五里路的较大码头上。涨水时就可以到离城十里处，小船可以直达城门口。

下船后，怕会下雨，女人和孩子立刻上轿子进城。其他人指挥工人搬运行李。

轿子到了城门边被拦住了。两个扛枪的兵还未开口，前面的轿夫递过一张名片，说了一句什么。

两个兵对望一眼，略点点头，仿佛是说，"知道了，打

过招呼的",连名片也不看一眼(大概
看了也不认识上面的字),就摆一摆手,
让轿子过去了。

名片是开门通行的钥匙。重要的是一排排官衔。

小孩子随着母亲坐的轿子打头阵,
第二顶是姐姐的,第三顶是老太太的。这样鱼贯而行,大概
为的是出祸事总是最前面首当其冲,最主要的人要走在最后。
这样一来,小孩子就从轿帘边缝里不住张望,看到了上述过
关情景。

进了城,很快就到了一个又矮又小的门边。门口已经有
人望着,先打开了门。轿子一直抬进院子里。

轿子停下,母亲第一个半抱着孩子走出轿来,满脸惊疑
的神气,好像还低叫了一声。

事后她曾不止一次说过:"一下轿,我还以为是轿子抬
错了地方,打后门进了茅房咧,怎么这样矮小的茅草房子!"
其实她自己小时候也是从茅草房子里出来的,不过现在记不
得了。

原来这一家是直到这一代才挤进了官僚队伍的,传了几
代的老房子是穷念书人住宅的本来面目。

这三个女人是太太、小姐、姨太太三种身份,对此并无
所知。

小孩子更是莫名其妙,不知这是什
么地方。他跟着母亲,母亲到哪儿,哪
里就是家。

回老家就是回到太平天国了。可惜既不太平,更不是天国,缺少了天王。

这是家。

小孩子认识这个"家"字,可还不全了解它的含义。他
只知道家是表示他这一家人,这些人就是他的家。这些人在

哪里，他的家就在哪里。他一刻也没有离开过家。在大人心中，家是家乡，回到家乡才是到了家；在外边无论什么地方都只是"客居"，是"作客"；一家人只是到处漂流的一个家庭小圈子，只有家乡才是真正的家。懂得这个含义，才能体会古人说"到处为家"是表面上坦荡，骨子里辛酸的"无家可归"和"有家归不得"的思想感情。然而这还不是真正"老家"，只在外乡说这是"老家"。在这一家人的语言里，现在是回到了家，即家乡，但还不能算真回到"老家"。"老家"是指祖祖辈辈居住的那个山窝里的一族。甚至还会回想到更远的"原籍"。这是"籍贯"。《百家姓》上注的什么姓是什么郡，那才是"祖籍"。从血缘氏族社会发展下来，到封建宗法社会，到半封建社会，这一点意识形态传统还存在。不管家中妇女的原籍是什么地方，都得承认这个男系宗族的"家"。很快，这个小孩子就会从"老家"不断来人而弄清楚几个"家"的语义的。

什么是"祖籍"？现在填表还有"籍贯"？

女从男，连"籍贯"也要从。现在不从了。

现在小孩子认识的家是这所古老的破旧的草房。

他们在 A 城住的是租来的一所房子，并不算大，可是比起这个家来却大了几倍。

这里是太平天国时期盖起来的房子，保持着那时的格局。全部是草房，没有一片瓦；墙也不全是砖砌的。厨房和有窗的一面只有半截砖墙，上半截是土坯。不过这种土坯好像一种黏土做的，虽没烧成砖，还很结实。只有房顶芦席上铺的麦秸每年经过连阴雨后必有一部分烂掉，要请人来修补。

整个住宅是三层草房，三个小院，一个后园。大门朝北，隔着城墙正对青山。

　　大门开在第一层房的西头，占一间门洞。进来是一个小院，接连门洞的三间朝南，是客厅，称为厅屋。院东边有一段墙隔开，由一个门通向东院。东院的南房是厨房，北房与厅屋相连，是堆放粮食、书籍和杂乱家具的仓库。第二层与第一层前院对着的也是四间，但通向正院的二门洞却在东面。门洞里有一门通向厨房。由二门进正院，是南北上下房，各有一明两暗三间。朝南的中间明房称为堂屋，朝北的中间明房称为下堂屋，都不住人。南房西头与二门相对的是一条过道，有后门通向后园。名为后园，其实只有一个猪圈，一个茅房（厕所），剩下空地就不多了，只能养鸡鸭。因为喂了一口猪，又有鸡鸭和一条看家狗，后园里什么也不能种，只自然生长了一棵大楝树。正院中有一棵大椿树。二门与后门对着，院中加了半垛墙隔开，不让前后望见，算是"影壁"。墙边一棵月季花，这大概是二哥种的。厨房相当于两间房通连，中间一个大土灶，有三口锅，烟囱由草房顶通出去。厨房有门通东院。东院里，北房三间，南边厨房两间，空着的一间房大的地方堆放柴草。这时附近的煤矿还没有开，家家都烧柴草。每天有乡下人挑柴进城来卖。宅内没有井，要从门外菜园里的井里打水挑回家，或则

详述房屋结构和烧柴、取水，是说明太平天国时传统。

买河水。有人从城外河里挑来卖，或则推水车来卖。井水自己打，不要付钱，但必须避开菜园浇水的时间。厨房里有两个大水缸。一个是盛河水的，打来时浑浊，要用装有明矾并有漏洞的竹筒搅动成漩涡，才会澄清。

　　"不许乱跑！"小孩子刚在几个院子和后园里跑了一

遍，地形还没有勘测完，就被大人制止了。

他只好站在正院里看大人收拾东西。

房屋的安排是这样的：堂屋两边的暗间分给老太太，她自己住一头，她的附属品——那位"姑娘"带着孩子住另一头。下堂屋两边，一边仍由二哥二嫂住，一边暂归三姐。大哥暂住厅屋。老仆人住堆东西的仓库。有个做饭的女工在厨房暂时搭个铺。

老仆人指挥工人们将箱柜搬进屋，把堂屋两边房里的架子床安装好。

这两个架子床是一对，每一架占去一间房的一半，旁边只剩搁马桶的一块地方。用门帘挡住。再放一个柜和箱子，一张梳头的桌子，一把椅子，就满了。空隙只能容两三个人同时并站，有人走出门时还得让路。这样的一间房比起在 A 城住的大房间来只有四分之一大。

房子既小且矮，亏得全家都是矮个子，进出门才不用低头。明间有门开着，所以明亮。暗间是名副其实。所有的窗子都是不能开的，都是木条编成的小小格子窗，糊上白色棉纸，只是半透明。光线不足，空气不流通。窗子上只有中间一小块纸是活动的，下有小轴，可以卷起来透透气。晴天有太阳光，屋里勉强可以做针线；阴天或则冬天，屋里就昏昏沉沉的。煤油灯只能在堂屋和厅屋点，住房里点的是豆油灯，用两根灯芯，还一点也不亮。厨房里也是豆油灯，晚饭必须在天黑以前做好。夜里或下雨，豆油灯台放在锅台上，炒菜看不清，还得时刻提防碰翻了灯台。

实在不得已才能动用煤油灯。这不但因为煤油贵，而且是怕引起"火烛"。灶边就是柴草，而且是草房，很危险。可是说也奇怪，这房子住了一百多年，火神竟然从未降临过。灶一烧火，烟囱里常冒火星，也没有点着草房顶。烧柴火（各种各样柴草）也是一项艺术，后来小孩子才学会。

卧房收拾好了。小孩子进自己屋一看，格式还是在 A 城那样，可是缩小了几倍，仿佛房子忽然变小，什么东西都挤在一起了。用妈妈的话说就是"鼻子挤在眼睛里"。

架子床是雕花的板子搭成的。一根根柱子和横梁都靠榫头接起来。下面搁上一块大棕绳绷子做床铺，上面盖上一块块板子做床顶，顶上可以放东西。床门上面和两边都是由榫头接上的镂空雕花的木板，涂了一层深红的漆，有的地方还涂了金。花样很多，两边是蔓藤枝叶配上大朵的花，中间有几只蝙蝠，取"福"字谐音。上边横的床楣上雕的除花朵、枝叶外，还有蝙蝠（福）、葫芦（福禄）和小孩子。床板下左右各有一个大抽屉放东西。床面前有一条踏脚矮长板凳，这成为小孩子坐和玩的地方。

床上挂了方帐子。帐门左右用床架上挂的钩子钩起来，成为一个大门。床门两边各挂一个红色的大葫芦。床门一边还挂一柄有绿鲨鱼皮鞘的宝剑。抽出鞘来是两把相合的雌雄剑。每把剑上都嵌有七星铜点。大约剑还不曾开过口，不锋利，也不明亮，但没有生锈，泛出青色，发出寒冷的光。这剑是为小孩子"辟邪"的，不许动。后来孩子大了，想学"踏罡步斗"，舞七星剑，才偷偷取下抽出来看，才知道是双剑。床门另一边用红头绳悬着一个小小的红布包。这里面是小孩子出生后剃下来的胎毛。为什么要保留它呢？想来也是为了保佑他长大，无病无灾，同宝剑、葫芦起类似的作用吧。

小窗前的长方梳头桌上放着梳头盒，旁边一盏豆油灯台，一匣火柴。

不耐烦在这小黑屋子里，小孩子跑到中间堂屋去，只见老太太也坐在堂屋里。正中间的"祖先神位"中堂已挂起来了。靠墙是一张长台子，台上正中间是老太爷的牌位。台上放着一个香炉，两个蜡烛台，旁边是煤油灯、豆油灯、茶壶、茶碗、茶叶罐、煤油瓶、一卷卷线香和一封封红蜡烛。还有待客用的水烟袋和纸捻子、"洋火"（火柴）。台前是吃饭用的方桌，桌子两边各有一把太师椅。

老太太坐在太师椅上沉默不语。她在想什么呢？长媳不在，她又要亲自当家了。

详写架子床和布置，这已成古董了。火柴叫"洋火"，是洋货，代替了火镰石。小孩子当然见过那古老的生火用具，这里没提。

应当还有摆设，未提是避免繁琐吧？

评曰：这里写的是家，真实，但不动人，和假造的小说戏剧电影中的家不能比了。那是艺术，以虚构充当真实，这才能有好的或坏的效果。这里是真正的"写真实"，有没有"教育意义"就难说了。写的全是小孩子的见闻加上说书人的解说，不合已定的文体规格。

八一

第七回

二 表 姐

评曰：此回写两个女子的出嫁命运。"男子生而愿为之有室。女子生而愿为之有家。""宜其室家。"一说家，就有男女配偶，这是古今中外共同的。但中国着重家，外国仿佛更着重人，一个一个人。从古希腊史诗可以看出，海伦这个美女人若在中国的家中是什么地位？写进中国书就会不一样，可能成为西施为国效劳，不会有神仙帮忙诱拐。海伦是有夫之妇，不是卓文君不守寡而私奔。中国古代的寡妇也不会像在《奥德赛》中那样招来那么多的求婚者。中外相似而又不似。"家"不相同。不论哪一洲的外国人很少像中国人这么祭祖，也不那么讲辈分，也不刨祖坟。

仍代拟回目如下：

作揖磕头　小孩子演习周公礼

嫂来姐去　女儿家出入大前门

到家第二天，全家行礼。

这次行礼和在 A 城行礼不一样。人是少了大嫂一家，却多了二哥和二嫂。可是照封建规矩，大伯子不能见弟媳妇，因此不能像在 A 城那样全家一同行礼了，得分作两批。前一批是男的，后一批是女的，只有小弟弟能参加两方面。

行礼最重要。这是家中人排辈分定次序的演习。出行，回家，朔，望，年，节，诞辰，忌辰，都得演礼。

男的行礼，一言不发，这主要是为了拜见祖先和在这里安葬时"开吊""点主"留下的父亲的"神主"（牌位），不是告别仪式。大哥点起一炷香插在香炉里，二哥点起一对红蜡烛插在烛台上。三兄弟依次序向上行三跪九叩首礼。小兄弟是在 A 城就由大嫂在朔、望、节日、生日、忌辰亲自一再训练过的。他在红毡条上的小拜垫上，先伸出左腿弯曲下来同时屈右腿跪下，再屈左腿齐跪，恭恭敬敬地将上身起伏三次，不是只点点头，然后先抬左腿支撑，再抬右腿，起立还原。这算是一跪三叩首，是普通对长辈的礼节；对祖先要行三次，合共三跪九叩首。最后还要右掌抱左拳向前一躬到地，然后连拳和臂和全身缓缓直起，两手抱拳直到额际，最后放下手来。这是作揖。对祖先作揖要这样做，是最高级。低一级就不必弯腰使拳几乎到地，也不必举拳直到额际。再低一级，弯腰和举拳上下的幅度就更加小些。最低级的是普通朋友见面，只要抱拳在胸前上下拱几下，所谓抱拳拱手，就算是打招呼行礼了。那时还不曾通行什么握手礼、鞠躬礼，只有三哥和大少爷知道这种新式的礼。二哥在测绘学堂学过军礼，当然不能用。

在 A 城行礼时是有大嫂在旁指导的；这次没有导演，全凭自己了。大哥在旁边站着看小弟"行礼如仪"，一点不错，嘴角露出一丝笑容。

行礼后，大哥先走出堂屋到前面厅屋去等二哥议事了。妇女们出来行礼。小弟弟在门旁站着看。

他的注意力集中在第一次见面的二嫂身上。只见她花枝招展袅袅婷婷从下堂屋里应二哥招呼出来，走到上堂屋。这时还没有行礼见面，互不打招呼。女的行礼同男的不一样。一是她们跪下时不能抬腿掀裙，跪下后只能弯下腰去轻轻点头，不能挺起身来再伏下去，也不能作揖，只能"裣衽"。二是有个二嫂的见面礼，少不得要有称呼，不能不开口说话了。二嫂按班辈等老太太行礼后就接着行礼。随后，二哥一大步走到前面，二人并排向老太太含糊叫了一声"大妈"，双双跪下磕头。这是新媳妇拜见婆婆，所以老太太稍偏一点站在祖先神位旁边受礼，连头都不点一下。她站在太师椅前，没有坐下，大概因为自己是继母，稍为客气一点。以后二哥二嫂还回头向老姨太太用姿势打了个招呼，其实就是望了一眼，没有作声，做出要跪拜的样子。当然这只是做个样子，姨太太虽属长辈，但是偏房，又是丫头升级，并未"扶正"，不配受礼。她连忙赶上前去做过拉的姿态，随即陪着一起三人共同向上跪拜，表示不敢受礼。这只是一跪一叩就完了。然后三姐过来，向祖先磕头后，同二哥二嫂见礼。这就不用磕头，只要互叫一声，男的行个中级揖，女的敛衽"万福"就可以了。但三姐是妹妹，所以行礼恭敬些，还叫声二哥、二嫂，叫得响亮些。最后是小弟弟，没等母亲召唤就要上前向上磕头，但刚走上去口喊二哥、二嫂时，就被二嫂拉住了。二哥笑了，说"作个揖吧"。于是兄嫂和弟弟相对各行自己的简单礼节。这也同对大嫂行礼不同，那要稍隆重些，因为"长嫂为母"，小弟弟是受过教导的。这时弟弟才看清了这位新嫂子的相貌和打扮。她和大嫂大有不同了。

二嫂大概是把她做新娘时的一身陪嫁服装全用上了。上身是大红色带花的大襟袄子，下身是掩住脚的百褶大红绣花裙。鸭蛋形的脸上薄薄搽了一层粉。

女子行礼更详述，趁此描出二嫂。

头髻上斜插着一支珠花样的东西。一对金耳环。手腕上又有一对金条镯。手上还有一枚金戒指。这身打扮使小弟弟感到有点惊奇。不但大嫂子不是这样，连侄媳作全副新娘打扮见公婆时也不像这样。三姐和大侄女是未出闺门的小姐，当然更不一样。各有各的身份配上打扮。她们不是朴素些，却不是这样一身刺眼的红色和金色。绣的花也不是牡丹、芍药式的大花头。她们也搽粉，但不知怎么扑上去的，看不出来，仿佛脸上生就那么白似的。

这一对照当然是小弟弟一瞥眼中的印象。他怎么能明白这就是城乡之别和新旧之别甚至于高低之别，而且这里面已经埋伏着使二嫂抑郁短命而去世的杀机呢？

忽来一议论，似多余，实不可少。

礼毕，二哥立即上前面厅屋去找大哥。三姐自己回房去换衣裳。妈妈忙着为大妈解裙子，叠裙子，去下她手上的碧玉镯，扶她坐下，然后自己进房换身粗布衣裳下厨房帮助女工准备午饭。

人一散，二嫂就拉住小弟弟的手，说，"跟我来。"弟弟望了望妈妈。妈妈忙说："去吧。要听二嫂话。不许淘气。"

小弟弟怀着好奇心，随着这位比大嫂年纪小得多的二嫂，穿过院子，到了她的房里。

他是家中除二哥以外进她的闺房的唯一的男性。二嫂只生了两个女儿。她的哥哥来时也几乎从不进她的房；只在她当新娘时进新房探望过一次。三哥、大侄儿，连小侄孙，都没有进过她的房。其实，除女工进房打扫外，全家中女的也差不多没有人进过她的房。她也极少走出自己的房，总是在房里闷坐和带孩子。她一生住过几处房子，都是这样。只有小弟弟进去过这几处她的闺房。很可能也只有小弟弟听见过她说出几句心里的话。她无论住在哪里，那一间或两间或三间房子就是她的牢房。

例外进过她的房间的男子只有两人：一个是医生，一个是拿妖作怪的法师。那是后话了。

医师、法师，伏下文短命，与前页对照。

现在二嫂做新娘子还不过一年光景。她大约不过二十岁。

二嫂掀开门帘，拉着弟弟进屋。

屋里的布置没有什么特别。也是架子床，床上整齐叠着两床绣花红被面的被子和两个大的绣花枕头。屋内一边是两个大立柜，柜上放着两个方形的大木箱。这就是陪嫁的"双箱双柜"。小窗子前面也是一张条桌，上面也放着梳妆匣。柜子前面是两张条凳，是所谓"春凳"。另一边是一个茶几，两把椅子。床角还有两个方凳子。床的一头，空着的夹道前挂着门帘，显然也是遮马桶用的。那时代中，妇女是不出去上厕所的，这套摆法几乎处处一样。不同的是这房里的一色红的家具新些，刻花和形式都粗糙些，新漆的气味似乎还没有散尽，可是被二哥吸烟的烟的余味遮掩了。

这样的闺房是否现在乡村里还有？

一个大不同处，小弟弟一眼就看了出来。那是墙上贴着一张月份牌，上面画着当时上海的时装仕女。流行的仕女画上常常署名"曼陀"。这种画名叫"月份牌"，却不是当作月历而是当作装饰品并作广告的。画下面就是广告所宣传的货物的商标。

二嫂进房解下裙子，露出下身的绿裤子和一双红绣花鞋。她虽然也裹了小脚，但比起大嫂的足足大了一倍。

她取下手镯，打开抽屉，放进首饰，取出一包糖，打开包，是一条条的小芝麻糖，叫"寸金糖"；大概是二哥买来哄她的最廉价的零食。

"没有好吃好玩的东西给你，吃块糖吧。"她随手递了一块糖给弟弟。

"你看这画好看吗？"她发现了弟弟在望着墙上的画。

她忽然好像想起了什么，说："你认识那画上的字吗？"

恰恰这"曼陀"两个字在《三字经》里没有，那几包字块里也没有。弟弟回答说："上面两个字不认识，下面的三个大字我认识：大——前——门。"

当时画月份牌的名人，一是郁[1]曼陀，一是丁悚，现在都不如他们的后代有名。"大前门"有无双关义？

---

[1] 应为郑曼陀，"郑"误为"郁"，可能是作者笔误。——编者注

二嫂吃惊地望着小孩子。

"你这么小就认字了，大前门是你二哥吸的香烟，不错。谁教你认字的？"

"大嫂，三哥。"

"大嫂是知书识字的小姐，是会写会算吧？"

"大嫂会打算盘，还会吹箫，下围棋。"

"你二嫂是个粗人，乡下人，一字不识，睁眼瞎。"

小孩子睁大眼望着她。

"这里是乡下，不准妇道人家认字。你二哥也不教我。他不让我知道他看的什么书。他也不大爱看书。可是眼倒近视了，戴着酒杯大的厚眼镜，一刻离不得。四只眼还看不清东西。"

二嫂说着就笑了。

忽然，她又问："你知道我是你什么人？"

这个莫名其妙的问题使小弟弟只能回答："二嫂！"

书中写女子对话以二嫂为多，刻画出一个人物。

"你不知道呀！我是你的小表姐。你知道你有个九舅吗？我是你九舅的闺女。你还有两个表兄在乡下，过几天会来看你们的。我同你二哥是表兄妹成亲。你是我的小表弟。知道吗？"

"不知道。"

"我现在是你二嫂了。可我喜欢做你的表姐，要你做表弟。我没有弟弟，只有两个哥哥，一个妹妹。你还有个十舅，有三个表姐，一个表兄。他们住西乡，我们住南乡，不常见。我本来是你表姐，后来才是你嫂子。你先叫我一声表姐，好不好？"

"好，表姐！"

"小表弟！"二嫂那样开心地笑着，一把拉过小弟弟搂在怀里。

"当着人还是叫二嫂，记住了，小表弟！"

"当人叫二嫂，背人叫表姐。"

"真聪明。"

忽然她想起了什么，不笑了，抬头想了想，打开抽屉，找出一块绣花手帕，交给小弟弟。

"小表弟，表姐实在没有好东西给你，这个你拿去吧。交给你妈妈收着。记住这是小表姐，也是二嫂子，给你的。可不要让旁人知道。——就是不要跟你那个二哥讲。他是糊涂人。"

小孩子从来没有听见过大嫂说大哥坏话，听到二嫂对弟弟骂二哥糊涂，不由得了一呆。

"在屋里你怎么还戴顶帽子？"二嫂随手摘下了小弟弟头上的有红顶结的小瓜皮帽。

详写二嫂以与大嫂对照。

小弟弟头上露出了头顶中心的一根二三寸长的扎着红头绳的冲天小辫子。

"怎么这么大了还丫头打扮哪？快剃掉吧。你十舅头上留一条小辫子在脑后，不肯剃，像个尾巴，盘起来又像条蛇，谁也不敢碰他。啊！你知道吗？你十舅有病，他是痰迷。"

"痰迷"就是神经病，确切点说，是对精神病人的客气称呼。

"痰迷"在后文尚出现不止一次。

小弟弟这时还不懂。十年后他同这

位"痰迷"舅舅住在一间房里，又常见到一位"痰迷"姨父时，才亲身体会到什么是"痰迷"。那时是另一位新娘子，一位小表嫂，来跟他讲这些了。她也是一口一声地叫"小表弟"，不过那时他已经有十几岁了。这时他还只有五岁。

二嫂一摸小辫子，发现辫根下面藏着一个小小的肉球，惊问："这是什么？"

"天生的。"

"啊！我知道了。小辫子还有这个用处，遮住它。这是聪明疙瘩吧？疼不疼？"

"不疼。"

二嫂忽然叹口气，说："二嫂是个粗人，乡下人，不准出大门，长大了连房门也少出。你这么小就见过世面了。火车、轮船什么样子，二嫂也不知道。你二哥也不讲，张嘴就笑我土气。那他怎么不带我出门去见见世面呢？他就是嫌弃我乡下人。——哎呀！我话说得太多了。小表弟！可千万不要对人讲你二嫂跟你讲的话呀！答应我。"

"我不说。大嫂说过，学舌是坏人做的事。妈妈也说，小孩子不许讲大人讲的话。"

"你哪里是小孩子？你是真正懂事的大人呀！你二哥……唉！我活到现在也没有对人讲过这么多的话。"

这最后一句话差不多是自言自语的。

"二嫂，啊，小表姐，我走了。妈妈要叫我了。"

"以后常来玩。"不知怎么二嫂竟没有笑。

小孩子跑回自己房里，想起二嫂给的寸金糖吃掉了，给的那块手帕呢？忘掉了吧？

伸手一摸，原来不知什么时候二嫂把手帕塞在他衣袋里了，还包着几块寸金糖。

他把手帕和糖拿出来给妈妈。讲了二嫂房里的摆设和墙上的月份牌，却一字也没有提什么表姐、表弟、九舅、十舅和二哥。这并不是他明白二嫂不该跟他讲这些，也不是他服从二嫂的命令，而是他服从他所属的这个封建知识分子家庭教训他的道德规范：小孩子不许传大人讲的话。尽管大人们经常言行不一，违反自己宣扬的伦理道德，可是教训小孩子倒是有作用的。小孩子是信以为真的。到了小孩子长大，从社会经验中知道真假是混合在一起的时候，小时学来的伦理道德规范就倒塌下来，只能偶然从潜意识中起作用，或者被用作教训别人的武器了。

借二嫂介绍了许多人，却又点出伦理道德。有的话明说，有的是暗指。

不断有生人前来拜访了。当然都是大哥招待，二哥当助手。

老家来的是四叔和"乡长"大哥。他们是小孩子在全族中仅有的长辈。因为这一家搬出本族老家时已是同辈中最年幼的，以后又几世单传，晚年得子，所以在全族中辈分越来越高。这两位长辈见到小孩子不过是照例称赞两句，都说他像他父亲，就结束了关于他的谈话。小孩子还没有资格陪在旁边，不过出来见一见而已。

都说是像父亲，何意？若不像或不大像呢？那就危险。父子岂能都如同原版影印一丝不走样？

还有些亲戚来。除了二嫂的两位哥哥，大表兄和二表兄以外，有个姓李的舅舅，还有个姓王的表兄，都是来应酬一下就不再常来了。有一户本家弟兄三人也住在城内，还有点来往。这家的大人只有一个讲话口吃的是小孩子的三哥，还有个二哥中风在床上躺着，其余都是侄辈。另有不是同族，只是同姓认成本家的，反而以后有来往；不过这时都还是生疏。

另有两个从乡下来看望的人。一个是父亲衙门里的厨师，那位"包厨"。一个是曾在父亲身边帮工的五哥。他们以后也常来看望，每次都带点农村土产鸡鸭鹅之类礼物。

天天来的是没有关系的两个木工。

回来不几天，就搬来了一些木料；接着木工来了，在院子里天天工作，造家具。这是小孩子最感兴趣的。除了不得不温习书和字块以外，他就到院中看木工怎样使用斧头、锯子、凿子、刨子等等工具，尤其是那墨斗。从装着浸墨汁的棉花的小匣中拉出一根线来，绷在木头上，用手指一弹就出现一道直线。拉出的线由一个轮轴转着卷回匣内。木工拿起锯子沿着墨线锯。还有拉弓式旋转的钻子钻孔也有趣。那时铁钉也不大用，铁钉和铁丝等都还是比较新的而且稀罕贵重的，都叫"洋钉""洋铁丝"，同"洋油"（煤油）、"洋灯"（煤油灯）、"洋钱"（银元）一样身份。拼合家具靠榫头和楔子。最后是上漆，也有一道道程序。小孩子在院子里看着这些木头变成家具的过程，当然是只许看不许动的。

直到五十年以后，小孩子成为老人了，才有了机会被放在工厂里亲自学习使用这类工具。当然是没有墨斗了，铁钉和铁丝不叫洋钉和洋铁丝，不稀罕了，

介绍家具制造并非闲笔，引出姊弟话别。

斧子、锯子、刨子也少用了，锤子还是用，用手拉着旋转的钻子却没有了。有了新的电锯、电刨。不过这时要求的是以粗笨体力劳动改造思想，所以也没有学木工技术，也不需要

现代化工具。这只是使他回想到五十年前的观察手工劳动情景，有点茫然懊悔当年为什么不学木工活而去认字念书以致过了五十年才返工从头学习，也没有成效。

做这些家具为的是什么？开始时他不知道。箱子和柜子做出来了，大妈和妈妈忙着从旧箱柜中检点出一些新的各色衣服往里面装时，他才得到机会明白过来。

有一天，三姐悄悄把弟弟叫到自己房里。

"你知道吗？四弟！三姐要走了。"

"走？走到哪里去？"

"傻孩子！三姐是要出门的。伯伯也不在了。三姐能在家当一辈子老姑娘吗？你没见过大姐。大姐是在家里一辈子的。你看院子里新做的那些木箱木柜，那都是三姐带走的。三姐要走了，不知哪年才能再来看你；再看到你，你也要长大了。你长大了要去看你三姐，不要忘记你三姐。你三姐是个苦命人。现在就没有父母，孤身一人，还不知会碰上什么运！"

三姐的命运前面已经说过了。比较起来，三个姐姐中她还是最幸运的，但也够苦了。

妈妈也私下告诉小孩子，要他去三姐房里送行。她知道姐弟两人已经单独会面后仿佛有点满意，大概是因为她也只能私下同三姐讲几句话。这是小孩子看见了的，看见他妈妈进三姐的房，很快就出来了。是不是送了什么东西，不知道，只见妈妈回房不住抹眼泪。这里比不得在 A 城，更比不得在江西了。那时两人都不到二十岁，一同学针织，用钩针钩出手套和小袜子。还一同认字，都认不了几个字。三姐是公开学，认得多些，还跟父亲学过几首唐诗，也教了妈妈几首诗背诵。老太爷一死，家境变了，身份变了，不能再像小孩子一样在一起了。但是她们私下还能作点亲密谈话。回老家后情况又不同了。三姐是闺中待嫁的小姐，妈妈是年轻守寡的姨太太，不能私下一起谈笑了，不过还是心心相印的能谈心的人。三姐一走，妈妈是连一个能讲心里话的人也没有了。家主人由老太爷变成大老爷，又变成太太，又要变成老太太和二老爷，奴隶不断换主人也不是好滋味啊。

嫁妆准备好了。大哥选吉期同妹婿约好，一边送亲，一边迎亲，中途相遇，妹夫接亲回去完成花烛之礼，大哥随即去行探望之礼。回门的礼仪由于路远就免除了，延期到以后再办"双回门"。夫家只有兄妹二人，境况又不好，一切都从简。雇了一个陪嫁的有经验的伴娘，由她护送新娘，指导并帮助办理新娘应当有的礼仪，满月或更长的时间后才回来。

临行时，三姐行一番辞别礼，辞了祖先，辞了全家，哭哭啼啼地上了轿。

当时豫皖之间道路是很不安全的，有兵，有匪，有恶霸，三者互相勾结，大哥带了老仆人和大家具，除箱中衣服和一点细软外，应有的妆奁都化为汇款汇给妹夫，免得路上出事。这样轻车简从办了喜事，总算一路顺利，圆满完成。

大哥办完了这桩大事，回家略略安排一下，就带老仆人上路，先去A城，再到湖北，转赴河南、陕西，继续过官瘾，走官路。

评曰：这一回三节中，前后仍是传统笔法。夹叙夹议，视点中心是小孩子，解说者是说书人。不过中间写二表姐即二嫂时换了笔法，是新小说了。要人物显出性格神态，单用叙事的旧笔法就不够了。对话是使叙事中人物生动的要诀。古来就如此，而且不限于小说。试看《论语》《孟子》中的孔、孟。

第 八 回

不 由 人 算

评曰：城隍老爷，土地老爷，两位的庙从前到处都是，现在大概都消灭干净了。东岳大帝的庙较少，更不在话下了。泥塑木雕的偶像没有了，可是活蹦乱跳的城隍、土地还有没有？据说是人死后为神为鬼，神鬼原都是人，那么，阴间有地方官，阳世活人成为活神，活鬼，又有什么奇怪？外国也有神，有鬼，不过不应该把所有外国人统统算作"洋鬼子"。可惜的是，"不由人算"和"你也来了"那两块牌匾随着神庙一同被扫除了，不过恐怕也是"精神不死"吧？本回写出为父亲的疼爱小猫和小鸟过于妻子和女儿，何其令人心酸乃尔。"宠物"今又流行，不知比独子独女如何。

仍代拟回目如下：

牛鬼蛇神　人算怎如天算

虫鱼花鸟　女儿不及猫儿

大哥一走，二哥得解放了。

照说应当是二嫂子先得解放，因为大伯子一走，弟媳妇没有怕见面的人，应当是出来走动了。可是她仍然躲在房里很少出来。起先还在堂屋见婆婆，到厨房管理菜饭；后来连这些也很少了，甚至没有在堂屋同吃几天饭就躲在房中一个人吃饭了。原来二嫂怀了孕，要生第一个女儿了。家中当作她要生男孩子，是件大喜事，一切都由她。她索性一人躲起来，尽量不见人。

这样，她生下了大女儿，又躲在屋里带孩子。不几年，又生下二女儿，又躲在屋里带孩子。二哥离开了家时，她当然有理由不出门；二哥回家时，她也有理由不出门；直到分家以后，二哥搬了家，独自居住时，她又说是病了，仍然不出门。她几乎是从不到外面来，也不回娘家，年节也不回大嫂子家祭祖，也不到三弟家拜一拜婆婆。三嫂是二嫂的堂妹，可是两人差不多从不在一起谈话。

二嫂孤独度过了一生。

二哥也是孤独的；但他是独来独往的孤独。谁的话也不听，谁也管不了他。

大哥回家这些天，把他拘束坏了。他唯一怕的人就是大哥。吃饭时就是他们兄弟二人陪着母亲。吃饭有一套规矩。他还得为母亲盛饭、夹菜。小弟弟还不能上桌子，跟着自己的生母在厨房里吃饭。

家是女人的牢狱。自己把自己关在一间屋子里，见到的人除了丈夫就是孩子。这叫孤独。可是孤独不止这一种。

大哥一走，二哥乐开了，恢复了原来的生活方式。

小弟弟这时才知道二哥也并不完全孤独。他不大搭理二嫂，却有一只花猫和几只小鸟作亲密朋友。

大哥上午一走，中午吃饭的情况就变了。二嫂子照旧在自己屋里吃。二哥一个人到厅屋去吃饭了。小孩子随着妈妈到堂屋里陪大妈吃饭，上饭桌了。妈妈要服侍大妈，不能先吃完。小孩子吃得快，吃完就离开位子跑到前面去看二哥怎么一个人吃饭。

一进厅屋，他便看到二哥是一个人坐在桌边对着两菜一汤，拿着一把小酒壶，自斟自饮。正对着他，桌上蹲着一只大花猫。小孩子一到桌边，花猫以为要夺它的食，便冲着他叫了一声"咪——呜"，把小孩子吓了一跳。

二哥连忙夹了一块肉递到猫面前。

原来二哥的好友不是二嫂而是花猫。

二哥呵呵笑着，告诉小弟弟，这酒是坏东西，小孩子不能喝，长大了才能喝。他说这只猫很乖，能懂人意，大哥在家里，它就不出来。

其实小弟弟看见过，那时花猫是拴在后园里树下喂饭，大家吃完饭才放它出来。有一次它贸然跑进厅屋，被大哥看见了。大哥一跺脚，吼了一声，把猫吓跑了。这次二哥才请它再进厅屋，高踞桌上的上座。有一回小弟弟去看二嫂，二嫂说，二哥在家里一向都是这样，猫还把他的酒菜抓翻过。"猫就是他的命。"

二哥还有几条命是那几只小鸟。大哥在家时，这些鸟笼都藏在老仆人住的院子里，由老仆人管。现在都出来了，挂在厅屋门口见阳光。

三只鸟笼：大的一只里面是黑乌乌的八哥。二哥天天教它讲人话，它根本不愿学习。一只笼中养着全身黄色的小黄鸟，跳跳蹦蹦，叽叽喳喳卖弄它的颜色和歌喉。不知是不是黄莺。还有一只笼中是一只好像麻雀那样大的小鸟，据说是百灵鸟，会唱歌。可是从来没有听见过它唱，只偶然叽喳几声。据说是要到春天带它到田野里，它高兴了才唱个不停。

鸟笼里扎着架子模仿树枝。笼口是封闭着的。笼上挂着两个小杯子，杯子里一是黄色的小米，一是清水。鸟可以伸出嘴来吃喝。鸟笼下面地上总有鸟粪。

猫和鸟比人好，听话，不会说人话。

小孩子看了几天就对这些动物不感兴趣了。他感兴趣的倒是二哥怎么细心侍候它们，真是照顾得周到。可是对于他自己屋里正在怀孕的二嫂，二哥好像是从来不闻不问，白天进屋只是拿东西，晚上睡觉才回屋，从未见到二哥和二嫂同在屋里吃饭。

弟弟对二哥有一件事怀着极大好感，这就是二哥带他出了大门。

各吃各的饭，家开始分裂。每人都是孤独的。

二哥拉着他的手跨过有小孩子一半高的大门限。他到了门外，顿觉眼界开阔。二哥告诉他，门前路那边的一块小菜园是属于"我们家"的，每年种园人要送多少斤菜来。园子北边是池塘，那是公共的。再过去是城墙。墙外对着几个山头。

"正对着我们的山叫四顶山，中间山头上的庙是碧霞元君庙，旁边那座秃山是有名的八公山。年年三月十五日（阴历）有庙会，人山人海。长大些，我带你去看。"

二哥领着弟弟向东走。没有过几家门口，就是一片空阔麦田。田外又是城墙。墙边好像有一圈连着城墙的小小的城。

"那是涵洞，涨大水时通城里城外放水用的。"

面前没有水，可是有一道石桥。桥向南是一个大影壁，桥向北通连一个大门和一所房子。门前竖着两根大旗杆。旗杆上半中间还有个斗样的东西。

"那是东岳庙。"

二哥带弟弟进了庙。一片大院子，正殿朝南，东西两厢各是一排房子，都有栏杆隔着，里面也用栏杆隔成一间一间，两边共有十间。每间的栏杆顶上有个牌子，写着什么"司"，什么"司"，各不相同。

二哥带弟弟沿十个"司"前面走了一遍。只见每一"司"中间有一个不同面相的长胡子神的坐像，旁边有个判官，一手拿笔，一手拿着"生死簿"；另一个判官也是手拿着什么东西。神座下的前面便是鬼卒和囚犯，也是一"司"一"司"不同。有上刀山，下油锅，各种各样残酷刑罚。给小弟弟印象最深的是一个人被绑在柱子上，半裸着，两个鬼卒拉锯锯开他，已经锯了一半，满身是血，锯的方法同木工锯木头一样。另一处是一个鬼卒在推磨，磨中间倒插着一个人，只露着光溜溜的两条大腿，两只小脚表明那是个女的。拉锯和推磨是小孩子见过的，可没有想到同油锅一样都还能用人做材料。

"这是十殿阎君，就是阎王。旁边是判官。'阎王好见，小鬼难当'啊。"二哥说。

二哥带他到正殿廊上，只见正中间巍然一位大神像，旁边还有几个神像。殿门是关着的。二哥抱起弟弟从门上半的格子窗棂朝里望。

下了殿的台阶，再回头向上望，才看见还有一些大匾挂在檐下。一边有个匾，上写着"你可来了"。另一边有个匾是个大算盘，上面嵌着四个大字"不由人算"。

正殿旁边有个小门，通向一个院子。二哥说是有道士住着。

小孩子在几年以后看到了《封神演义》，才知道这位东岳大帝是黄飞虎，东岳是山东的泰山。

匾文好。如今成为稀有文物了。"你可来了"好像也写作"你也来了"。

出庙时，二哥问弟弟怕不怕。

"不怕。"弟弟还不懂这些神鬼是怎么回事，一点也没有联想到活人身上。

"这些都是泥塑木雕的，是吓人的，全是假的，一点不可怕。还有座城隍庙同这差不多。别的庙里的神像都被拆下烧了，庙改了学堂了。"

什么时候改庙宇为学校大破迷信的？二哥没有说。大概是戊戌变法或辛亥革命的功绩。安徽的革命开始时的两个"督军"即革命军首领，孙毓筠和柏文蔚，都是这个S县的人。那时把革命叫作"光复"。破坏神像庙宇是古代就有的，这是"革新"，也是"光复"。

小孩子随二哥逛附近庙宇正是一九一七年开头。俄国开始革命了，中国的五四运动还在两年后。欧洲正在大战的炮火中。

"革新"和"光复"是同义语，妙。

小孩子回家后，母亲问他跟二哥去什么地方；一听说是进了庙，吓得不得了。问，对神像磕头了没有。回答是没有。

这就更可怕了。母亲最怕的是在庙里冲撞了什么神鬼会带回家来。她连忙铺下拜垫，叫孩子朝堂屋门外阴暗的天磕头；以后她自己也跪下磕头，嘴里还祷告了几句不知什么话。大妈在里屋听见响动，走了出来，问是什么事。她听明白了以后，一下子在太师椅上坐了下来，板着面孔，用发怒的口气咕噜了一句，大概是骂二哥。

妈妈抽出三根线香，点着了，插在香炉里；转身对孩子说：

"进庙就要对神磕头。"完全正确。千古不灭的真理。

"从此以后，不要再进庙了。进庙就要对神磕头。"

评曰：此回甚短而内容甚丰。写人和鬼神是一是二，同样孤独。"不由人算"说的是变化无常。"你也来了"说的是照旧老一套。两语回味无穷。

第九回

八哥劫

评曰：此回述兄弟情谊，外和而内疏。有利害冲突时，关系愈亲，敌对越强。无冲突时则保持距离可以和平共处，过于接近就难免发生摩擦。所以礼是规定地位和距离的。一躬到地，心里不定在想什么。笑脸迎人，眼中也许有泪，或者竟是内含凶焰。最好也就是不吵、不闹而已。当然也有兄弟和好如一人的，不可一概而论。伦理规定兄弟要和睦友爱，可见不和不爱才是常规。若身体强壮无病，开药方做什么？

代拟回目如下：

娶妇套笼头　上学出洋成泡影

哑铃开眼界　驱猫议鸟毁亲情

三哥从省城回家来了。

那时的学制是"春季始业"，小学四年，中学四年，大学四年。这年冬季，他和大侄儿都读完了省立第一中学。小表兄也读完了基督教圣公会中学，由教会保送到上海考进了圣约翰大学，有奖学金，条件是，每年各科考试成绩达到优等，不到优等，就不给钱；还要求品行好，不好也不给钱；至于怎样才算好，那就只有"洋人"知道了。

大少爷是留过东洋的，也到过上海和汉口，觉得手里没有钱在这些地方混不出什么名堂。他对上学不但无兴趣，甚至有点厌恶。那位三老爷可不同，自觉不论哪门功课都不在小表兄以下，有的课还超过他。两人常用英文互相写信。他一心想到上海进大学。他还不大看得起东洋，认为要留学就该去西洋。因为日本是学欧美的，是二等，欧美才是上等。要"取法乎上"。

大老爷把三弟找去了。在夸奖他以优等成绩在第一中学毕业之后，说：

新风吹入旧家庭。

"不论怎么说，我都应该送你出洋，至少是到上海或者南京上大学。然而目前家境不比从前了。伯伯去世，老家又无恒产，现在天下还不太平，你年纪还轻。所以，我想你还是先回老家去住住。一则在堂前稍尽孝意，二则也协助你二哥管管家务。我在外边稍为安置安置，一有点钱就回去，置点产业，减去后顾之忧。那时你再继续上学。

你资质不错,等我给你弄到手一笔学费,南京、上海、东洋、西洋,都由你去。在家里还要温习功课,不要荒废了。你洋文听说学得不错,回家把家里的古书再多读一些。还有,小老四在家没有人教他念书,荒废光阴,可惜。你回去以后先教他多识字,念几本书,打好根底。还有……"

大哥对付三弟的那一套,三弟作为三哥又用来对付四弟,见下文。这叫作,以其人之道反治其人之身。受张三的气,打李四的嘴。

大老爷停顿了一下,才接着说:

"还有你的亲事,我也给你定下了,就是你二表妹。她们姊妹三个,是十舅的女儿,大的'八字'不合,小的太小,只有二表妹合适。同你二哥一样,都是姑表兄妹,亲上加亲。他们两人是亲堂姊妹,虽说分了家,还是一家人,姊妹做妯娌,也很好。她家在西乡,家道还过得去。我回家时已经凭媒说好了,合了'八字'。你先回家,等我以后回去把家业安排好,就给你下定,随即办喜事。这样,给伯伯了结一件心事。有了儿媳妇侍候,你出去上学,'放洋',堂上也放心。"

这一段话比起不让他上大学还要沉重,三老爷低头不作声。当然这时他还不知道十舅,老丈人,是"痰迷"。

"痰迷"在第七回中有伏笔,彼此照应,以后还会出现。世上不"痰迷"者有几人哉。

"就这样,你准备准备,一个人动身。路上要小心,也历练历练。不过一年半载,我就会回家。家业不安排好,我在外面也不放心。"

长兄的话就是命令;除家族传统、习惯、规矩以外,主要的基础是财源和财权。当然三哥只有服从。他拿到一笔路费以后就买了点他早就想得到的东西,同小表兄谈了一下午，动身回老家。

他这时心中是感到委屈的，可是又无可如何，但多少还存一线再出来的希望；到大哥突然去世时，希望完全破灭，颓废思想感情占了上风。在这次长兄谈话的十来年后，他却又用同样一套来对付小兄弟，先不让上中学，后又放任不管，也给他定下亲。可是小弟弟没有像他那样完全服从，年纪还没有他现在这样大就自己一步步离开家了。

三哥到家，自然是他的生母——大妈最高兴。她早知道定亲的事，只想早日儿媳过门，让她早抱孙子。二嫂生的还不算她的亲孙子，何况是女的。

次高兴的是小弟弟，因为他看到三哥带回几样新奇的东西。第一稀奇的是一台风琴。这是三哥临来时下决心买下的。只是一台小风琴。他三哥坐在前面用脚踏下面两块板子一上一下，用两手在上面黑白键上来回按，就发出各种声音。三哥试完琴，认为路上没有碰坏，就把上面盖子一盖，拿一把小锁锁上，打不开了。他站起来对弟弟说："将来再教你按琴唱歌，现在不许动我的。"

第二稀奇的是三哥还带回一对木制哑铃；每天早晨，两手各拿一个，上上下下，"一、二、三、四"做早操。有时两手的铃还互相撞击一下，发出清脆的声音。

哑铃不哑，代表新风气说无声的语言。

这对哑铃却不便锁起来。三哥把它放在厅屋里长条桌上一头，对弟弟说："这个现在你也不要动，小心碰了头，等长大了，拿得动，我再教你。"

至于三哥带回的一些古怪的洋书，除了中间有几幅画以外，并不使弟弟感到多大兴趣。

最稀奇的东西三哥没能带来。他叹口气说:"钱不够了。我去看了几遍,连顶便宜的照相机也买不起;买回来也没有底片拍照;拍下来也没有药水冲洗,只好等将来了。"

后来他果然实现了志愿,买了一个方匣子照相机,自己拍、洗、晒印。那时小弟弟不但能看懂,而且能看显影、定影、晒相的程度到不到,帮助哥哥了。

三哥早就爱照相。小弟弟一周岁多时,他就借照相机给小孩子照了一张相,还洗印在一方手帕的角上,是蓝色的。这是靠他在中学学化学的成绩做的试验。这方小手帕一直藏在妈妈那里;给小弟弟看时已经模糊了,不过还看得出是个小娃娃的像。直到抗日战争爆发,妈妈逃难时,这有婴儿像的手帕和一小布包胎毛才失掉了。

二哥、二嫂对三弟回来并不怎么表示高兴。

二嫂只出来见过一面,就回屋了。她这时已显出肚子又大了。不过小弟弟还不明白是怎么回事。

二哥由一件事而大不高兴这个念洋书的弟弟回来。

他逗着八哥给三弟、四弟看,教八哥讲话。可是八哥只会跳上跳下,有时吃点食,却一个字也不说。二哥气了,吼了它一声。八哥吃了一惊,发出一个不知是什么音的呼声。

"这是八哥吗?我看不是八哥。八哥不是这样叫法。我在'博物'课学过。二哥,你上人家当了。"

这句话把二哥惹恼了。当时他一言不发走开。

第二天小弟弟一看,八哥的笼子空了。笼门大开。不知是二哥把它放了,还是生气抓出来摔死了,扔掉了,也许喂猫了。

本来就互相不谈心的二哥和三哥从此以后更是无事不讲话了。八哥事件后，有几天小弟弟没有听见那兄弟二人互相说话，尽管他们在一起吃饭。当然，吃饭时猫也不能再上桌子，它的位置被三哥占了。这可能也是二哥不满意的一件事。

两兄弟失和的原因之一是文化思想冲突。学过"博物"即"自然"课的弟弟以新知识惹恼了学"测绘"不成的哥哥。知识多了未必是好事。知道的太多了，大有招来危险的可能。

评曰：八哥鸟本来自由自在，也不学人的说话，被捉去关进笼子，先成为商品出卖，再成为有不同的文化知识思想的人间矛盾的牺牲品。下落不明，耐人寻味，因为人有时也像鸟。卖弄知识往往无益有害。就让不知道的人不知道好了，何必多嘴？"人之患在好为人师。"古有明训，诚哉是言。

第十回

描 红

　　评曰：此回再写小孩子读书，是前文《人之初》的第二阶段。从前开始学写字时描的那几句似通非通的话的开头是"上大人"。"大人"这个词现在只有和"小孩"相对的一个意思了。从前可是常用的多义词。凡在上者都被称为"大人"。父母是"大人"，官也是"大人"。"父母官"是顶头上司，一方霸主，对他更得口口声声不离"大人"了。描的字接下去是"孔乙己，化三千，七十士"。"乙己"只因笔画少，不会是名字。可是孔门有三千弟子，七十二贤人，又好像是说"至圣先师"孔夫子。后来被鲁迅一用，永垂不朽了。末尾是"尔小生可知礼也"。"尔"字，"礼"字，从前写法有繁有简。"描红"的红色字用简体，同现在的简化字一样。由此可见，"礼"是第一要紧，非得教小孩子天天写不可。

　　代拟回目：

　　　教科书忽变夫子曰

　　　孔乙己成为上大人

三哥回来给小弟弟带来一件重大变化是他又要读书了。

三哥先检查一遍读过的《三字经》和生字块。亏得妈妈督促小孩子经常温习，他仍然全都记得。三哥一算，他认得的约有一千字了。

《三字经》以后，照例应当是《百家姓》《千字文》《千家诗》，所谓"三百千千"，是发蒙读物。

可是三哥是上中学念洋书的，打破了这个老程序。这几本书买来了，却没有教。

"赵钱孙李，周吴郑王。"教了不多几句，有了他们家的姓了。三哥说："这些姓拼起来有什么意思？以后自己就都认识了。"于是《百家姓》被放到一边。

《千字文》和《千家诗》的命运也不更好。三哥同样认为不适合作儿童读物，都只教了几段就搁在一边了。

读书"发蒙"也开始破传统了。这还在"五四"新文化运动之前，是"维新"而已。

他找出了一部《龙文鞭影》，以为全是故事，又是四字一句，押韵，好记，好背诵。可是一教之下，三哥又不满意了。第一个字是三个鹿字拼成一个字，其实就是"粗"字。"粗成四字，海尔童蒙。"三哥问："为什么要写笔画多的'粗'字呢？""八彩，舜目重瞳。""根本不会有这样的人。"三哥说。大概他不是念这些书发蒙的。家塾中可能是照父亲教导先念"四书"的，以后就上洋学堂了。

于是三哥上街去买了一套商务印书馆的"国文教科书"来。那比用"人、手、足、刀、尺"开头的一套还要古一些，可能是戊戌变法后商务印书馆编的第一套新式教科书，书名题字下是"海盐张元济题"。书中文体当然是文言，还很深，进度也快，可是每课不长，还有插图。里面有破除迷信的课文，也有故事。

第一册中头几课小弟弟几乎没有什么生字。三哥很满意，加速度地教这最古老的第一代新式"国文教科书"。这样一本本念下去，也讲点内容。直到听说大哥快要回来，一套书也快念完了，三哥才把这新式课本中断，改教小弟弟加紧赶读孔夫子的《论语》。

大哥是家主人。他一回来，传统读的书也回来了。

这部《论语》对小弟弟来说确是有点新鲜。书中没有图还不说，又是线装木刻印的大本子。本子很长，上下分作两半。上半都是小字，下半的字有大有小。大字的本文开头和中间有圆圈，这是标明章节的。句子不分开，句中插些双行小字注，读时要跳着念大字，不连贯。这书看样子就不讨人喜欢，内容更稀奇古怪。小孩子觉得这比有图有故事的《三字经》和"国文教科书"差远了。这是三哥从家里旧书中找出来的家传古书。

他念过《三字经》，对于孔夫子和《论语》并不生疏，所以三哥略略介绍一下，他就明白了，这是必读的真正的"经"书，是最重要的必须熟读的书。三哥说，从前人要应考试去做官，是要连大字带小字一齐背诵的，只许照小字讲解大字。"伯伯和大哥都是这样。"他说，现在不要应考了，不必念朱夫子的小字注了。至于上面那半截书的什么"章旨""节旨"

之类批注都可以一概不管。三哥教得很简单，要求的是识字，能背诵，要能连续背下去。"大哥回来会考你的。"他说。

"学而第一"。原来"学而"是用开头的两个字作为"第一"章的名字，前面"子曰"两字不算。第一篇几乎没有生字，可是"不亦说乎"的"说"字右上方加了一个小圈，要念"悦"。既是"悦"字，为什么要写成"说"又去加圈改读呢？三哥也没有解说，其实他也不明白。他是念洋学堂的。"四书"是他小时候上学校以前父亲请的一位姓郑的家庭教师教的。郑老师已故去了，但他的两个儿子是同一县城的人，还常和二哥、三哥这两位师兄弟来往。他们原是在一起读过几天书的小同学。郑老师当年怎么教三哥背的，三哥照样转给小弟弟。二哥是早就把这些忘了，看到小弟弟大声朗诵"子曰：学而时习之，不亦乐乎？"面带微笑，一言不发，听了一会儿就走开了，从不问弟弟念得怎么样。

有旧书新读意味。

字认识，字面的意思容易懂，读起来也顺口，"乎"字仿佛押了韵，可是不能问为什么会"悦"，看小字注也不明白。对于圣人说的话是不能提出问题的，反正熟读就是了，将来自有妙用。不消一时半刻，小孩子早已熟读成诵。三哥也不要求拖长音吟唱，因此更容易。他想只教一句，可是弟弟念得快，第一天就把第一篇的三句都背了，连唯一的生字"愠"字也认识了。三哥一算，等到大哥回来，可以念不少，足够交差的了。于是他说："贪多嚼不烂，以后还要复习，今天就念这些吧。"放学了。

写念洋书的人教古书，妙。念古书的人也教过洋人，可能有"化三千"之意。

一
一四

大概也是为了应付大哥，连三哥自己也收拾他的书桌，摆上一大摞线装旧书了。他又不知从什么地方搬出来一块大石头，长有一尺多，宽有半尺多，厚有二三寸，放在书桌上。后来才知道这是一块古砚台。上面贮水的地方刻了一只凤凰似的鸟。石头很细。中间微微凹下去。三哥磨墨写大字了。他执笔的方式也不寻常，大拇指在一边，其余四指分散平列在另一边。他端端正正对着一本字帖一笔一画地写。那本字帖也是从旧书箱中找出来的，是墨拓的欧阳询写的《九成宫醴泉铭》。这是当时流行的打基础的欧体字帖。三哥写字时，弟弟跪在书桌旁的椅子上看，有时被准许帮助磨墨，可是每次都弄得手指乌黑，挨母亲说几句。

过不几天，三哥看弟弟的《论语》实在念得太快，《学而》一章能从头背到底毫不费力，字字都认识，背完就跪在椅子上看他写字，又不便赶走他。于是三哥在弟弟念书的方凳上也摆上一块有木盒子的小砚台，一小锭墨，一支笔，一叠红"影仿"叫弟弟也写字，免得老早就放学或则总在他旁边好像监考试一样看他读书写字。

"影仿"有两种，都是一张二十格，每格有红字，要求弟弟自己磨墨，拿笔把红字一笔一笔描成黑字。要讲笔画顺序，不能乱涂。更重要的是执笔要合规矩，拇指和食指捏在笔两边成为"凤眼"，中指和无名指分放在拇指和食指各一边，小指靠在无名指后边，离开笔头至少一寸，手腕要略略悬起。三哥不许小弟照他那样执笔。

先写第一篇"影仿"，是笔画少的字。

"上大人孔乙己化三千七十士尔小生可知礼也。"末尾空一格，叫写上日期。这里面的"尔"字和"礼"字都是简笔字，小孩子原来只认识繁体，现在才知道一个字竟有不止一种写法；像"说"字念成"悦"字一样，一个字也可以有不止一种读法。

第二篇"影仿"是数目字组成的一首五言诗，中间有几个字笔画多些。

"一去二三里，烟村四五家，楼台六七座，八九十枝花。"这要等第一篇写得熟些才开始写。"烟""楼""台"都是繁体，不大容易描好。

这样习字叫作"描红"。这可比念书难。小弟弟忙习字的时间比念书多，而且每次都是满手墨污，写完就要去洗手。单是执笔法就练习了不少时候。这样，他没工夫去和三哥捣乱了。

"描红"是把红的描成黑的，是"黑、红"游戏。

三哥和弟弟这样紧张准备应付大哥，二哥却若无其事，满不在乎；其实也不尽然。首先是那只花猫不准上桌子了，其次是鸟笼打扫得勤快，变得清洁了，地上没有鸟粪了。二哥也有时躲在二嫂房内。弟弟偶然掀门帘找二嫂，发现二哥正在坐着打算盘算账目。二嫂抱孩子坐在床上向二哥背后一努嘴，接着微微一笑。二哥似乎紧张得没听见门帘响，头也不回。小弟弟就一溜烟跑了。

可是大哥又来了信，寄了一些钱来，说是暂时还不能回家。于是紧张空气顿时松弛。二哥又是白天不进二嫂房，经常在外；花猫又有时自己上桌子，鸟笼下一摊鸟粪痕迹，三哥的琴声多于书声，大字也不常写了。全家好像都松了一口气。

只是小孩子的功课没有松下来。《论语》照旧背诵，每读完一章就要复习全章，从头背诵到底。两份影仿还是天天写，不过现在执笔不困难，手指也不那么容易墨污了。他认的字渐多，看出三哥桌上摆的高高一堆线装书是《古文辞类纂》，只第五个字还不认得，也不知道这是著名的桐城姚鼐编的著名的古文选本。三哥这时也不大读古文，倒是叽里咕噜常常读英文书。有几本英文书上有中国字，那是《华英进阶》。

家主是"上司"。上司到，坏变好，上司不来，"恭喜发财"。

评曰：古人说读书为的是明理。但儿童写字学的是"知礼"。此礼非彼理，一外一内。由《论语》可见孔夫子虽然内外兼说，双修，但内心修养的理，例如"仁"是外人管不着的，只由远在以后的夫子们去说说道道，孔子也没下定义，作界说。连首席弟子颜回也只能"三月不违仁"，过不了一百天。但是人伦，即人际关系的等级尊卑，谁管谁，谁听谁的话，谁照谁的指示办事，那是一点也不准改变的。这就是礼。中国三千年传统称为"礼教"。据说是"造反有理"，以理反礼。但古来历史证明，造反者乙反掉甲皇帝的礼，自己坐上龙廷，还得"克己复礼"，"以其人之道反治其人之身"，照既定的老一套办事。所以，反和正，理和礼，实是一件事。破坏和建设都属于传统。有人说这是儒家和佛家的分别。其实佛教的戒律就是礼。沙门照样拜王者。中国的佛和儒是通气的。韩愈"辟佛"不过是"争座位"。文人学士特别喜欢挂佛招牌而"呵佛"的"语录"禅。道家曾经被用作对付"礼法"的招牌，其实儒道两家不过是一个鼻子的两个鼻孔。看看所谓"魏晋风流"就可以明白。反礼的实在内心是护礼的。在朝为官就讲儒。在野为民就讲道。当统治者就喜欢《老子》。当被统治者就喜欢《庄子》。唐宋皇帝自己是道家，却要别人奉儒家。他自己可以为所欲为。别人必须规规矩矩。武则天是女皇帝，便加挂一块佛的招牌，继承唐太宗。三教合一是契丹后代做蒙古宰相的耶律楚材即湛然居士所提倡的。招牌和商标的变换是外表，重要的是货物。世界本来就是不讲理的。礼就是理。没有礼，全乱了套，还有什么理可言。

第 十 一 回

见 世 面

　　评曰：此回说到小孩子开始见到家门以外的人事。种菜人不问书本教训和道德规范。香店经营拜神拜祖宗的必要道具。更重要的是见到了死人，自杀的女人。由此连带说后来见到的"正法"被杀的女人。家里面平安无事，一切循礼而行，出门就不一样了。小孩子出门，第一次见到庙，那是神鬼世界，是人间的影子。这一回见到真实的人间了。随后写到放风筝，那是上天，出世界，但仍有绳索牵引，有风吹，不能自主。三次都写小孩子开眼界，写风俗人情。小孩子见到了世界，但不能认识，更谈不到改造了。后来推倒偶像也并不是改造。

　　仍代拟回目：

　　　　世道初窥　门外便临生死界

　　　　风筝远去　天边不现雨雷声

自从随二哥出门逛庙以后，小孩子就常常一个人到大门口去见世面。当然，他的活动范围不出门前方丈之地。可是一眼望去，视野是够辽阔的，可以一直望到远处的山顶上的庙。

尚未"经风雨"，却已"见世面"。小世面隐含大世面。

　　天亮不久，女仆就起身扫院子，随即打开大门。大门的一尺多高的门限板有时提出放在一边，不过平常多半是仍旧夹在门两边嵌着的石台的沟缝里立着。小孩子爬过门限，在门外望远，有时就坐在门边石头台上。

　　大门上贴着一副红纸对联，还是大哥回家时写的，是"忠厚传家久，诗书继世长"。门楣上却不是别人家那样的四字横批，而是父亲作的一句诗："家与青山住对门"。这也是大哥写的，大概是为了纪念未能活着回家来的父亲。

　　大门正对面，路那边就是小菜园，大约不过一亩地，一边是邻居的院墙，另三边是泥土垒起的矮矮的围墙。远处一个角落上有一所茅草盖顶的小房，那是种菜人的住宅。

　　种菜人是男女二人，都有四五十岁了，没有孩子，也不是夫妇。男的称呼姓名，女的通称"老姨娘"，可能是男的亲戚称呼，也可能是大家给她加的称呼，指示她的本来社会地位。他们的关系从来没有听到人家说过，也从不见有

这一对男女是圣人乎？小人乎？妙在谁也不在意，一点歧视也没有。这才是真正中国老百姓。

一二〇

人对他们另眼看待。男的是老实人，一天到晚干活。女的有时在邻居间管点闲事，仿佛威信还很高。

这两人不知从什么时候起就种下了这块地。似乎他们居住的年限比周围后盖的房子和后开的菜园都更长，因此没有人追问他们的来历。以前小孩子一家人都出外了，住在这里看房子的是白住。这两个种菜的也是白种，也算是帮助看房子。大老爷、二老爷居丧搬回来以后，原来住房的本家回乡下去了。这一对种菜老人来见大哥，表面上是来问好谈家乡，其实是打听以后菜园子种不种，交不交租课，改不改旧章程。大哥很慷慨，他眼里根本没有这一亩菜地，不过产权是不能放弃的。

"以后你们还照旧种菜园，还是附带给我们照看门户。都是多少年的老邻居了，也同一家人差不多了。一切都照老样。不过我们回来了。有什么新鲜蔬菜可以给我们送两棵来尝尝。说不定家里缺葱时会去地里拔两棵来。你们也别见怪。就这样，也不用提什么交租了，怪寒碜的。别挂在心上，鲜菜送不送都不要紧，我们家吃菜不靠这菜园。"

这两人就遵照这口头订下的租约办。据说"老姨娘"对人讲过："就是在外边跑的人大方。听说父子都做了官。这样的官不错，不忘老街坊，不摆架子。"

做官不忘老街坊，不错。老邻居是得罪不起的。

其实是这块地已经等于他们的，不让种也不行。他们就靠这点菜生活，男的还打点短工，女的也给人做点活。

听说后来到抗战初两人才先后故去。他们一死，菜园子荒了。这家老房子不久也倒塌了。这一带成了一片空地，镶在麦田边上。唯独东岳庙还孤零零地站在那里，不过里面只有装束破烂东倒西歪的神鬼塑像，没有道士了。据说在破漏的大殿中间，东岳大帝黄飞虎还巍然端坐了许多年。偶然还有人来烧香磕头；能修庙的有钱人却没有来过一个。

小孩子在大门口最常见到的是这两人在干活。男的从前面池塘里挑两桶水过来，站在园子矮围墙边往一块破缸片里一倒，水就从墙洞沟里流进园子。女的手拿锄头看水，随时堵上预先打开的菜畦缺口，让水流进下一畦。此外还有锄地、撒种、分秧、拔草、起菜等等活也被小孩子看在眼里。池塘里有时有人持长竹竿赶放一群鸭子。

家旁边和后园外面也是一大片菜园子，种菜的人也是住在菜园子的一角。园里有口井，正在这家后园墙外。井上有辘轳架。种菜人每天转动辘轳打水上来往沟口一倒，然后把那尖底的大水桶放下井去，辘轳一阵响迅速转动，他两手伸开，避开弯曲的旋转辘轳把，往往还高唱一声，再一下一下吃力地转动辘轳吊上水桶。这些情况是小孩子在门旁遥望的。他很久都没有走进过这两处菜园，不敢离家门口太远。他很感兴趣的是远望那小水沟中一阵隔一阵过来的潮头。

斜对面，小菜园旁边的院墙里，是一处香店。这是制造线香的工厂。里面有一位师傅和一个小徒弟。他们把像窗

小沟里观潮与大江大河无异。

扇一样的有网绷住的板片搬出来靠在院墙上，有时还靠在门外边。板中网上是粘着一片一片连在一起的挂面似的黄色线香。每片干了取下来就很容易互相脱落，合起来成为一卷，裹上红绿纸就是一炷香。小孩子隔着大路向那院内张望，只见几间房外面墙边和很大的院子的墙边都靠着这种晾香的板

子。制香是在屋内。

小孩子几乎每天都找空隙到门口去，总是看见那同样的景色，同样的几个人，同样的一些事，同样遵循固定的时间表，只有下雨天是例外。除了"老姨娘"以外，没有人同他说过话。大概是他那长袍和红顶结的瓜皮帽把他打扮得与众不同，把他和劳动群众隔离了。他和香店的一个学徒成为朋友是十年以后的事。

终于发生了一件极不寻常的事。

有一天早饭后不久，小孩子到厅屋（也就是书房）去，忽然听到外边香店那一头有嘈杂的人声。他便跑出大门去，一看，原来香店过去两三家地方路上站着一群人。他为好奇心驱使不由自主地也跑了过去。只见那边一户人家的小小的门开着，门前站着一个女人，闭着眼，头离上面的门框很近了，下面的脚被人群挡住看不见。女人头上好像有根绳子从脑后连着门框。

门前围着的人没有大声嚷嚷，可是一片低语声在远处听来就同平时寂静无声不一样。

小孩子还不懂得"上吊"，自己杀死自己。

小孩子听不清也听不懂大人在讲什么，不明白这是怎么回事，正在发愣，忽然被身后一个人拉住往回拖。他回头一看，原来是母亲。

"快回去！吓死我了！"她一下子把孩子抱了起来往回跑，"再不许你一个人出大门了。"

回家以后，母亲在"祖先神位"前香炉里点了三根香插好，叫小孩子朝上磕一个头。她自己也跪下，嘴里祷告了几句不知什么话。

"今天，明天，后天，几天都不许你出大门，记住了！"母亲说完才放他去书房读书。

这是他有记忆以来亲眼看到的第一个死人。这是一个横死的，自杀的女人。不过当时他并不知道。谁也没告诉他。他看到的第二个死人也是一个女人，是绑在大树上绞死（勒死）的，据说是犯了通奸和"谋杀亲夫"罪。这是他在人群中远远望见并听来的。那已是几年以后的事了。

最初见到的死人都是女人，一自杀，一被杀，偶然乎？必然乎？这绞刑，不知是官府还是公众执行"正法"的，反正是一样。

不许出大门的禁令不久就打破了。这次带弟弟出门的是三哥。

从乡下老家来了一个人，他会扎风筝。这时正是初春天气。他在路上已经见到一些风筝在空中翩翩飞舞，禁不住技痒；来到后不久就向三哥提议玩风筝。三哥在省城也放过风筝，正在寂寞无聊之中，一听这话立即兴奋起来，当下便着手准备。

客厅兼书房变成了临时的制造风筝车间。一些竹片、秫秸（高粱秆）、五颜六色的纸张、糨糊、麻线、绕线的工具（线板和Ⅱ形的架子）、剪刀、纸捻、小刀等等在桌子和椅子上放着。

小弟弟站在一旁观看他们的手艺。

乡下来客是主力，三哥不过是助手。二哥来了。他似乎也想插一手，东张张、西望望，问几句，评论几句，却什么也没有做；拿起这样又拿起那样，仿佛是检查工作，却又指点不出什么来。过一会儿，他就走了。半天后又来，仍然是照样一套表演。直到风筝扎好了，他才又来欣赏，谈起他在外

风筝现在是世界性的游艺了。这里写的还是原始土货。

边见到的各种形状的风筝，一下子变成内行，原来是他跑到东边庙前麦地里看别人放风筝时听来的。

桌上还点起一盏油灯。劈好的竹签要在火上面烤，弯成各种形状，有弯的却烤得直起来。然后把二根秫秸断成一些段，有的要劈去皮只用芯，或则去一边的皮露出芯来。这样，有些处用它们当榫头将竹签连接起来，或作为装饰。在关键地方用纸捻捆缚，再用糨糊一涂，就成了风筝架子。再照大小剪裁纸张，随后一张张糊上去。

小弟弟在旁边目瞪口呆地看，直到出现了第一只风筝，一只彩色的拖着长飘带的蝴蝶。出现在他眼前，他才明白过来。他跑去报告母亲，过些时又来看；第二只还没有完工。三哥已经满手糨糊，地上也撒下许多纸片碎屑。比较复杂的风筝还没有完成，只是些架子。

到晚上，他们打扫了屋子。小弟弟再去，只见二哥、三哥和客人正在欣赏，两面墙上靠着几只风筝。蝴蝶之外，还有一只鸟形的。最可惊的是有一只人形的，头上还画了眉毛、眼睛、鼻子、嘴，直伸着两手，交叉着两脚，看来还是那个鸟形架子。

"过一夜就可以晾干了。明天天好就可以去放。"客人做出结论。

第二天小弟弟吃了早饭便跑到厅屋去，只见两位哥哥和客人正在收拾。

"可惜麻绳太少了。"客人说。

出发时弟弟也想拿那只蝴蝶，三哥不许，他只好跟着走。

这次一直到了东岳庙。石桥上已经有人在放风筝，有人站着看，大人小孩都有。客人说还是到麦地那边去好。于是又走过去，找到地边一片空隙。这里已经靠近城墙了。

风筝背后有一段绳子。客人把三个绕麻绳的板子和框子上的绳头分别接在三只风筝的绳子上，然后一只只放起来。

先放蝴蝶。三哥拿着风筝站在一处，客人拉开绳子，喊声"放"。三哥手一松，客人把手抖了几抖，风筝就上去了。小弟弟觉得没有什么风，不知怎么吹上去的。客人不断松绳子，直到板子上绕的麻绳快完了，风筝已经高高在上了。它在空中起先还不断摇晃，客人不断抖手，忽左忽右，最后它不动了。客人把板子交给二哥拿着，又去放第二只，那只大鸟。放上去后交给三哥，他自己打算去放那"美人"，可是没有助手了。他望了望小孩子，摇摇头，转身叫二哥把绳板压在一块石头下面，来帮他放。三哥也把绳板放下压上石头，打算过去帮忙。

"不成！凤凰不能放下。"客人喊。

小弟弟才知道这原来是一只所谓凤凰。

"美人"居然也上天了。虽然不十分像人，却也难得她能在空中飞舞。

弟弟抬头望风筝，好像自己也上了天。

这时又有不少风筝上了天。有的只是一个框架糊上纸拖着飘带。这多半是孩子们放的。有的却很出色。好看的蝴蝶各式各样。也有鸟形的，人形的。最可观的是一条龙，原来是一节一节接起来的，在天上摇头摆尾。

忽然起了一阵风，那只蝴蝶的绳板没有压住，脱离了石头，风筝一直

详写放风筝有无用意？只是记民俗吗？

一二六

向前飞，幸而板子还够沉重，只在地上滚，没有上天。客人急得直喊："快拉住！"这时只有二哥一人手空着。他忙着上去拉住绳子。不料三哥因为回头看这边，那只大鸟竟然不听话，一翻身，倒栽葱向地上扑下来。三哥连忙拉扯，已经来不及，鸟像老鹰扑食一样落到了麦田里。客人一看，无法相救，觉得手里的美人也有不稳之势，赶忙连拉带扯稳住她，随即把绳子不慌不忙卷了起来，收下风筝。这时二哥手里的蝴蝶也不听话，直摇头摆尾。二哥也忙卷绳子，却卷得不好，没有收一半，蝴蝶等不及也一头倒栽到麦地里。等到大家集合时，鸟头和鸟尾都破了。还好，蝴蝶没有受重伤。美人还完整无恙。

风筝遭风，命运不同。

这阵风不止毁了他们的玩意儿。有的小孩子的风筝片脱手而去高飞远走了。有的同样栽了下来，身负重伤。天上只剩下几只风筝了。奇怪的是那条龙仍在飞舞。更奇怪的是另一只简单的大的人形风筝下面不远处的绳子上有一个横着的短竿子，两头附着不知什么东西做的仿佛两团泥，这东西偏随着风上上下下地帮助风筝平衡。

"那是'二郎担山'。那条龙扎得不怎么样，放的手艺不错。'二郎担山'配得不错，'美人'可扎得不行。玩意扎得好看，还得会放。"

客人这几句话说得二哥和三哥都有点不好意思。他们只好说："不知天怎么刮起这一阵妖风。你看，现在又好了。"

"放！"客人又把他的"美人"放起来。三兄弟只有在旁边观赏。分明客人是要同那带着"二郎担山"的风筝比赛，故意放完绳子，想飞得更高。那家也不示弱，扎得不好看，放得却好；他也放绳子，竟然赶了过去。客人一看绳子完了，急得直跺脚。

风渐渐大了。大家都收了。

这样的风筝会演继续了好几天。小孩子只温旧书，没有念新书，字也只写一张。妈妈说："不要把心玩野了。"其实孩子只是看别人玩，自己并没有玩。他实在从来不曾真正玩过，连看别人玩，除了听三哥弹风琴外，这也是第一次。

这是一九一七年。世界大战还在进行。俄国发生了二月革命。欧洲上空飞舞的是开始试验投入战争的飞机和飞艇。这里的上空却是一片和平空气，只有风筝在飞舞。军阀混战的炮声这里也

忽然转出世界和国家大事作结，与风筝何干？这穷乡僻壤仍旧是一片干净土吗？

听不见。城中很少有人订上海的报纸看。除学校的校长、老师和县政府的官员中少数人以外，谁也不知道什么大新闻。

评曰：现在的小孩子听广播、看电视、玩电脑，还嫌不够，跑出家门上街，逛公园，怎么想得出不满一百年以前的小孩子的世界有多大？可是也别忘了，就在世纪末的中国土地上也还有不少的儿童的世界不比这里写的大多少。书中的小孩子还有一个无边无际的书本世界等他去开拓。这就不是一般儿童都有的了。见下一回。

第十二回

菊 花

评曰：此一回说三个菊花。一个是植物，两个是动物，人，女人，一小一大。种的菊花是接在艾上的。不嫁接就没有力量开大花，只能是野菊花。一嫁接就成为五颜六色各式各样变换不等的高贵品种的菊花了。乡下来的菊花是女孩子。嫁接前的菊花本根原来是艾。秋菊本是艾姑娘。写真实却自然有象征意味，可见二者原不可分。只看你怎么观察，怎么说出来。艺术源于真实，不错，但流不是源。艺术出于真实而胜于真实，还可以指导真实。生活往往会模仿艺术，但有意硬逼不行。生造比不上自然。

仍代拟回目如下：

人淡如菊　且喜初逢女友

根原是艾　谁怜沉醉杨妃

风筝放过后，一切恢复常态。

小弟弟却有了一件新的遭遇：他认识了第一个小朋友，也是第一个女朋友。

这里的女朋友没有现代城市中的涵义。

跟随老太爷当厨师的王道清是这里乡下人。老太爷去世，他便回老家了。他只夫妇二人给衙门里"包厨"，积攒了一些钱，回家后买了几亩地自己种，生活算不错了。可惜一件事揪心，没有孩子。夫妇俩出门时还年轻，仗同乡关系找到"包厨"职业，回家时也不老，大约四十来岁吧，女的还小些。可是在乡间已经都算过中年了。两人着急时碰上有人从河南那边逃荒过来，带着一个小女孩，实在养不活了。这夫妇俩便同那夫妇俩谈好，用了一些粮食把这大约两岁多的女娃娃换了下来。那家人看到这家人没有孩子，也放心。他们从此没有再回来，不知流落到什么地方，是死是活。

王家夫妇要下这个女孩是为了"压子"，有了第一个，便不愁没有第二个，一心还是想生儿子。除求神拜佛外，也想行善事。这次想到了老主人家里，觉得不该不来看看这没落的做官人家。说不上报恩，至少是应尽一份心。于是带了些鸡鸭之类就进城来看望这家人了。

一见面少不得有一番应酬。老太太见旧人想当年，不由得有点难过，过一会儿就回房了。老姨太（新的称呼）当年同他们是班辈不远，年纪较小，所以还到前院来继续谈话。这时，一对小孩子也互相认识了。年纪差不多，女孩子稍微大些。起先有点腼腆，随即由于老一辈的谈得热闹，他们俩也不认生了。由于地位不同，大人没有介绍男孩子对王家夫妇和女孩子怎么称呼。他们也只含糊说："都长得这么大了。长得真像老爷在世的神情模样。"接着当然是他们自叹命苦没有儿子，羡慕生了儿子的人有福气。当然又有一些安慰话。不过这些都不是明着直说的，对两个孩子没有什么影响。至于二哥和三哥，那就只敷衍几句话罢了。

"我叫菊花。"女孩子先自己报名。她听父母说过这男孩是少爷、老爷的身份，所以也不问他的名字。她父母当年是叫这男孩子小名和他母亲的旧名的，现在都改口不叫了。女孩子自然也不会想到叫他什么。男孩子从没有自报姓名的习惯，见的生人大多是辈分高不过他的。

"我六岁。"男孩子说。

"我七岁。"女孩子说。

男孩子头上还有那短短细细的冲天小辫子，女孩子却是两根又粗又乌黑的短辫子搭在肩上。

两个孩子所受的教养和所生活的环境大不相同。一个知书识字，一个是文盲。然而对世界的知识，小文盲这时却比小读书人懂得多。头一天两人谈话互觉新鲜，彼此不大对头，都觉得可笑，不过总算是互相认识了。

第二天就不同了。女孩子是田野里长大的，不耐烦守在家里，就同大人说明要出去玩。可是一开头没有得到允许。她便同男孩子在院中走动，指指点点。

"这棵大臭椿还不砍掉？又不是香椿，可以吃香椿头。那棵树是苦楝树，也没有用。该种点枣树，当年就能结枣子。"接着她唱："桃三年，杏五年，枣树当年就还钱。"

"这树是自己长出来的。"男孩子说。

女孩子发现了后园门，便打开了走进去。

"这一片地只养一口猪。那个茅坑的肥做什么用？养了几只鸡？哦，送来的那一只母鸡是生蛋鸡，千万别杀了。怎么？躲在茅房墙后头？没杀就好。几天一定下蛋。现在初来认生，不吃食；不来这里，早就下蛋了。"

她这样唠唠叨叨讲个不停。可是家里实在没有什么可玩的。她在仓库屋里发现了一箱子书，说，"这么多书，看得完吗？"后来，女孩子千求告万求告居然得到大人允许同男孩子到大门外去，不过不许走远。

一出大门，她更精神抖擞了。望望菜园，她笑了："种菜还要用墙围上，像住家户似的。"看到晾香的板子和绷子，"香是这么做的呀。"

他们进了菜园望望，又走向麦地那一边。女孩子像教书一样地讲："这是荠菜，这也是荠菜，别看长得不大一样。这是老鹳嘴。唉，都老了。这是灰灰菜。那是独扫头。那是油饼菜。都好吃。那家院里还有棵榆树。榆树钱好吃，树叶子嫩的也能吃。饿极了，树皮也能吃，可我没吃过。这些菜你都吃过吗？荠菜包饺子。那些菜要把嫩叶子和面一蒸，加上盐，滴上点香油，才好吃哩。"

男孩子摇摇头说："我们就吃白菜、菠菜、豆腐。"

以大自然为粮食，不烦种植。

"怪不得。门口就是菜园子。俺们家自己家门口种几棵，春天去挖点，摘点，都吃不完。"

　　看到鸟，她也有一些话。看池塘，她问里面有什么鱼。男孩子说不知道。只有在东岳庙门口，男孩子才有得说了。女孩子只上过土地庙，见过土地爷爷和土地奶奶。那是乡下小庙，只有一间矮矮的土房。她还没有上山赶过庙会。不过她常赶集，也讲一些集市的热闹。

　　这个女孩子使男孩子由衷地佩服。还有更可佩服的事是她教会男孩子捻线。

　　因为男孩子坚持不肯进庙，说进庙还得磕头，回去会挨骂，又不能不说；女孩子只好在庙门口望了望，一个人跑进院里，又跑出来，有点扫兴，就匆匆回家。家里人已经在大门口张望，要来找了；少不得又说了几句训斥的话，当然是训女孩子。这样，又得待在家里了。女孩子看见女工用来拧麻绳的"波槌"。这是一段兽骨，上面缠上麻绳，提起来用手指拨转骨头，就拧紧绳，再继续上先劈好的一缕缕麻丝。这比搓绳子省力，快，而且细，紧。麻绳是用来纳鞋底的。她问："你会捻线吗？不会。我给你做一个。"

　　她问有没有制钱。男孩子的枕头下面枕着一大串，那是为了迷信求财和"压岁"的钱，从小就压在枕头下被褥下边。散的钱另外还有。还有一个泥扑满是装铜元的。现在没有大嫂给铜元了，很久没能满，还放在床底下。

　　找来了一个又大又厚的"康熙通宝"。女孩子说："这样的钱，两个就够了。我看到的都比这个薄，轻，也小些。"

捻线不是纺纱，是粗麻布为衣的时代。帛只属于贵人。

一二三

男孩子知道那是乾隆、嘉庆以后的"光绪通宝"，却不知那是清朝政府从道光、咸丰、同治以来，经过鸦片战争后越来越穷的表现。

又找到一根旧筷子和一团旧棉花，一小段棉线。女孩子把筷子一头插进铜钱眼，用点线把留在外面的一段缠粗，钱便不致脱落。另一头砍了一个小缺口，系上一段棉线，将上百的线头咬一咬，撕开，续上一点拉成细棉条的棉花，手提着线，把钱一拧，钱和线不断旋转，她不断续棉花，一会儿就是一尺多长一根棉线。她把线缠在筷子下半头，留下一小段，又接着捻一次，然后说："你来试试。"男孩照样一试，吧嗒一声掉在地上。他续的棉条不肯结成线。

女孩子笑得不得了，但她不是笑他笨，又手把手教他。终于男孩子也能捻出疙里疙瘩不匀称的粗棉线了。

这是男孩子学会的第一件手艺，是乡下来的第一位女朋友菊花教给他的。她还拿女工的"波槌"打了一段麻线，可是不教男孩子，说怕弄坏了，女工会骂。

学手艺何如学写字？

这样又过了一天，他们就回乡下了；因为托人照看房子不放心。

王道清还来过几次。他还是给小孩子讲孙猴子过火焰山的第一个人。可是菊花和她的养母只在六七年以后才来过一次。她完全变了样。上次回去后不久，她居然意外有了一个小弟弟。妈妈照看小弟弟，家事就多指靠她。由于她能干，父母都舍不得嫁她出去，就留下当儿媳妇。那最后一次来是她的养母带了她和她的弟弟，也是比她小七岁的未来小丈夫，一同来的。两条小辫子成了一条大辫子，还裹了小脚，也不那么爱讲话了。此后再没有她一家的消息。

　　她大概第一次进城回乡后不久就把这个小男孩忘了。可是小男孩还时常想起她，那第一位女朋友，一直到几十年以后。

女友命运无下文，又何必有下文？

　　又一件热闹事是三哥种菊花。

　　三哥不知从哪里弄来些艾（洋艾）撒在后园一角，春天长起来了。放风筝季节一过，他便收拾一把锄头，到后园刨地，整出了几条花畦。又把艾挑选一下，一棵棵像种花一样分开栽在畦垄上，还天天去提桶浇水。

实写菊花，与前文菊花女对照，两种菊花。

　　三哥的这些劳动，二哥是从不过问的。小弟弟却是每次都跟随在旁看。他还帮不上忙，最多只能递过一棵艾苗去。

　　夏天来了。艾长得很起劲，一天一个样。

　　有一天，三哥一早就从外边匆忙回家，也不知他是什么时候出门的。他手里拿着一个用荷叶包着的什么东西，进院就放在大树下的墙角里。

　　吃完早饭，三哥就拿起那包东西到后园去，还带着一把小刀。到了后园，又从墙角拿过来一捆浸湿的稻草，就蹲在花畦的口上。

　　他先把第一棵艾端详了一下，一刀就把中间的头砍了下来，只留下旁边的下部枝叶。中间的残桩大约离地只有二三寸高。这时三哥打开荷叶包，原来是一包菊花头，叶子同艾几乎一样，不仔细看分不出来。三哥拣起一根菊花头，把摘下的枝头削成斜面，又在艾桩上从中劈一刀，连忙把菊花头插进去，随即扯过一根湿稻草把艾桩捆紧。这样，菊花苗头

一
三
五

便长在艾的茎上了。他又把艾的枝叶全包起来，不使菊花露一点痕迹，也用稻草在外边一扎。这棵艾就成了一包叶子压在低低的茎上。这算完成了一株的嫁接。

小弟弟在旁边站着看，觉得很新鲜，比念书强。

三哥嫁接了一道垄，太阳已经升高了。

"你该去念书了。把前面的温习一遍。"

弟弟只好回书房去。这时他已把《论语》快念完了，只剩下末尾三章。现在念的是《阳货》一章。虽然三哥并不每句讲，只是教识字，教背诵，有时讲讲

由现实回书本，从菊花到中国和外国的圣人。

难的字句、人名、地名、书名和一段的大意，可是小孩子已经能明白一些内容了。他对《阳货》章的第一节就感兴趣，因为他明白了这是个故事。这是孔子躲避阳货，躲不了，路上碰见了，慌慌张张顺口答复"是，是，是"。小孩子觉得好笑。这一章里的"孺悲"一节更有意思了。"孺悲欲见孔子，孔子辞以疾。将命者出户，取瑟而歌，使之闻之。"小孩子觉得这位大圣人很古怪。"阳货欲见孔子"，"孺悲欲见孔子"，孔子都不肯见；为什么都不肯见呢？为什么告诉人家有病，又故意"取瑟而歌，使之闻之"，让人家知道是没有病呢？这两节书是说大圣人会撒谎。可是国文教科书里教的《司马光剥核桃》和《华盛顿砍樱桃树》的故事就不是这样。大嫂常教导说："小孩子不许说谎。"难道大圣人就可以说谎吗？这两人的名字也古怪，什么阳货、孺悲，又是"货物"，又是"孩子哭"，怪不得圣人不肯见。可是孔子为什么那么怕阳货，却一点不怕孺悲，不怕惹他生气呢？这两人和孔子的故事一直印在小孩子心里。《论语》分成两册；

"上论"早已读完，现在"下论"也快读完了。"上论"的十篇的章名很奇怪，什么"学而""雍也""述而"的，只引头两个字，人名很少；"下论"的章名也是引头两个字，却多半都是人名，只有第一章叫"先进"，没有人名。《论语》引出小孩子心里许多问题，长大了也解决不了。

念过的书早已烂熟，顺口就背出来，心里不由得胡思乱想，想着孔圣人的话有些实在有趣，不知为什么那样讲，为什么这就是圣人之言，必须听从。可是从"阳货"到"孺悲"念不了一会儿，

忽然想到后园里的艾和菊，那比孔圣人好玩得多。于是连忙磨墨写字。

这时他也不写描红影仿了。写一张用竹纸蒙着描字的影仿。这些字多半难写，一张张不一样，每张要蒙上纸照写许多遍。

功课一完，他收拾一下就往后园跑。

太阳已经很高。三哥还没有完工。他把上身脱得精光，头上戴了一顶大草帽，还蹲在花畦里辛苦劳动。只剩下几棵了。弟弟一直看到他的工作完毕。

这天下午三哥在屋里睡了一大觉。

当《论语》读完又从头温习了一遍时，后园的菊花已经变了样了。艾叶包早已打开，菊花苗已经长起来；仗了艾根的力量，长得很硬朗，没有一棵死的。三哥很高兴。

早在艾叶包打开，菊苗已经活了的

时候，在炎热的太阳下，三哥沿花垄摆好一些花盆，然后把菊苗套进去。每棵

菊花苗从盆底的洞里穿进盆里向上长。每盆下面用小石头和砖块垫着，使它的底和艾留下的茎一样高。菊花都是在花盆里长起来的，不是在地里自由生长的。

后来，他开始读《孟子》的第一册"上孟"时，花盆里已壅上了土。再以后，艾叶四披，菊花一盆盆长得很好。三哥培养菊花比培养小弟弟更用心。小弟弟对菊花也比对孔孟更感兴趣。

这样到了秋天，三哥的成绩大放光彩。菊花含苞欲放，下面连接艾根处已经砍断，浇水也早就是向盆里浇了。

秋冬之际，三哥开了一次菊花会。在厅屋里摆了凳子和桌子，一盆盆菊花从低向高排列。每盆还插上根竹签，上面标着给花取的名字。三哥自己只取了几个，什么"醉杨妃"之类，其余的由客人在欣赏时大家取名，随时写在竹签上。

少不得又要喝酒、吃饭、猜拳、行令。当然，这是小孩子不得参加的。他在厨房里得到母亲塞在嘴里的一只醉虾，鲜得很。

二哥从头到尾只是旁观，有时呵呵笑几声，有时也评论几句，却从不帮忙。直到菊花会上他才忙开了。虽然他一棵花的名字也不曾取，酒却喝了不少，划拳老是输。这天兄弟二人都喝得酩酊大醉。

小孩子和菊花这个名字打交道，第一次是那位小女朋友，第二次是这彩色斑斓的菊花会。其实这以外还有一次比这更早。那是在 A 城时，给大嫂梳头的丫头，她的名字有

有菊花而无诗社，差了一代。他们的父亲辈还是赏花要作诗的。更早就更多了。有诗为证："看花俱是白头人，爱憎风光爱惜身。到此百杯须满口，果然四月有余春。"那不是赏菊花。到赏菊花时已可以说"此花开后更无花"了。梅是春的使者。

第三菊花是青年女人。怎么夭折的？大约作者也说不出来。

个菊字。不过以后由于她是大哥的收房丫头，生了一个女孩，大嫂也不再叫她的名字，改口叫艾姑娘了。原来她姓艾，大哥给她取的名字是"秋菊"。

后来，当她的女儿才十三岁时，这位苦命的姑娘，年轻守寡，突然急病身故了。

评曰：本回点出了两个世界和人。一个是真实的，小孩子从家内认识到家外，从自然认识到人。另一个也不是虚幻的，但是要间接认识，要想一想，问一问。这是书本世界。小孩子从三岁念"人之初"起就在这个真真假假的书本世界中游逛，却也没有脱离书外世界的上上下下种种人。两个世界常常混淆，以致产生不幸或幸运。只有一个世界的人有福了。

第十三回

浑人

评曰：此回写二哥，由二嫂口中点出他是个浑人。浑人实未必浑。此人一生的生活可说是一直走下坡路，一直是浑浑噩噩不知天高地厚。据说他活到七十五岁高龄因贫病自杀。这个结局，作者没说到，评者也不便妄加评论。

仍代拟回目如下：

庸人有厚福　纯属虚言

女子莫逞强　难逃薄命

二哥也是个苦命人，一辈子一事无成。

他生下来就是倔强性子，长不到几岁上母亲就死了。最后来的继母就是现在这位母亲，对他并不怜爱。他常因为不听话而挨打。有了三弟以后，继母顾不得管他了，他更自由自性。同弟弟玩不到一起。大姐年纪太大，另两个姐妹还都是不许出闺门的女孩子，更不接近大哥，从不在一起，对他谈不上有什么感情。

此人在前文中已屡见，这里又正写，下文还要说到。

只有父亲看重他。特意从家乡请来教书先生在家开馆。没等他念完经书，就忙着花钱给他捐了一个所谓"国子监"，其实只是一个报考科举的名义，一个资格。那时清朝政府即将崩溃，捐官的花样多得很。衙门只知要钱，好歹有钱有势就能做官。不料朝廷闹"变法"，虽然"戊戌变法"失败，可是"洋学堂"的兴起已经阻止不住了。父亲一则看到潮流趋向，二则看到这个孩子没有多大希望读书成材，恰好江西省办了一个"陆军测绘学堂"，就把他送进去。这时大哥在山西、陕西也是混进了什么"武备学堂"当所谓"督监"，大概父亲也看到天下大势文不如武了。

二哥进了学堂，穿上一身制服，照了一张相片，还有什么"同学录"一类的照相册，什么"东文读本"（日语课本）之类的油印讲义，又有石印的"报单"式的考试证件，真是风光得很，俨然是个小小年纪却大有前途的未来官僚了。

直线思维的人只能做最大的官，太平官，不能一步步爬上高官。曲线思维者是给大官办事的，门道多，但不会发命令。

不幸二哥并不是做官的材料，习文习武都不适合。他的头脑似乎是只能走直线，听什么都相信，做什么都不成，既不能"闻一知二"，也不能"举一反三"，不会联想，不能推理，心血来潮，或则听信了什么，就一鼓劲干到底，碰破头也不转身。他进学堂，连操法都只是勉强及格，什么课程只会死背，几乎是一窍不通。他唯一成功的只有一件事，这使父亲不但大失所望，简直气得说不出话。

原来清朝政府腐败已到极点，办这个学堂毫无培养人才之意，只有敷衍门面之心，不过是官僚们弄一笔公款立个衙门叫学堂以便大家瓜分而已。入学只看报名者家庭地位，不管本人，于是收罗了一批官僚子弟。这群十几岁的孩子聚在一起，好比候补官僚，学习目标除父兄之外就是"洋官"。眼前的"洋大人"是教军操和教"东文"的日本教官，恰巧都戴着眼镜，十分神气。这群纨绔子弟羡慕的正是这种神气，错误地把打扮当成了做官的主要因素。军帽、军服都一样，只差一副眼镜。于是没有多久，学生们一个个都在鼻梁上架上了金丝眼镜。二哥当然也不能例外。

候补官僚学校，好像英国也有过，出产的一种人是议员，能说会道，另一种是不参政论政决策只管办事的吏。官吏有别。

父亲见他这身打扮也还满意，只对眼镜不赞成，说："小小年纪，又不是大近视眼，戴什么眼镜？成何体统？见到长辈、上司，行礼时都要取下，也不方便。我也有点近视，可从来不戴眼镜。快取下来，不准戴。"

二哥当时答应，心中却另有主意。他回学堂以后，天天早晚在朦胧天色中总找一本洋书凑到眼前看，越看越近，没有多久，本来是轻度近视成了高度近视，配上了一对酒盅似的凹进去很深的眼镜，摘下来对面认不得人。这一来，父亲也拿他没办法，金丝眼镜陪了他一辈子。辛亥革命前，这个学堂就关了门。他的毕业文凭只是这副眼镜。什么"测绘"技术连影子也不见，日文字母认不全，立正、开步走都不成样子，只好回家当少爷，准备当老爷。

父亲还想换条路子培养他，没有来得及便去世了。大哥一看这个弟弟毫无能耐，就打发他回家乡看守门户。他也借此自得其乐，喝酒，吸水烟和纸烟，养鸟，养猫，也找了些年轻亲友子弟到一起"言不及义"。脸上的变化是上唇添了两撇胡子。这当然是大哥不在家时留下的。

后来他在大哥去世和分家自立以后，也曾出门找事，但几次都是落魄而归，到家一文不名，甚至行李都卖掉了。二嫂的一点陪嫁首饰经不住他几次出门就卖光了。二嫂气得生病后，拖延了几年，撇下两个女儿去世了。二哥只好在家吃地租；不够吃，先把大女儿托亲戚送到乡下一家沾亲的人家当童养媳。不多久，又把第二个女儿也送到乡下另一家仍然当童养媳。他每次当女儿这样"出门"时一人躲在厨房灶前哭，也没有人安慰他。

他剩下一个人，生活稍为好些。又有人说媒，续娶了一位老小姐。这位续弦二嫂只因幼年出天花，脸上添了麻点，以致三十岁左右才由她哥哥做主出嫁当"填房"。她却是一个能干人，但也管不住二哥。生下两个女孩以后，日子更难过了。二嫂出主意，卖掉一部分地，搬

老好人的悲惨境遇是对世界不适应，怎么也讨不了好。

下乡去，自己种地。据说后来夫妇去世时只有五亩地，村子里认他为贫农。两个当童养媳的女儿中年就离开人世了。两个小女儿在母亲故去前定了亲，父亲故去前结了婚，都是劳动人民。

这位鼻架金丝镜脚眼镜的候补未成的小胡子官僚是个"浑人"，二嫂的评价一点不错。不过他并没有害过人，只除了他那可怜的大女儿和二女儿，还有三十几岁就抑郁而死的二嫂，受了他的连累。可是这能怪得了他吗？假如清朝不亡，他这样的人说不定就能当上大小什么官的。

老家的日常生活真是平淡得很。

天亮后不多时，扫院子，开大门。门外传来叫卖声，那是城外山下来的豆腐挑子。做豆腐的连夜做，天不亮就挑进城卖。城门一开，头一批就是他们进来，以后才是打柴来卖的，推车装河水

豆腐如今也国际化了。在法国开豆腐公司的人失败了。日本式豆腐装扮反传到了中国。

和挑一担河水回城卖的。山下的泉水据说是汉朝有人炼丹成仙升天用过的，做成的豆腐鲜嫩无比，好像北方的豆腐脑。用铜片切成一个个方块卖。另外也有卖豆腐脑的。那是一头有炉子，一头放各种佐料和碗勺的挑子。豆腐脑是素的，只放香油、酱油、熟黄豆。北京的杏仁豆腐的鲜嫩程度只能列在这里的豆腐和豆腐脑之间。另外还有老豆腐，那和北方所谓南豆腐差不多，再老就成豆腐干了。

豆制品还有绿豆饼。那是蒸过的像铜元大小的小圆饼；可以加辣椒炒吃，也可以加水烩吃；既可当菜，也能抵一半饭。

还有豆芽，也是有人挑来卖的。多半是黄豆芽，绿豆芽

较少。自己家里也做过。

这几样都是要用钱买的。虽然不过一两个铜元就可以买到一点，但是母亲是用制钱惯了的，总觉得一枚铜元比一枚铜钱大不了多少，只中间少一个窟窿，就值十枚铜钱，还只买得到值几个铜钱的东西，太贵了。这时那中间有方洞的小小圆铜钱已经实际上不大通行，物价是以一枚铜元作为起点了。除了到巷口卖开水和烧饼的灶上买壶开水还不到一个铜元，还可以勉强用制钱以外，小孩子枕头下面的一串铜钱已经做不了什么用了。挑卖"吊炉烧饼"和夏天挑卖凉粉的也不收铜钱了。

菜尽量不用钱买。豆腐差不多只在有客来时才买。平常吃菜靠门前菜园里拔来一棵"黑叶白菜"，还有家里自己晒的黄豆酱和腌的芥菜（雪里蕻一类）。院里的一缸酱，从洗、蒸、晒到成熟，是在夏天做的，上面爬苍蝇，盖上盖，里面还会生蛆，不过因为是加辣椒（有时有豆腐干）蒸过吃的，所以不致引起疾病。刚晒好的很鲜，小孩子忍不住偷偷用手指蘸着尝了一口，也没有得病。腌菜同样是开头很鲜，可以切碎浇上香油生吃；后来就得加辣椒炒吃了；再后来，腌菜坛发出臭气，可是还得吃到底，不过多加辣椒就是了。

酱缸，从前常用作比喻，现在不见了，比喻也换成染缸了。但是染缸只有颜色，没有味道和蛆。

荤菜主要靠家养的鸡生的蛋，不过这也是多半沾来客人的光才吃得到的。

当年衙门的那套排场早已无影无踪了。全家眼巴巴望着的是大哥能做大官，带钱回家，买房子，置地。再到外面去的希望渺茫了。这在大家心里都明白，不过三哥还怀着一线希望，还用功念英文。二哥自有打算，想着大哥回家，他就自己出门闯世面去。他认为命运和运气是主要的，本领是次要的，要紧的只是混事的本领。小孩子的妈妈自然是把满希望寄托在大哥大嫂身上。她很有信心。

"好好念书，大嫂不会忘记你的。她亲口对我说，一定让大哥把你接出去念书。"她常常私下对孩子说；有时还加上一句：

"这鬼地方越早离开越好。"

她最不满意的是这不透气又转不过身来的矮小的房间，像牢笼一样。

衙门是另一种监狱。

她确实是在坐牢，不但是小房屋，还有那看不见的大牢房。她那江西口音也招外人笑，幸亏年轻学得快，除几个字音以外，不久也会讲本地土话了。

有天傍晚出了一件大事，正是大牢房里的小风波。

牢狱内风波不详说，小孩子不懂，说不出。

小弟弟正在书房里听三哥弹琴，听得出神，忽然内院一阵吵嚷声传来，惊醒了兄弟二人。三哥停下琴，略一听，就指挥弟弟快去后院，自己却不动身。

弟弟不知出了什么事，赶忙起身就跑，从书房出来，穿过二门过道往后院去。在过道里迎面撞上二哥。他慌慌张张快步出来，嘴里大声讲着什么话，好像是高声自言自语，一转眼就出了大门。弟弟愣了一下，才跑进院子去。

在遮拦二门过道和后园门之间的一堵小小泥土影壁墙边，妈妈正在挣扎。女仆用力拉住她，她用力往墙上撞头。她一面大声哭，一面不知讲着什么话。女仆一面拉，一面也断断续续讲着什么。

小孩子一下子惊呆了，站住不动，转眼就扑了过去，抱住妈妈的腿，只叫了一声"妈"便大哭起来。

这一声哭喊起了作用。妈妈不再往墙上撞脑袋了。

"周姑娘！周姑娘！"大妈站在堂屋门前喊。

二嫂没有出来。三哥也没有进后院。

好容易女仆把这母子二人扶进屋内。她又伸手抓过一块毛巾给妈妈揉额角。

"还好，没有破。不是我在旁边……唉！这么大一个包，何苦呢？"

妈妈低声呜咽着，把孩子搂在怀里。

女仆看看没事了，退了出去。大妈早已回自己屋里去了。

过了些时，女仆端进一碗稀饭和一小碟菜和筷子，悄悄放在桌上，转身把小孩子拉了出来，没有说一句话。

一掀门帘，看到中间堂屋已经点上了灯，大妈和三哥正在吃饭。小孩子被女仆拉到桌边坐下吃饭。只不见二哥。二嫂照例是在自己房里。

这顿饭，三个人都没有说话。

孩子回房时，没有点灯，妈妈已经上床睡了。在隔着门帘透进来的微弱的油灯光下，看得见菜、饭都在桌上没有动。

妈妈不哭了，却有时还呜咽两声，叹口气。

她紧紧抱住孩子。

"听话！快长大，长大给妈妈争口气！"

活下去因为有希望。希望在孩子身上。靠得住吗？

这一夜不知妈妈睡着了没有。

二哥不知是到什么地方混了一晚，

夜里回来进自己屋去，早晨又走了。第二天中午才看见他回来同三哥一起在前面客厅吃饭。

二嫂却破例在第二天上午到堂屋来了。她先到婆婆房里说了几句话，才来到妈妈这边屋里。这是小孩子听见声音出去看见的。他叫了声"二嫂"，回身同她进自己屋里。妈妈站起来让二嫂坐，手一挥，叫孩子出去。

孩子在堂屋里只听见二嫂一句话：

"他是个浑人……"

二嫂评二哥确切无比。二哥糊涂，前后两个二嫂反倒聪明，所谓"巧妻常伴拙夫眠"是也。

大妈掀开门帘，看见小孩子在中间屋里，也把手一挥，叫他出去。

他只好到书房去做功课。三哥一个字也没有提起昨晚的事，仿佛什么事也不曾发生过。

可是妈妈额上肿起的大包是真实的，好几天才消下去。

本来妈妈和二哥就不曾讲过什么话，从此以后，小弟弟几乎没有听见他们两人说过话。

究竟是发生了什么事？很明显是二哥说了什么无礼貌和没道理的话冲撞了妈妈。这个谜永远也不会揭穿，其实也无需乎揭露谜底了。

这样的吵闹，在小孩子的记忆中，只有这一次。这个家庭里，吵架也不像吵架，只有怄气。平平静静的一潭死水。

评曰：此回写一汪死水的平静家中的偶尔一次暴露出的小小风波，说出一个毫无特点过了一生的倒霉的浑人。聪明人跟着浑人倒霉，聪明有什么用？

第十四回

新 居

评曰：本回写家中琐事，其实是点出兴衰转变关头。

故为拟回目如下：

难说新居胜旧宅

岂知盛极是衰时

突然，大哥回来了。

幸好，小弟弟正在温习"上孟"，三哥正在磨墨写大字；在这显示"书香门第"的书房中，不声不响地进来了大哥，身后面跟着老仆人张祥，还有挑夫两人扛着一件件箱子、行李进来。

小兄弟俩连忙站起来叫"大哥"。大哥脸上浮出一丝笑容，说声："好，家里都好吧？"转身打发挑夫。

小弟弟走出书房门，到内院去报告这喜讯。他一到院中看见二哥从大门进来，便叫道："大哥回来了。"二哥一听这句话，回身就出大门，仿佛忘了什么重要东西要出去找。小弟弟呆了一下，仍进后院去报告母亲。也是幸好，他没有叫"二哥"，所以大哥并没有在意，不知道院中这一场戏。张祥在厅屋里同挑夫说话，也没有看见二哥。

兄弟三人一同到堂屋见母亲。大哥坐下谈了大嫂那边情况，又问这边家中 _____

弟见长兄如鼠见猫，何故？
_____

情况。这时候，二哥不慌不忙进来了。他面带微笑，向大哥拱手作了一个小小的揖，大哥也欠身拱了拱手。二哥坐下，却转脸向门边站着的小弟弟笑。不久前他那样惊慌失措，现在却这样安详从容，这是什么道理？

小弟弟望着二哥，忽然明白了，也禁不住笑了起来。这突然引起了大哥的注意，小孩子连忙一掀门帘进了妈妈的屋子。

"笑什么!"妈妈正在对镜子整理头发,准备出去见"大爷"。她现在称呼那三兄弟为"大爷""二爷""三爷",但背后对孩子却不这样叫而另有说法。

小孩子低声笑着告诉妈妈:"二哥的胡子剃掉了。"接着,他轻轻讲了刚才二哥的表演。妈妈也笑了,低声说:"不许告诉你大哥。"

小孩子随妈妈出来见大哥时,三哥也朝着弟弟笑,二哥更是抿着嘴笑,三兄弟都明白其中奥妙。大哥看见全家都笑容满面,自己也出自衷心地面带微笑,以为全家和气是大好事,想不到另有缘故。

小孩子不明白,为什么画像里的父亲有两撇小胡子,大哥上唇也留了胡子,二哥却不能留胡子。

家中有长辈在,晚辈不许留胡须。这是老规矩。

大哥回家,家里热闹了。来的亲友不断。除了三哥的菊花会外,从不见有宾朋满座之时。现在不一样了。书房是客厅的一部分,除早晨外,无法读书。有时大哥还要引小弟弟见一下什么亲友。也不知道哪里冒出来的什么舅舅和表兄,还有些哥哥,又有叫小孩子作叔叔的。

大哥最得意介绍的是弟弟已念完了《论语》,正在念《孟子》。不过他认为字写得不好,不拿给人看。

人情随人转,实际是随权和钱转。"贫居闹市无人问,富在深山有远亲。"

对这些大人要作揖,那时还不兴鞠躬。照例要得到几句千篇一律的夸奖。

不"一律"的是有一位老大哥摸着小胡子嘻嘻笑着说:

"若非废了科举,过十岁该可以'进学',再早些时,还能应'神童试'。真是'吾家千里驹'也。呵呵!"

来客闹腾一两天，中间还夹着大哥出门去"拜客""回拜"。他不在家时，来客就由二哥、三哥接待。大哥一连在外面吃"接风""洗尘"的酒席，然后，他要回请了。他手拿一张红纸写的"知单"，上面排着一些名字，到堂屋来问，家里能不能办两桌酒席。

母亲和妈妈都不作声。

大哥知道她们为难。这时既没有"包厨"王道清，又没有会做菜的周伯母，妈妈从周伯母学的那几样菜也上不了酒席。她和女仆是主要"掌勺的"，平常只是做做白菜、豆腐、绿豆饼、鸡蛋之类。二嫂更不必提，"大伯子"一回来，她压根儿躲在屋里不出来了。弟媳妇不能见"大伯子"，这是规矩。

结果是张祥到饭馆去叫了两桌菜。一切都由饭馆的人办，到时候挑了一格一格的盒子来，连碗碟都是齐备的。家里只要准备一锅饭，供给锅灶和柴火。好在厨房宽大，灶上有大小三口锅。女仆管烧火，张祥里外张罗。二哥、三哥帮着陪客。小孩子跟着母亲和妈妈在堂屋吃剩菜。其实，酒席上有的菜都没怎么动。八碟八碗一桌，菜剩下，饭也剩下很多；酒也余下来，张祥晚上喝得醉醺醺的。那时讲究客气，每桌除主菜四道和下酒菜外都不怎么动，饭菜一上桌，主客就带头起身表示已经"酒醉饭饱"了；否则就是口馋，不体面。因此，吃完酒席的客人常有回家再吃饭的。宴会是一种礼仪。

应酬完了，大哥才忙正事。他回来是有目的、有计划的。他是先到 A 城同大嫂商量好了才回来的，早已胸有成

点出宴会也是礼。礼无处不在。所以古人预言亡国是："其礼先亡矣。"礼也是风俗。

竹了。可是他同家里的任何人也没有商量。只见他一人出去跑，有时来客同他单独谈话，偶尔留下吃"便饭"。

大哥回来，伙食改善，规矩也多了。小孩子仍旧早晨去书房跟三哥念书写字，一到估计会来客的时间就跑回内院。温书只有在堂屋里。好在大哥很忙，只偶然抽查一下。三哥也不弹风琴了，体操也是在大哥起床就到内院来做。

终于有一天妈妈在房里轻轻对儿子说：

"我们要搬家了。大哥买了好房子了。"

原来大哥是回来买房子、置田地的。这样才好把大嫂接回来，然后给三弟也成亲。他在外面观察局势，兵荒马乱，不便拖家带眷，才作这决定。

有钱就回家买房地产，这是根。如今家和乡不是根了。房产地产分散各地，处处生根。

不知从哪里弄到一笔钱，身上和箱子里带一些，由张祥护送；从邮局汇来一些；留一些给大嫂，买定了时再要她汇来一些。那时还不用钞票，都是银元，路上不便带着走，也不便在邮局汇大款惹人注意，他才用这化整为零的办法。

最后买定了一所宅子，先搬过去，再置点田地，接大嫂全家回故里。

全家进入新时期，大哥和大嫂主宰一切，老母亲退位享福了。

小孩子觉得有了新鲜事，改变了以前单调的生活，也很兴奋。妈妈却满怀希望，又含着恐惧，因为她知道以后一切都靠大嫂，而这是一个很难知道她靠得住靠不住的厉害女子。

新房子确是一所大宅子，有大小五个院子，不过正式算院子的只有前院和后院。两院中有前堂屋和后堂屋，又各分上下，朝南的是上堂屋，朝北的是下堂屋，都有明间、暗间。另外有一个客厅兼书房，处在一个独立的小院中。还有个很大的后花园。可宝贵的是园中有一口甜水井，不用到外面挑水、买水了。

这房子好像天造地设为这家人准备的。大哥一看房子就中意，心中分配好了居住方式，以后搬过去就是照他的安排办的。

详说房子层次，也是住的人的层次，排列家中人等级。

大门朝西，大门口有一间门楼，门外有两个石头狮子。进门是一个小院，对着大门有"影壁"墙，墙上一个大"福"字。大门楼南边连着两间比门楼洞稍矮小的房子。这可以堆放些东西，乡下来人或佃户交租时可以住。大门楼北边连着一间门房，这是老仆人张祥的住房。门房中有一扇门可以通进客厅，但平时不开。

大门的院内，影壁墙往北连着门，是二门却不叫二门，没有门洞，只有墙和两扇正门带门坎，算是内大门。这门正对着门房的小窗，从门房可以看见进出的人。院子北边另有一垛墙，有两扇较小的门通向客厅的院子。来客由此直接去客厅，也要经过门房的窗下。客厅是朝东的三大间，一明两暗，却没有隔开，可以用屏风挡。北头的暗间照书房摆设。对着窗是三哥的书桌，陈设他的书和"文房四宝"。旁边照旧是弟弟的小书桌、小凳子。还有风琴，靠墙角放着。客厅的南墙有一扇门，通连一间房，这里暂时由三哥居住，将来是待客的。这间房有一扇不开的门通门房。客厅的小院中有一个靠墙的花台，台上种的是一大丛芍药花。

进内大门是正式的第一个方形院子。正面朝南是高大宽敞的一明两暗的正堂屋。中间供着祖先神龛，是全家行礼的地方。摆神龛和香烛的条桌前有一张方桌，行礼时要在桌前挂起红毡遮住下面。房中间铺很大的拜毡和拜垫，这在平时是收起来的。另外有张方桌和几把太师椅和两个茶几，这是吃饭和款待见老太太的亲友用的。老太太住在东边的暗间，款式同在 A 城时一样。对面的西边一间空着，是给三哥办喜事用作新房的。附在老太太住房旁边另有一个套间，格式较少，却带有一个小小的四面不透风的方形小院子。院墙不高，却也把窗户遮住了，外面看不见。小院中有一株金银花，攀在架子上一直爬到窗前屋檐下。小院门旁有一个侧门，出来就是窗下走廊；这是为了小套间中的人可以不经过堂屋进出。这套间是给老姨太带着孩子住的，既可侍候老太太，又有点半独立的味道。正堂屋这四间都有墙隔开。门上都挂门帘。屋内陈设仍是在 A 城格式。房间大小也差不多。窗子很大，可以打开。窗外有一排走廊。走廊的西头有小门通向客厅的院子，这门连着内大门的墙，正和套间院子的对外小门遥遥相对。从前院到后院有一座二门隔开。这是有门洞的正式的二门。后院同前院大小差不多，朝南的后堂屋也是一明两暗。明间待客和吃饭，暗间一边住大哥、大嫂，一边住大哥收房的艾姑娘，以后还有她生的女儿。这二门洞连着前院附的套间，但不相通，由小院子隔开。

前院和后院的下堂屋也是一样格式，一明两暗。前院的下堂屋堆放许多书籍和不用的家具，不住人。后院的下堂屋明间不住人，也是为见客用的。靠东一间是给周伯母带

祖先神位占主要位置，巍然居中。

住宅说不清楚，应有图。

着大小姐住的。靠西一间是给大少爷和大少奶带着长孙住的。这一间也有一个小小的套间，同二门门洞连着，有一个小门对着二门洞。这间是给少奶奶放东西的。这同老姨太住的套间相对，中间隔着小院子和二门洞。

后院和前院一样大小，不同的是后院的东面一头有两间通连的大厨房，朝西的门对着二门洞。因此，二门的门扇也是经常关着的。厨房旁边靠北边连着一个没有门、墙的小院子，好像是后院的一个附属品。这里连着后堂屋的有两间较矮的朝南的房子，一明一暗。这是给二哥和二嫂和他们的孩子住的。他们是半独立的形式，但门前面的小院子没有墙和前面大院子分开，却有一道墙和一个门通向最后一个长方形的非正式的院子。

最后面的院子有一排从北到南的几间房。北边是打通了的三间房，堆放小磨、"风婆"、筛子、簸箕等等东西。后来大嫂把这房出租时才将三间房隔开。南边的两间是通向后园的过道，里面有一台碾，还有个筛面用的箩柜，一盘大磨，一个磨稻子去壳的泥"耒"子。院中有石臼和木把的石杵，是捣米用的。放粮食的屋里住着女仆人。

打开通后园的门是一大片空地，大概原来是打算盖房子或养牲口的，现在只有猪圈。靠尽头是那口井。从井这里，园子转了弯，成为曲尺形。转弯的一头是块洼地，下雨就成为池塘，里面有青蛙和泥鳅，不知旱时躲在什么地方。这个洼地连着隔壁邻居的后花园。不知为什么他们的园子没有延伸过来，却让了一半给这边。邻居的园中花木茂盛，隔墙可以望见，也有井。

房子为人而造。蜂窝式房子是为一群蜜蜂住的，当然大多数是工蜂。蜂王住王宫里。

那同这边只有几棵树的荒凉冷落的园子恰成对照。其他几面邻居大约只是些房子和后园，隔墙望不见什么。

大哥是有意将后园改造成真正的花园的，可惜他没有来得及办，就去世了。他想把后院彻底改造，把二哥住的房子连同后面的都拆掉重修，再建一所像样的院落，这也未能实现。

看来这房子的构造格式正是为了千篇一律的封建家庭设计的，连自给自足种菜，养猪，养鸡、鸭、牲口，碾米，磨面等等都安排好了地方，只是二哥的住处没有设计到。照大哥的说法是让二弟先委屈一下，改修了房子就给他一个独立院子，实际上等于是要他自立门户。

这所房子的特点是前面高大，后面一层一层变矮小。正房高大，对面的下堂屋就矮小些。后面的花园里转一个弯就是低洼地。因此，当这家破落以后，就有人说，照"阳宅"的"风水"说，这是个逐步破败的家的格局，只讲前面排场，不顾后面余地。先盖房子的一家败了，接着住的这一家也败了。难道大哥想不到这一点吗？他未必没有考虑过，但他不信"风水"，打算"人定胜天"，改造后面的第三层并大修花园，结果未能如愿。

宅中花木也只有寥落几处：客厅院中一丛芍药较为名贵，前院中两株月季花，后院中两株不开花的"万年青"，小小院中的金银花，还有几棵玉簪花生长在前院的屋檐下走廊前面。后园中仍是几棵自生自长的苦楝树和臭椿树。

大门前的巷子比较宽，但不算长。巷中几家的门面都差不多，有石狮子大门的也不止这一家，一排都是瓦房，所以大哥认为实惠而不显眼。

搬进这宅子时是这一家的全盛时期，没过几年分成几批搬出来时就都衰落得不成样子了。接着买这宅子的是个做生意的暴发户。前一届主人地主兼官僚和后一届主人封建知识分子兼小官僚、小地主让位给有钱而不讲文化的商人；可是他也不久就走下坡路，房子又换了新主人。

据说到后来后园成了忽旱忽涝的大洼地，井水也不甜了。大概"万年青"也早已枯死了吧？

万年青不能青万年。

全家迁进新房子，老宅子出租了。

小孩子在新房子里热心地到处看，这不但比老宅子宽敞，也比在Ａ城住的地方大。他特别喜欢到后园去玩，在草丛中找虫，捉蚂蚱。不料被妈妈发现

大人看前门是否高大。小孩看后园是否好玩。

了，把他揪了出来，还把后园门关上，闩上，说，"后园有井，掉下去了怎么办？"这时他还伸手抓不到上面一层门闩，只好不去后园了。他想，"井有石头井栏，比我矮不多少，我怎么会跌下去？"说实话，他已经爬在井栏上望过一回井水映出的自己的影子，觉得很有趣。妈妈担心的危险不是没有根据的。

后园去不成就在靠后园门的几间屋子里转，看看磨、碾，抓抓稻子、麦子、豆子、秫秫（高粱），又去转动"风婆"的风扇把子。他把这些农家用具一一欣赏，又考察箩、筐、斗、升。奇怪的是有两个斗，一个稍大些，一个稍小些，看起来却像一样大，仔细量才知道。他认识"斗""升"的字，却不明白为什么要有大小之分。后来才看到斗上各写着一个小字，大些的上面是"进"，小些的上面是"出"，原来这

是"大斗进，小斗出"，一个收租用，一个卖粮用，所以不一样。当然小孩子这时还不明白其中奥妙。实际上那个小斗没有什么用，因为卖粮食时，收买粮食的店不承认这小斗，要用他们自己的大斗。做生意的人是不肯吃亏的。送租的佃户也明知是大斗，他们又有自己的对付办法。当然这时小孩子都还未见到，也想不到的。

不料这里也玩不多久。妈妈不见孩子，又抽空从厨房出来找，把孩子拉出来，把门也关好，不许他躲在那里。"弄一身土，再摔了，碰了，怎么办？"她说。

小孩子只好从后院再向前院退一层。看妈妈进了厨房，他一溜烟掀开门帘进了二嫂的屋子。

二嫂正坐在床上抱着孩子喂奶。她是不避讳这只有几岁的小弟弟的，反而笑了。"我还以为是你二哥呢，不吱一声就进来。'浑人'又不知到什么地方去了。我正闷得慌。"

二嫂屋里一点变化没有。这里比在老房子里大不了多少，摆设全一样。

二嫂停了一会儿，把孩子的头调换过来吃另一边的奶，接着说："这里有什么好？一层层院子，我连大门外也望不见了。要依我，就不搬，我还住旧房子，看守老家，独门独户，那才自在。搬过来住这样房子！明明是……"二嫂没有说完话，但小弟弟却猜得出她是要说"欺负"他们。谁"欺负"他们？

"那'浑人'见到他大哥像老鼠见猫一样，到处躲，恨不得钻地洞。有本事自立门户，不搬。有能耐，自己也出去闯，我不信就闯不出名堂。亏得他还念过几天书，还穿军装挎一把军刀照相。看那瞎迷糊眼的怪模怪样！此刻大哥回来，

'浑人'也得天天跟着陪客当尾巴，看他躲到哪里去！自己活受罪，回屋来还对我吹。我才不爱听他那一套。看到他，我就有气。"二嫂忽然这样发牢骚，这使弟弟吃惊，觉得有点不像往日。

"大嫂全家要回来了。还不定什么样呢。"她忽然放低声音，"大嫂什么样子？厉害吗？教过你念书识字？打过你吗？"

二嫂想自立门户，有志气，由此也可见家已不稳固。

弟弟不能不开口了。回答说："大嫂不打人，不骂人。"他想说每天得一个铜元的事，觉得不大好，没有出口。

二嫂又一一问了大嫂家里人，不说话了。这时娃娃已经吃饱睡熟了。二嫂把孩子放在床里边睡好，回头坐在床上望着弟弟，忘了扣好扣子，依旧敞襟露怀的。不一会儿，二嫂手一动，仿佛要拉弟弟过去问什么话。

弟弟脑子里猛然闪过一句《孟子》："嫂溺，援之以手。"他看到二嫂像是溺在水里漂着，他是不是要"援之以手"呢？还是《孟子》："男女授受不亲，礼也。嫂溺，援之以手，权也。"这不过是一刹那的工夫。二嫂的手好像要伸出来又缩回去，忽地往后一仰，仰面朝天，躺在她女儿身边，两条腿仍挂在床沿上。她胸口一上一下起伏着，好像是在哭泣，却又一声不响。

由此可见幼儿教育的效果。念什么书，学到什么规矩。但有灵有不灵。往往不让做的反倒做了。那是从大人的行为学来的，更有效。己身不正，焉能正人？

弟弟趁此机会迅速转身，轻掀门帘钻了出来。出了房门，他撒腿就跑出二门，进了前院，到堂屋前台阶下才停住。

正好二哥从客厅的角门走进堂屋的走廊，一见弟弟，招手叫他过去。

"大哥正在找你。你跑到哪里去了？"

弟弟没有说他去看二嫂，便随着进了客厅。

客厅里挂了一些"贺乔迁之喜"的红对联，陈设也比老房子的客厅花样多。有几个客人坐在太师椅上吸水烟，喝茶。

少不得大哥又作一番介绍。小孩子又要向人行礼。好在这孩子辈分高，不过作个小揖，拱拱手而已。当然又是一片夸奖声。这些他都听惯了，无动于衷。最后是三哥"救驾"，趁大家不注意，把他拉了出来。大概是三哥也想"逃席"。

他随三哥进了堂屋，看见大妈一人坐在那里。他进了自己的房，却没有停下，又开角门出来，沿墙溜到二门口，到后院，进了厨房。

妈妈正在忙着收拾菜、饭、碗、筷。灶上灶下是女仆，也在忙个不停。二嫂照旧不来帮忙。

"我刚刚看见你在院里跑，叫你也听不见。这里是石头砖地，摔倒就要磕破头。这不是老家的土地，也不是从前房里的地板。要小心。不许跑。你到客厅去了？"

这里院内除养花有一块矮矮的花台是泥土地以外，都是砖墁的，中间有条方块石头铺成的路。在 A 城住的房子几乎没有院子，屋里有涂漆的地板；他常常在地板上爬、滚、跑。他忽然想起了 A 城。什么时候才能再听见轮船的汽笛声呢？那时张祥常抱他去后园，现在也不抱了。只昨天抱了他一下，还要像从前他小时那样玩"炸麻花"，两手叉住他的腰，猛然把他上下旋一个圈。可是这回转了一次就停下了，说："不行了。你长大了，我老了。"接着哈哈大笑。这个老仆人是

真心疼爱他的。他只孤身一人。这次回来，当小孩子去他住
的门房时，他拿床边一把锈了的大刀给孩子看，说："这是
杀过人的，能辟邪。"是不是他用这刀
杀过人，他没有说。

老仆有雄心，不说当年勇。

　　"你去客厅了没有？怎么不说
话？"妈妈问。

　　孩子才惊醒过来，同妈妈谈了一会儿，离开厨房向后面
去。他心里想：二嫂是不是躺在床上哭，还是睡着了？但他
没有再去看，却到最后一层院中看鸡笼里的鸡。还没有人放
它们到后园去，鸡在笼子里叽叽咕咕地叫。

　　这样大的一所房子，只有他一个小孩子，除了念书写字
还有什么好玩？二嫂的孩子还只会吃奶，哭，又是女的。

　　他呆呆地望着鸡笼。家是不是鸡笼？

家是不是鸡笼？

　　评曰：这一回详写房子并非闲笔，是点明一家三世不同。
太平天国时的房子是独门独户小家小院草房，年年修补能经
历一百年。第二代是盛世，房子有高有低分等分级层次组合
俨然宫院缩影。以后到第三世便分家各立门户，都没有自己
的房子住了。有钱的买房子是产业。没钱的靠租赁别人的房
子住。百年老宅终于倒塌了。再也没有了，因为那样的家没
有了。试看北京，原来五朝代修建的皇宫里只剩下富丽堂皇
的大建筑供人观赏了。若有皇帝后妃住进去，侍候他们的人
住在哪里？在哪里做宫廷贵飨？袁世凯想当皇帝借一个角落
改名新华宫，另立新华门出入，也只昙花一现，留下一部小
说《新华春梦记》。住房是随家建筑的。家没有了，就只有
公寓了。

第 十 五 回

抓 麻 雀

评曰：此回写的显然是闲笔墨。可以说是小孩子眼中所见的又一种大人形象，特别是大哥的儿戏。从另一方面看又是写出了强凌弱，用机心计谋伤害别人以利自己。用当代世界上讲生态平衡讲保护动物的观点说，麻雀虽小也是五脏俱全的生物，不可轻视，不能消灭的。在小山雀儿身上显自己威风，那又何必。

代拟回目如下：

托庇矮檐遭大劫

贪求微食送残生

大嫂说是回来，却没有回来，要等过年后了。大哥也没有走。大概是房子有了，还得弄点田地，安顿这个家。

二哥和三哥的生活显得枯燥。二哥的猫搬了过来，却常跑出去，几天不回来。鸟笼子本来在后园门那间房里挂着，同鸡笼在一起；后来不知怎么鸟不见了，只剩下空鸟笼。也许是二哥无心喂它们，"放生"了吧？三哥虽有大后园，也没有栽花，只把原来的菊花盆堆在一个角落里，花都移在地上，不成畦子，变作野菊花了。这四兄弟年龄互相差得多，又不同母，从小不曾在一起玩过，现在彼此也是客客气气，以礼相待。小弟弟也像小大人一样。小辫子由大哥做主剃掉了。过些天，大哥又说小和尚头难看，找理发的担着挑子来。挑子一头是热水及炉灶，一头是座位，下面带着抽屉装工具。大哥、二哥剃光头，三哥照旧留平头，小弟弟也留了一个小小的平头。这平头一直陪着他到离开家，以后他才留了所谓"西装头"。

写动物，写植物吗，写头发，实是写人。

为做饭专找来一个女工，原先的女工只烧火打杂。这样，妈妈稍清闲了一些。

大人们忙些什么，小孩子不了解也不关心，他继续背诵《孟子》。妈妈问："念到《告子》没有？"说，要当心，"告子！告子！打烂手心。"她不知是哪里听来的。小孩子在院中碰见二哥，问他："念过《告子》没有？"二哥哈哈大笑，用手指摸了摸已经没有胡须的上唇，说："念了，也没打烂手心。'告子曰：性犹杞柳也，义犹桮棬也……'哈哈哈。"没有过多少天，开始念"下孟"了，起头就是二哥背的那几句。弟弟问三哥："这就是《告子》？"三哥很奇怪，问："谁跟你讲的？这是"下孟"，也叫《告子》，是照头两个字叫的，书还是《孟子》。"小孩子发现这本一点也不比前面难念。照大哥订下的学习计划，《论》《孟》念完，念《大学》《中庸》；"四书"都完了，念《诗经》《书经》。不等"五经"读完就要开始同时念《古文观止》和《唐诗三百首》。以后，大哥离开了家，再也没有管弟弟的教育了，可是念古书的程序依然是这样，不过多念了一本《幼学琼林》，是四六对句的骈文，专教一些典故，还由此学了一些平仄和对对子的常识。这就是小孩子上小学以前所受的书本的"学前教育"。三哥私下教的英文字母和几句英文不算。那些书本以外的人和物的教育自然更不能算了；其实那些教育不比书本小，也许还更大些。

今昔教育儿童的书本对比如何？两个世界两种人生了。

在这样的辈分等级关系下，处处都有规矩的家庭中，除了大哥带着二哥、三哥在客厅招待来访的亲戚朋友时，饭前饭后传出来一些笑声外，只有二嫂屋里传出一些娃娃哭声。小孩子的唯一朋友是老仆人张祥，可以听他嘻嘻哈哈讲些不连贯也听不明白的话。他重复得最多的是高声模仿江西口音喊孩子回家的话。大概是"细伢子唉！早去早归呀！"等等。小孩子也不觉得有什么可笑。他的妈妈本来是讲江西口音，后来变成带安徽 A 城口音；回老家后，女仆一直说她是蛮子。不一年，她跟女仆学到了一口的当地土音土话，只是有一两个音变不过来，还带江西音。小孩子听惯了一家人的各种各样的方音杂音，所以毫不以为只有本地音调才是标准。张祥却不然。虽则他出去多年，嘴里话音杂乱，也不知他是不是纯正的本地人（据说他的亲属只有一个哥哥，多年前死了），他却自以为口音只有自己嘴上的家乡方言正确，别的都可笑。

规行矩步，说话不许大声，生活全服从一定的死板格式，大家都习以为常，好像天生就是如此。

可是居然有例外。大哥也不是禀性那么古板方正的。

冬天来到了。大哥和全家人（当然除了二嫂，他们是不能见面的）处得时间长一点了。他忽然高兴，提议要"九九消寒"，而且不请外人，只全家团聚。这就是，冬至节后数"九"，每一"九"

天生人是有两面的，一面是"板板六十四"，另一面是"不管三七二十一"。

一次，晚上弄点菜，全家在堂屋聚会，喝点酒。说是全家，其实只是男的四兄弟。二嫂不能出来，就在她自己屋里摆点酒菜。二哥可以两头都参加，但他回房只是"虚应故事"，混一会儿就又到前面来。大妈坐一会儿就回屋了。妈妈有个位子，但实际不能坐，仍在厨房里，有时来招呼一下，喝一口酒又走了，不坐下。在这"消寒会"上，屋子里放着火盆，点起旺旺的炭火。大哥三杯酒下肚，也有说有笑了。二哥、三哥也不那么拘礼了。不知什么人送的几盆菊花，客厅放几盆，堂屋也摆上两盆。大哥看起来很得意，讲一点他在外情况，什么大官失礼闹笑话，丢了官；什么人靠什么升的官。尽管都兴高采烈，却显然是以大哥为中心，大家为他赔笑，他的话也有意无意是传授两个弟弟升官发财的经验。小弟弟只顾吃菜，也用嘴沾一沾面前摆着的酒杯的酒。他这时被允许"上桌子"，在椅子上加个小凳子。他坐在板凳上，两腿时而悬着，时而蜷起来蹲在椅子上。大人的话他不注意，也听不懂。有一次说是要看"月当头"，把小孩子放在院子里月光中站一下，据说到时候月亮正在头顶，就会没有影子。但太冷，孩子跑进了屋。

真正显露大哥毕竟是贫寒出身也会玩耍的是另一次机会。

下了漫天大雪。早上起来一看，外边冷得很，一片白茫茫。大哥到堂屋来吃饭时，忽然有所发现。他毫不迟疑，端过凳子放在窗前，站了上去，伸手指把窗纸戳破，刚好把在窗格子上站着躲寒冷的一个麻雀的脚按住；他转手向外一抓，连麻雀和窗纸一起抓在手里，跳下地来，嘻嘻地笑。把麻雀交给二哥，他又搬动凳子去抓第二个。从屋里向外看，麻雀的影子映在窗户纸上很清楚。他这样连抓了几个麻雀，窗纸上东一个洞，西一个洞，屋里不断吹进冷风。麻雀也似乎有了警觉，不在窗格上久停了。这时大哥的表演才停止。在他的命令下，张祥赶来重糊窗户，二哥、三哥捏死麻雀。他们也分头到两边房里去抓了几个。这些统交到厨房去焯毛，水煮，油炸。一顿早饭在忙乱中马虎吃了，中午却给几兄弟添了下酒菜。小兄弟也同妈妈吃了一只，果然很鲜。

麻雀很好吃，但不能再破坏窗纸。大哥另出主意。在院子里用小棍支起一面大筛子，下面地上撒点粮食，露些在外面，支棍上系一根麻绳拉到廊下。麻雀冷天见了米，四下张

大雪掩盖了不平，于是一切平等。

望没有人，跳下来吃；外面吃完了，便追到筛子下面去吃。这时人躲在屋里门边，绳头刚搭在门限上。等有了三几只麻雀进到筛子下，便猛一扯绳，将麻雀罩住。不过从筛下取出麻雀却不易，是一项手艺。抓住一个，另一个会从缝里飞跑掉。第一次是大哥亲自动手，罩住三只。二哥去抓到一只，飞掉一只。三哥去小心翼翼半天才抓住剩下的一只。第二次，二哥拉绳子，大哥指挥，三哥去抓出来。这次三哥有了主意。他先不掀筛子，却把有棉套保暖放在藤编的套子里的一壶热茶提了出来，跑到院中向筛子下跳跳蹦蹦的麻雀迎头一浇，麻雀虽没有死，却连烫带淋得暂时飞不动了。他放下壶，轻掀筛子，仍然很小心地一只一只抓出来。这一次一只也没有跑掉。可是第三次不容易了。屋檐下躲着的麻雀似乎由观察总结了经验，不大肯下来了。有的大概躲进檐下洞中不出来了。很久以后才有外来的无经验的一两只上了圈套。

又是一顿下酒菜。可是这个方法不大灵了。于是二哥自告奋勇，搬了桌子、凳子到廊下，爬上去，用根棍搅瓦檐下的一个个麻雀窝。可惜他的手不够快，抓住了也放跑了，勉强弄到几只飞得慢的。

土法捉麻雀是人雀相争，趁雀于危。

抓麻雀持续了两三天。天晴了。一切照旧。但孩子的记忆中留下了深刻的印象。吃麻雀还不是主要的；他深感兴趣的是三个哥哥，尤其是大哥，居然也做出他觉得好玩的事。他在一旁看，又看麻雀又看人，心里觉得仿佛自己也在动手。这同看放风筝是一类感情。孤独一个，整天整晚装扮大人。寂寞的生活这时才像窗纸一样猛然戳了一个洞，进来一阵风，可惜随即又堵上了。还得背诵《告子》。不打手心也不得铜板。

十几年以后，小孩子成了青年，在大城市的小酒店里又吃到了酱山雀。味道不错，可是他总觉没有童年时吃到哥哥们亲手抓的鲜。他喝着酒，对面前的酒友讲儿时这件事；但酒友不以为异，却去说捉麻雀的方法；他们不能体会天天念《告子》没有任何小同伴和游戏的寂寞童年的心情。

　　筛子下被困的小雀，窗格上冻僵被抓的小雀，窗纸破洞中吹进的一丝冬天的风，都和那三位偶然从旧社会束缚中钻出来一会儿的哥哥一样，给这孤独的小弟弟一星星童年生趣。

　　是不是真如告子说的"性犹杞柳也"呢？

　　评曰：本书中小孩子的世界里除了人和房子以外就是书本。活动的东西只有风筝、菊花和麻雀。没有一样是稳定的。书本世界里花样可多了。有的不懂，也不是完全不懂，是懂其所懂，以后有时想起来又懂得一点，由小变老。这样的小孩子世界是世纪初的，到世纪末已经消灭了，但还不彻底。

归结到小孩子心理的寂寞。孤独的童年。

第十六回

兵 变

评曰：此一回是一场真实可信的小小兵变记录。用小孩子的眼光来看，来说，别有风味。

代拟回目如下：

劫舍打家　成功即仿古

抛头洒血　失败便无名

一九一七年的冬天过去了。一九一八年春天，大哥亲自去接大嫂。他仍然带着张祥走。

在大哥走后的几个月中，S县出了一件大事。

一天夜里，全家还没有都上床，猛一阵响了几声大爆竹的声音。这家人中有的是在江西"光复"（辛亥革命）那年有过经验的，听出了这不比寻常。

"这是打枪！"居然二哥这次反应迅速，到底是进过"陆军测绘学堂"的。他跑进堂屋来，喊母亲："快起来！怕出了事了。"

这时，小孩子和大妈已经上床，妈妈还没有睡。她一听二哥喊。回身就到床前把刚要睡熟的儿子猛摇几下。"快起来穿衣裳！"话没说完就跑进隔壁房中侍候大妈起床去了。

小孩子莫名其妙地起来穿好衣裳到大妈房中时，只听得外面远处传来一阵像放一串鞭炮的声音。大妈穿好衣裳，坐在床上全身发抖。二哥、三哥都在屋内。

"快收拾要紧东西！"二哥竟意识到他此时所处的男性家长的义不容辞的地位和身份，发出命令。这是从来没有过的。

"光复"是从当时的"排满"思想来的。"光复故国"是汉族光荣恢复统治之意。同盟会纲领的头两句便是"驱除鞑虏，恢复中华"。清廷退位，南北议和，改称"五族共和，建立民国"，废除帝制，以五色为国旗代表五大民族，随后就不见"光复"一词了。但是这一家的上一辈人仍是口头上称辛亥革命为"光复"。

大妈用颤抖的手从枕头下面摸出一个布包。

"不光是钱！还有首饰。快收拾好。我回屋去。"

二哥走了。大妈才向柜子指了指，让三哥去开柜门上的锁，拿出一个小"拜匣"（木头盒子，漆花又上了锁的）。她又向床内帐子里边，靠后边上方搭着的一条长条木板指了指。妈妈便爬上床去摸下另一只"拜匣"。大概首饰和房地产契都在这两只匣子里面。

勇哉"浑人"！而且知道自己不如亲生儿子得信任，所以走开。智哉"浑人"！

二哥又来了。他把一家人都引到后面去，直到最后一层的堆粮食的屋里。把两个"拜匣"埋在粮食堆里后，哆哆嗦嗦的大妈才在柴草堆中坐下，她直到此刻还说不出话来。"光复"抄家的余悸在她心里强烈起来了。

妈妈抱紧孩子也坐进了一堆柴草。她嘴里不住咕噜着"阿弥陀佛！观世音菩萨！"，又叫孩子也低声喊观世音菩萨。孩子从来没有听过这几个字，他只知道孔子、孟子、告子，还不知道佛、菩萨，只跟着说一声两声就不肯说了。

二嫂和她的女儿躲在自己屋里不出来。二哥和三哥声明在另外地方躲，不知是不是逃进了后园。女仆出来，倒没有很惊慌，说："在乡下，打枪不算什么事。土匪进城也不见得来这里。"两个女工都蹲进了厨房。

那一阵鞭炮似的机关枪声后，只有零星的步枪声了。那时的枪还是放一枪扳一下枪栓，让子弹壳跳出来，把另一颗子弹顶上膛，才放第二枪的。机关枪连续放也不很快。手枪叫"盒子炮"，只有军官才有。实际上那听来像鞭炮的并不是机关枪，不过是一阵乱打的枪声而已。这都是二哥事后弄明白了说出来显耀自己的军事知识的。

过了一阵，枪声很稀少，始终也听不出在什么方向，离家多远。

大妈在很久以后才挣扎着哼出一句话：“菩萨保佑，不要来抄家。”在她心中，“光复”那年把她的丈夫关起来，到家里搜查，抄家，在箱柜上贴封条，是最大的事；她还不明白这次是另一种情况。那次是省城先“光复”，消息传到小县里，虽然有人想趁机捞一把，可是绅士们怕乡下的“土匪”同城中的“地痞”通了气不好办，好在并没有真正的革命党人，于是小绅士出面，大绅士躲在后面撑腰，利用一些人，展开夺权和分赃的斗争。县官是外乡人，书呆子怕事，连忙声明他不是“旗人”（满族），赞成汉人“光复”，交出政权和军权的象征——大印，束手就擒。绅士们对他平日搜刮了多少钱心中早有底。有的是同他“诗酒往还”的人，做好做歹，不肯过于难为他，着眼在于他们彼此间的夺权分赃，而且还不放心，不知“光复”会不会成功，因此“抄家”并不严厉。老头子虽是县官，首当其冲，但是刮得少，花销大，钱不太多，损失也不大，只送掉一条命。老太太却一生都记住这一场大难，听见枪声就以为是造反，怕得不得了。

倒是二嫂在乡下长大，见过这种世面。她事后对弟弟笑着说：“这算什么？土匪抢围子，打枪，那才厉害呢。”原来她娘家不过是个小地主，够不上抢劫目标，也不住在“围子”里，有点隔岸观火的心理。

半夜过去，枪声早已停止。隔壁人家原来有骚动的声音，不多久也停下了。于是全家慢慢各回自己房屋。二哥和三哥

到底是进过几天“陆军测绘学校”练过军操的人。

对枪声的反应不同由于经历不同。

巡逻。大妈和妈妈也没有脱衣上床。只有小孩子和二嫂的孩子睡了觉。两个女工早在厨房里打呼噜了。

第二天上午，二哥大着胆子打开大门一望：门口有人来往，不像出了什么事。于是他出门打听。到中午他才回家，把听来的消息做了汇报。

这次事件其实够不上"兵变"二字，也绝不会见报的。但有组织和无组织的行动的性质是一样的，身历其事者就都说是"兵变"了。

"镇守使在城里。是兵变。为首的都枪毙了。抢了南大街的三家铺子。镇守使一上堂就自己左右开弓自打两下嘴巴，骂：'怎么带的兵！'他听到枪声时正在同姨太太打麻将，马上派他的马弁去找人。一集合队伍就上街把为首抢劫的兵抓住了。镇守使立刻下令一律枪毙。尸首还在街心没人收。这场兵变三言两语就完了。这个镇守使还真有两下子。听说他自己是土匪出身，身边有几个'桃园结义'的把兄弟。闹兵变的是新招来的兵，不知他的厉害。"

二哥杂七杂八总算把要点讲了：平安无事了。不过是一场失败的兵变。其实他们全家躲进柴草堆时事情已经过去了。乱枪是镇压变兵的。后来的零星枪声是派兵各街搜索时打枪吓唬人的。没吓着要死的变兵，倒把老百姓吓坏了。最后几响是枪毙抓住的变兵的。

评论解释不可少。换了说书人口气，是旁白，画外音。

巡阅使是当时这一带最大的军政首脑，管好些个县，不驻这里。（后来上面还有"五省巡阅使"。）驻这里的是他的部下，官衔是镇守使，也管不止一个县，平常不大来。这个县油水不大。乡间地主的武装比零星的土匪还强大。有的地主恶霸同所谓土匪也分不清，各自占地为王，还有身兼两重身份的。他们彼此互指为匪。因此，巡阅使和镇守使都不大在意。在县城里留驻的兵大概不过一营人，还多是空名字供领饷用的，实数谁也不知是多少。枪支弹药也不齐全。几个月前招了一批新兵放在这里训练，一直不发饷。这些新兵中有的人是兵痞，"老油子"，不是真正新当兵的，便趁夜去闹事，想抢几个钱就逃走，再到别处去当兵，不料送了命。抢劫目标都是事先看好了的。这并不是全军哗变。可是镇守使被惹恼了，觉得伤了面子，把没闹事而他看不顺眼的兵也杀了几个。他对老百姓吹嘘是兵变而他应变迅速，对巡阅使却只报有新兵逃跑已经捕获正法。

结果是：死了几个倒霉的兵。夺回的被抢的钱和绸缎布匹给追捕的兵瓜分了。事主不但受惊，也没有得回失物，反而又出一笔钱去"慰劳有功将士"。镇守使把县官和一些绅士找去当面胡说八道一通。绅士们忙联名送了一笔钱给镇守使。同时，街道上的"地保"作为最基层的掌权者又借此向各家各户要钱，说是"慰劳士兵"，实是"慰劳"他自己。总之，出了这场事故，有权、有势、有枪者又多少各捞一笔。"肇事者"只是赔送了自己性命。二哥听说的镇守使"坐堂"，其实只是他找县官和绅士去"训话"，勒索出钱"孝敬"他。谁都知道他本人就是匪首，不识字，不讲理，死要钱，杀人不眨眼。县官和绅士都怕他。

小孩子到二嫂屋里去，听二嫂讲乡下的乱事倒比二哥的话明白得多。二嫂的话终于归结到她自己的心事：

"要搬到这所大房子来，石头狮子、大门楼，多显眼。亏得压下去得快，要不然，抢到这条巷子里，怎么也饶不

写兵变照应到左右邻居。三家
反应不同，足见下笔时心细，
注意全面，并非只为发议论。

过我们家。要是不搬家，还住在庙旁
边菜地里草房里，出什么事也闹不到
我们家。"

隔壁人家门楼不比我们大，田地财
产却比我们多。夜里闹哄一阵是因为收
藏财物时被仆人或家里什么人偷了一部分，发现后吵嚷，据
说后来又找到了才安静下来。另一边隔壁人家是破落的官宦，
田地卖得差不多了；夜里听到枪声也不在意，以为是放鞭炮
或别的什么事，照旧抽鸦片烟，打麻将，所以没有动静。

评曰：像一篇新闻纪事，也可说是一篇散文。

第十七回

出 阁

评曰：这一回写大侄女"出阁"嫁人，比前文写三姐出嫁详细多了。这是因为上次小孩子还小，看不到，说不出，也记不住。这一次就是长大了，看见的多了，也说得出一些了，但仍有看不到写不到的。如此笔法是不是可以算真正的"自然"主义？但这个主义在外国文学历史上昙花一现，有确切涵义界限，在中国近许多年又有另一种意义（不知有无来源），所以还是不贴商标为妙。

仍为代拟回目如下：

终身大事难逃劫

注定姻缘莫怨天

大哥终于把大嫂、大侄女、大侄夫妇和侄孙，还有收房丫头，接回来了。

　　为什么花了这样长的时间？因为大哥又去了河南。估计是又去"打秋风"（抽丰）。不知用什么官的名义在他的那些军官学生和带兵的朋友中得了各种名目的"礼"，又挂了一个什么官衔虚报实销领钱，这时才回家办事。大嫂带回多少钱，谁也不知道。大侄媳的嫁妆是她的"私房"；她有多少钱，连她的丈夫也不知道。

　　周伯母没有来。这是小孩子和妈妈最感遗憾的事。妈妈流着眼泪对小孩子讲周伯母，这是她唯一的可以亲近的亲人，可是现在盼望落空了。据说周伯母为了遗产或什么别的问题同大哥一起到河南，回了周家，说是以后再去接她来。但大哥以后去河南，回来是在棺材里，周伯母也就永远留在河南了。大嫂不知怎样想的。她很少谈到她的这位母亲。反而大侄女还记挂着外祖母，有时同小叔叔和他的妈妈谈起，还盼望这位周伯母有天来，教她们做河南菜。

　　周伯母不来，大侄女也要走了。大哥回家后就安排女儿"出阁"的事。他听说女婿考上了上海的学校，不放心，便提出双方都已经成年，十八岁（虚岁），要男方结婚后再出去上学。恰好对方没有父母，掌权的也是大哥，同样不放心

　　从皇帝到衙役，收入向来不靠所谓"俸禄"，即固定工资。帝王是以天下为家产。地方官是承包商。"钱粮"等等收支名堂只为开账用，实收在账外。

弟弟；因此，媒人一传递话，就同意当年迎娶。于是木匠又来了，同三姐出嫁时一样。嫁妆内容可能是丰富些，为了不被对方笑话吝啬，看出穷酸气。对方是乡间镇上有名的财主，住在一个土围子里。不过实际上也是空虚的。看来是一边有财，一边有势，地主结官僚，实际上两头都是空架子，虚张声势。这在当时双方也许不知道，也许知道一些却作为不知，彼此利用，为了吓唬外人。

这位大小姐失去了亲生母亲，愿意亲近那位比她大不了多少年纪的姨祖母，可是不方便，所以最欢迎这个小叔叔到她房里去。

"四叔，你看。"大侄女把一叠带红格子的毛边纸从抽屉中拿出来。原来这是她的日记，是她的功课。她学会识

详写侄女，这是又一知识来源。

字读书以后，大哥便不让她再念下去了，说，"女子无才便是德"，却教她练习写字。因此她能写规规矩矩的毛笔楷书，但只能一笔一画地写，不会连笔写的行书。日记的开头第一篇写道：

"奉慈父命，今后要记日记。自今日记起。晨向父母请安后，早饭毕，温习《女儿经》。学针线。……"（当然原来是没有标点断句的。）

早晚"请安"名为"晨昏定省"，如早祷、晚祷。家的传统没有了，社会传统不久前仍出现过，不过改了名字，说是"早请示"、"晚汇报"。"另册"的人则是"早请罪"，"晚请罪"。以上这些当然不能混为一谈。

她的生活天天一样，每天记几行，有时长些是因为记下父母的教训，或是来了客人，有了什么事可记。字写得不怎么好，但很工整。有的纸上头边框外批了一个大字"阅"，这是她父亲用批

公文的方式批作业。她的文字简单通顺，没有错别字。

这是小孩子第一次看到别人的作文。他自己连造句还没有学，不过认得的字已经可以使他看得懂这正楷写的日记了。他看了几页，又翻翻后面，就不看了。

"看得懂吗？字都认得吗？"

小叔叔便随意把有一天的日记一字字念了一遍，断句也没有错，证明他懂得内容。大侄女很感惊异。

"你会写字吗？"

"只会描红，影写，没写过这样的小字。"

侄女略迟疑一下，从抽屉拿出一本不大的线装书，是木板印的。她指着封面上写的三个大字。

"天雨花。"小孩子念。

翻开一看，原来是七字一句空一格的书，有的一句不止七个字，有的地方还像注解一样夹着小字，有些处连成一片不是七字一句。这同他念过的书全不一样，也同三哥的书不一样。他试念了几句，生字倒不多，可是开头的诗句太文，不懂，后面有的句子看得明白，他没有念。

"这是妈妈的书。还有许多。这叫弹词。有《天雨花》《笔生花》《玉钏缘》《再生缘》，还有些，妈妈不让看。我刚能看得懂。妈妈只给我这第一本，

"大小姐"的遭遇超出了旧弹词的格式。

说不能只温习《女儿经》，还得多认点字。不过她不教我。现在书要还她了。日记我想带走。——你知道我要走了吗？"

小孩子点点头。其实他并不明白这"走"字的含义，只知道她要走，跟三姐一样。

"听说那边没有公婆，可弟兄有十个。"说着，她忧形

于色。

她说得一点不错。她嫁的是老九，刚在外地上完了中学，考上了海关税务学校。弟兄十人只他一个念完了中学还考上了大学。这是他大哥的主意，认为只有这个弟弟能成材，送到外地上学，托什么亲友照管。大概是在上海或南京吧？他大哥同意他上大学是很不容易的。税务学校有官费津贴，花钱不多，毕业就有事做，但不能回家了。他大哥也许嫌兄弟太多所以愿意送出去一个也未可知。其他弟弟只会当少爷，不愿念书，也是事实。大概大嫂教训过大侄女，过门以后有八位嫂嫂，妯娌之间可要处得好。乡下人多半不识字，她不要带书去，免得人家另眼相看，说闲话。只有《女儿经》可以带。日记能否带去，还没有指示。

大侄女"出阁"前不久，请来了一位"伴娘"，叫张妈，是陪她过门去侍候新娘的。许多事新娘不熟悉也不便问，都由这位"伴娘"指挥、教导、协助。

在不识字人中识字会招灾。特殊会惹祸。

陪三姐去的那一位一个月就回家去了。这位张妈是很有经验的。她答应，如果不合适或不需要，她一个月就回来，报告情况后自己回家；如果那边还需要她，她也可以不走，一直侍候下去，还可以带将来的小少爷。她自己的孩子已有十几岁，有祖母，她可以不管。谁也没有预见到，这竟成为事实。她一"陪嫁"就继续了好些年，还随着到了外地。一则她为人好又能干，对"小姐"忠心，又能在那地主家处好各方面的人。二则给她的待遇也是优厚的，除工资外，每年两套衣裳，还有假期可以回家，"小姐"还另外私下给她东西和钱，生下孩子又加钱，又能去外地见世面，管路费。三则，主要

的是"小姐"从小没有生母，得到她的
指导和照顾以后简直离不开她了。

"伴娘"是"陪嫁"的女仆，和老仆这类人随其职业一去不复返了。

"出阁"那天，大侄女哭哭啼啼上了花轿。大嫂也擦了擦眼泪。妈妈有几天都在屋里偷偷抹眼泪。

过了三天，大"少爷"照例前往"探亲"，说是姑爷相貌很好，人也老实，不像个洋学生。一个月"双回门"，全家忙着招待新姑爷。大哥、大嫂对女婿也很满意。他不大会讲话，彬彬有礼，确实不像在南京、上海念洋书的，也不像乡下土"少爷"。

妈妈从张妈口中却知道了那家情况复杂，妯娌不和，空支个大架子，兄弟各有私房，只由他大哥维持绅士门面。男女仆人多。妯娌们轮流"临锅"，就是说，管一天的伙食，其实是指挥仆人们，不过自己也得下厨房。八个"大伯子"全得躲避不见面；八个大嫂子都不识字，貌合心不合，彼此的孩子还互相打架，也无人能管。大家庭中的所有矛盾问题那里全有。好在张妈说她自己还处得来，不过日子长了不敢说。各方面说好了，她仍陪"小姐"过去，短期改长期。这些家庭情况，大侄女一句没有说，可能她当新娘子，还未十分了解。她除向父母提议外，又同姨祖母私下去谈，总算把张妈留下来，条件都讲好了。有了张妈"保驾"，大家才放了心。

大哥最得意的是觉得这门亲结得不错，而且那家是一镇的"首富"，居然也很重视这门亲，竟然又有人从中提媒，"亲上加亲"，把那边第五房的小女儿许配给这边的长孙。很快这件亲事又说妥了。合了"八字"（出生年、月、日、时）就换"庚帖"（附有生辰"八字"的订婚书）。

不料转眼之间，两家都起了变化。这边是大"老爷"一病故，家道顿时中落；那边是家庭矛盾日益尖锐，事实上分开了家。大侄女在女婿出外上学的第一年中，仗着张妈的照顾、帮助苦熬了过来，生下一个女儿，忍住无数的是非闲气。好容易女婿同意，不等毕业就考海关工作，考上了，分配到一处海关实习，随即定下了职位、工作。丈夫上学时间缩短，她便无论如何也要跟去"上任"。她一切陪嫁粗重东西都不要，只带随身"细软"和女儿和张妈，到了外地；从此脱离了两边的封建大家庭，再也没有回去。

评曰：此回所说事虽不可删，但叙述过简，仿佛是压缩了的长篇小说提要。

离乡背井从前是遭难，此时却成为生路。这是现代与古代的一个异点吧？

第十八回

新 娘 子

评曰：家庭的组合离不开婚姻嫁娶，否则无法传宗接代维持种族。种族实即家和族的扩大。本书写现已消失的旧时各种婚姻情况。着重写的有三姐和侄女的出嫁以及这一回的三嫂的娶进门来。嫁出只见准备嫁妆等等，一轿抬出即不见下文。娶进则是人口增多而非减少，所以有钱就大肆铺张摆阔气，无钱也必须装潢门面。不同于娶妾和买丫头来"收房"。如今这些礼节都一去不复返或者换花样了。父母之命改为组织批准。媒妁之言为广告征婚。不经手续而自行同居者古时被称为"姘居"，不光彩，但近来反倒有窜入正统而流行之势，而且有世界性。世道形变甚多而实变甚少，但评价都翻来覆去不定。

仍为代拟回目如下：

花轿抬来　迎新妇如临大敌

随风飘去　送旧俗顿化轻烟

大侄女出嫁后,大哥还要留在家里办另一桩喜事:三哥娶三嫂。

三姐和大侄女的出嫁,事先忙碌,事后只是少了一个人。三嫂来可大不相同,多了一个人,事后还得忙,而且三哥和全家都受到影响。

娶亲可比嫁女热闹得多。先是嫁妆一件件过门来,一一打发工人给"喜钱"。收各方的贺礼,也得给送礼来的人"喜钱"。这比嫁女收亲戚的"添箱"礼物多得多。客厅里挂满了道贺的对联,堂屋里"祖先神位"中堂旁边也换了一副喜联。大门、二门直到后门都重新贴过大红纸的新对联。新鲜的是大门外门楼下两边墙上贴了两张大纸,有木板印刷的大字,上面填写着名字。那是三哥和大侄在中学毕业时的"捷报"单。他们是同一年毕业,现在正好配合喜事贴出去,在门前一边贴一张,好比新郎的毕业文凭和官衔。二哥在"测绘学堂"没有毕业,没有喜报,只有军装照片,贴不出去。

新房设在正堂屋的西间。屋内只准备了一张新打好的架子床,此外所有家 | 以下详写旧家办喜事。
具都是由女方准备好送来的。双箱、双柜、梳妆台、春凳、椅子等等。看来同三姐和大侄女的那些差不多,大概都是本地专做这类活的那家木工铺的出品。

大门内的小院子里拥挤不堪。摆下了一张长条桌算是收礼和发"喜钱"的账房。大哥找来几位亲友专管此事。这些帮忙的人两天前就来到，每天都要酒菜招待。写对联和发请帖等等也由他们办。喜事当天他们还充当"知宾"，招待客人，指挥办事。厨房忙不过来，又找了临时工，到吉期那天还是从饭铺招了几担菜来在厨房"包办酒席"。张祥成了大总管，找了两个人临时帮他忙。他呼来喝去好不得意，其实没有他的什么事，送请帖也用不着他。吉期当天大门口来了一群吹鼓手一阵阵呜呜哇哇吹唢呐。最有意思的是大门口石头狮子旁竖立了一根龙头拐杖似的旗杆不像旗杆的东西，上面系着一串带穗的不知什么。旁边还摆一副桌椅，却没有人坐。只在吉期吉时来了一个老头子在那里坐了一会儿。随后家中派了个工人提了一盒酒菜送那老头走。不过那拐杖和桌椅还留下。这根莫名其妙的奇怪的东西过喜期取走后，大门口还悬挂那一串带穗的东西，一连挂了三天。事后闲下了，张祥才向小孩子说明，那是"叫化头"的"讨饭棍"，有了这个才不会有"叫化子"前来滋扰。一总请"叫化头"吃了一顿酒菜，送了数目不少的一笔钱，由他去分给手下的

"叫化头"见于京戏《鸿鸾禧》，又名《金玉奴》，或《棒打薄情郎》。故事见于"三言二拍""今古奇观"。

人。"要不然，一个个来讨喜钱，多少钱也应付不了，弄得不好还会出事，要你面子上下不去。再说，门口吵吵闹闹的还怎么办喜事？"张祥说了，接着又得意地补一句，"这都是我去张罗的。我认得他，早就讲好了价钱。"果然喜事期间一个讨饭的也没有来，更没有人来借道喜讹诈。那时这些江湖人士还是组织得很严的，"井水不犯河水"。再过些年，国民党一来，帮派行会新旧林立，情况就不同了。

喜期，花轿到门，又是一番景象。

小孩子虽然也同哥哥们一样穿上袍子和马褂，戴上红顶结小瓜皮帽，但因为是小弟弟，没有礼节拘束，还可以到处跑。小侄孙被他母亲管制在屋里不许出来，怕冲撞了什么邪气。来道贺的亲戚没有带他这样大的孩子的，因此，这孩子只有一个人自由自在前后院乱跑。

门口唢呐声大作。花轿到了。小孩子忙跑出门外去看。只见巷口也是两个吹鼓手吹着唢呐，后面跟着一顶花轿。却怪，花轿进了巷子，忽然停下了。两边的乐声也停止了。小孩子不知是怎么回事，忙又跑进院子。

大哥和一位客人正站在院子中央，客人手里端着一个小圆盘子，另一手拿着一本"皇历"（历书）。大哥从马褂前襟掏出一块系着链子的怀表，打开盖在手里捧着看。那客人转转身，指指点点，同大哥说了句什么话。大哥点点头，又回身问在旁站着的张祥，堂屋里的座钟昨天对过"午炮"没有。这时每天正午十二时，县政府要放一声空炮，作为全城统一的时间标准。因为那时只很少人家里有钟，有表的就更少了，全城时间都依据"午炮"。大哥的表照钟定时，钟照"午炮"定时。其实"吉时"不过定在几时几刻，吉利方向也只是正南方、东南方之类的八方，用不着这样郑重其事。这不过是摆出架势给客人们看的。那个小圆盘子是定方位的带指南针的罗盘，这是二哥后来告诉弟弟的。

大哥一摆手，回头对张祥说了句话，张祥转身出门，小孩子也随着跑到门外。

"黄道"吉日和吉时的选择，"阳宅""阴地"的"风水"，曾被一扫而光，不料虽未卷土重来而根未除尽，听说移植到海外去了。自己修墓而命令别人不准盖坟是很难持久的。

张祥的命令下达，门口一对唢呐响了起来，巷口的唢呐也随着响起来，轿夫抬起放在地上的花轿缓缓向大门走过来。

又有了怪事。花轿一到门口，唢呐声停，大门关上了。张祥指挥花轿转身，轿门正对大门，冲着正东方。

这一空隙正好给小孩子观察花轿的机会。本来大侄女出嫁是坐的同样的花轿，可是迎亲的花轿一来，她一上轿就抬跑了。三姐是在外地办出嫁仪式的，他没看到。这回花轿停下，他才看出轿上有许多花样。轿顶上有个什么东西压着。两边都带着瓶子似的东西。轿后绑着一个大筛子，筛子口朝外，里面捆上三支箭，箭头分别向正上方，向左上方，向右上方。他还没来得及找出是不是有弓，大门口的什么仪式已经完了。大门打开，爆竹声和乐声大作，花轿进了大门。大门外除从巷口就跟来的一些儿童和闲人挤着看热闹以外，就是那位"叫化头"巍然坐在桌子旁边，对着他那件"祖传"宝贝，仿佛他正在镇压邪气，只让喜气进门。

花轿进了大门，非正式的二门又关上了。轿子又停下。这时孩子才看见了，原来花轿前面还有个人手里抓着一把花纸屑，口中念着像诗样的喜词，也许是他在念着什么咒语，作什么法事；话一完，他把纸屑向上一撒，落了满地，里面好像还有点粮食。随后，二门打开，花轿进了院子。

非正式的二门打开，第三道门，也就是正式的二门又关上了。花轿停在院中，对着这道门。乐声又停止。仿佛又是那一套仪式，轿前面的人口中"念念有词"，又撒花纸屑。门又打开，同时撒去门坎，乐声奏起，花轿抬进这道门。刚

花轿和今日的花车不同，不仅在形式上。

进门楼，前行几步，向北一转弯，掉过了头，又向西从门里出来到前院正中，再一掉头，正冲北，对着正堂屋停下。这时四管唢呐拼命地吹。一个人又把一大挂爆竹点着了，噼里啪啦吵得不可开交。大门口好像忽然又有人一阵敲锣打鼓。

紧跟花轿的"伴娘"（她是先乘一顶小轿来的）抢步上前，双手伸出，摘下了轿门帘，交给身后的人。原来这是上下两半分挂在轿门上的。前面轿夫侧身走开，后面轿夫将轿杆一提起，那"伴娘"熟练地一步跨进前面低下去的轿杆，又一伸手，牵扶着轿里向前倾倒的新娘子弯腰走出轿来。新娘子一身花绸缎衣裙，头上顶着一件"红盖头"，什么也看不见。她靠伴娘扶着一步一步走向堂屋，上了三层台阶，过走廊，跨门限，都由"伴娘"轻声指挥。

> 古"伴娘"非今"傧相"。

三哥早已长袍、马褂、红顶结瓜皮帽、一身新，站在堂屋里。供桌上一对红烛高烧，三大炷香插在锡制大香炉里，烟云缭绕上升。还有个古铜怪兽形香炉（二哥买来的地下新出土的古董）里面烧着檀香，烟从兽的七窍喷出来。供桌前地上铺着大红地毯，上面有两个红拜垫。供桌上还有几样供菜。摆祖先神龛的条几上有一排酒杯和筷子。在爆竹和唢呐声中，新娘在"伴娘"的搀扶下，同新郎先向外拜了天地，转身向内拜了祖先，然后彼此交拜，同入洞房。那"盖头"不知是在入洞房前还是后由新郎撤去，后来小孩子进屋看时，三嫂的头已经露出来了。

仪式和爆竹声、乐声同时结束。院中执事人等全体退场，到前面大门楼旁边那两间房子里吃酒去了。自有分派定了的人陪着。

小孩子没有管头，便进堂屋里到新房门边一望，只见三哥独坐在桌、柜旁的椅子上面向外对着他微微一笑。新嫂子坐在床沿上，低着头，头上顶着珠光宝气的不知什么形式扎上去的"帽子"，前面垂下一串串珠子构成的一个珠帘刚好遮住脸，只能从缝里看出脸形和脸色，似乎搽满了胭脂香粉。"伴娘"站在她身旁。

小孩子觉得没有什么好看，转到堂屋另一边向大妈房里一望，只见大妈也是一身正式打扮。只因是寡妇，

"拜堂"在前，拜公婆，见家人，在后。死者大于生者。

没有系一色大红裙，系的是有黑边的红花裙子。她一人坐在床边，不知在想什么。拜祖先时她曾否坐在一旁受礼，小孩子站在门外走廊上，身子小，从人缝里没有望见。

他转身出门，到通客厅院子的角门望望，客厅里面、外面早已摆上一些桌酒席，客人正在让座入席。他又转身进二门到后院去。

小孩子进后堂屋，只见中间摆好了桌椅，也是酒席似的陈列着八副杯筷。大嫂一人坐在旁边另一张椅子上，端着水烟袋吸烟。她刚刚吹起了手中纸捻上的火焰，呼噜呼噜吸了一口烟，然后对弟弟问了一句：

"看到新娘子了？"

弟弟点点头。

"过一会儿跟大妈到这里来吃饭。"大嫂抽出水烟袋的装烟的一头，把吸过的一团烟灰从另一头一口气吹出去落到地上冒一股烟，再把烟袋头放进烟袋，从后边附的带盖的筒里掏出一团烟丝装上去。

弟弟轻轻走出去，到二嫂房里。

二嫂也是一身打扮，一见弟弟就笑了起来。

"看到新娘子了？"

弟弟仍是点点头。

"好看不好看？"

"脸上挂着珠帘子，看不清楚。"

由二嫂口中说出关系，又写出两嫂的同异。

"那叫'遮脸羞'。晚上'闹房'时要掀起来给人看的。我问你，你看她像不像我？"

"看不出来。"

"她是我的妹妹。她是你十舅的二女儿。我是你九舅的女儿。可我们不在一起。她在西乡，我在南乡，我只在小时候见过她。听说长成一个大个子，细高挑。说不定比你三哥还高呢。"二嫂禁不住又笑了。

"那，她也是表姐？"

"是表姐。现在是三嫂子。"

二嫂带着笑容望他："你这个小表弟真聪明。"

"小表姐你聪明。"弟弟一笑，转身跑了出去。

他知道厨房里妈妈和一些人正在忙，便又去前院。跑到角门一看，张祥手提红毡条在厅屋门前院中地上一铺，喊声："新郎官谢客！"站在旁边的三哥走上毡条做出要下跪的姿势。吹唢呐的站在他身后大声吹起来。

客厅里外的客人全站起来，乱哄哄地说："不必大礼，都不是外人，快来入席。"三哥趁势作了三个揖。张祥收起红毡条。三哥进了客厅。又是一番道贺和道谢之声。原来亲友中，包括媒人在内，除了一位叔叔和一位舅舅外，最高的只是平辈，还有晚辈，所以不必拜谢。一般规矩是客人站起身，受新郎一次跪拜，这里却不必行大礼。（若是丧礼，就不论辈分都得跪拜。）院中坐的多是来帮忙的人，自有人陪。客厅里，三桌的中间一桌是贵宾，主席是大哥坐，上首一桌是二哥当主人，下首一桌是大侄权当主人，旁边留下一个位置给三哥来谢客后坐。新郎进客厅少不得又要一桌桌敬酒，然后再到院中敬酒。好在四位主人都是大酒量。一桌有一铜壶酒，像一壶茶一样。不过酒杯只是小瓷酒盅。

小弟弟站在角门口从门窗望到这一切表演后，就转过身，正好看见大妈出了堂屋。他连忙过去扶着大妈下台阶，进二门，到后堂屋。

全家内眷都到齐了。当天只有最亲的内眷才来帮忙，其他女客人要成礼后才来道喜；没有很亲的人，所以这天还没有女客。这时全家纷纷向大妈行礼道喜。这还不是正式行礼，所以只要"裣衽"，仿佛满族人的"请安"。小孩子学过"请安"（又叫"打千"），但不应用。

大妈坐在正面首席。上首坐大嫂，旁边叫弟弟坐。下首坐二嫂，孩子小，抱出来一下，又送回房去了。下面打横的是侄媳妇，带着她的五岁孩子。妈妈和大哥的收房丫头，只是进来向大家道喜，给大家斟一次酒，没有座位。她们斟酒只有侄媳不受（当然侄孙也不能受），自己斟。大妈连招呼都不打，端然正坐。大嫂对妈妈还用手端了一下酒盅，艾姑娘斟酒时她动也不动。这些都是礼节。在这礼节下，二嫂端端酒盅，一言不发，同在房里对小弟弟大不相同了。

下午客人大多数走了。大家休息。"伴娘"在三哥回房后，去厨房吃饭。她是否偷偷给三嫂一点东西吃，谁也不知道。新娘子是理应饿肚子的。头天也不能坐马桶。

晚上情况变了。

除了大哥和二哥以外，大侄带头，领了几位比较亲近的亲友进了新房，实行所谓"闹房"。这是必不可少的一幕仪式。据说是"三天无大小"，要闹得不可开交才好。有人说，能闹得新娘哭，"伴娘"气，新郎直着急。不过这一家是"诗礼传家"，"书香门第"，所以仍旧是"文质彬彬"的。

小孩子站在新房门口看。

屋里站满了人。"伴娘"先掀起"遮脸羞"，让大家看面貌，再掀起大红裙，让大家看小脚。新娘站着，低着头，任人摆布。

"要新郎动手！"于是三哥笑着上去照样做了一遍。

乱哄哄地有些人说喜庆话。也有晚辈大声嚷要"婶婶笑一个"！"看！三婶笑了。"逗新娘笑。也有人嚷："脸红了！"也有人故意搭话、问话，让新娘、新郎回答。新娘是不能开口的，都由新郎代答。实在闹得太厉害时，"伴娘"有经验会出来解围。例如有人要求新娘拿烟倒茶等等都由伴娘代劳。

客人是有意分批来的。有人每次都夹在里面来闹。新娘站着；客人走了，刚坐下；又一批来了，又得站起来。

据说"闹房"是越凶越好。无人闹，不吉。

忽然一个客人出了新主意，一把将小弟弟拉过来推到床边，喊，"掀开你三嫂的裙子让大家看！"孩子大吃一惊，一挣脱手就跑了。

他到后院一想，进了二嫂的房，把这情况告诉二嫂。他不敢去同大嫂和侄媳讲。

二嫂很开心，说这般人还算"文明"的。笑了半天才说她那时可被人闹生气了。说二哥怎么不中用，人家叫他干什么，他都干。虽说"三天无大小"，大伯子也不来，没有长辈，来了些乡下亲戚。"伴娘"不中用，急得没奈何。"把我全身看个够，只差没扯下头面，抓开衣裳了。真不顾脸。有个地缝我都钻了。我也看过人家新娘子，哪有这样闹法的？弄些毛孩子来胡闹。都是你那二哥惹的。浑人！也不想想我是什么人！"二嫂笑容一收敛，现了一点怒容，脸一下子红了；忽然又扑哧一笑："当新娘子就要过这一关，受一次罪。还是你们男的好，对不对？"她把弟弟拉到身边，揭开帽子，摸他的平头。"只有你来陪我讲话。"又说，"听说你那三嫂脾气不大好，今晚不定怎么生气呢。将来她也不会同我亲热的。我们姊妹不大见面，也生疏得很。"后来她忽然想起："回头你去客厅看看那浑人喝成什么样了。我怕他醉得回来认不得房门了呢。你把他带回屋来，拖也得拖他回来。他不回来我就找你要！"她做出生气的样子，把六七岁的小弟弟当作大孩子；又扑哧一笑："我就能管你。你认得我是你什么人？"

"小表姐！"孩子不等她再说话，掀开门帘就跑出去了。

他到厨房门口望了望。妈妈、艾姑娘等人还在忙着收拾东西。他跑进侄媳妇房里。她正在哄侄孙睡觉。她很高兴看到这位四叔又是她的干爷（到后来孩子才知道为什么她算他的干女儿），也问长问短的，也说"闹房"不好，不过又吹

二嫂自述经验。令人失笑。

嘘她当新娘时在湖北，闹得凶，可她不怕，大家倒有些怕她。"要闹得厉害才好呢。不闹不好。"最后也同二嫂一样 侄媳的经历又是另一样。

嘱咐他看看大侄别喝得太醉了。"你那侄子是个酒鬼，不叫他喝不行。现在他有父亲在家管着，也许不敢多喝。"

小弟弟又去大嫂房里，不料大哥早已回屋，而且帽子摘下，长袍、马褂都脱下来了。大嫂手里捧着水烟袋，却没有点着纸捻子。

大哥和大嫂是在谈论什么事，看见弟弟进来，既不问新娘，也不问"闹房"，只问他到什么地方去了，问他看见大妈安歇了没有，要他早点睡觉，到客厅去也不要喝酒。"小孩子在酒席上，大人给了酒，也只能端起酒盅用嘴唇抿一点。大人斟酒时要站起来，两手捧着酒盅，倒一点就要道谢，说'够了'，不能等倒满酒泼出来。客人拿开酒壶，才能坐下。"大嫂又教他礼节。她回头对大哥说："今天中午四弟在桌上吃饭还有规矩。这么多时不见，我只怕他玩野了。现在看来还好。以后要教他一点上桌子见客的规矩。"大哥抹了抹胡须，说："他书还念得可以，再请人教教看。"孩子觉得自己是个插进来的多余的人，也不愿听他们继续训话，一等大哥住下嘴，就略微做个点头行礼的姿态，出了房门。

他又到大妈房里待了一会儿，回自己房，看妈妈还不在。停些时，他跑了出去。在走廊上看见有两个人把耳朵贴 大哥大嫂教礼，暗伏下文。

在新房的窗户上偷听。他站下看了一会儿。两人走开了，却留下一把扫帚靠在窗台上。

他走出角门，客厅里只有稀稀落落的声音。进门一看，

末段写醉人群像，应前文的一
再叮嘱！

大吃一惊。地下睡了两三个人在大声打呼噜。大侄见到他，站起来往外走，打他身边过时，说一句："四叔还没睡觉？"一股酒气熏人。剩下的是二哥同另外两三个人，面前还摆着酒杯、酒壶。二哥呵呵笑着，嘴里叽里咕噜地不知说些什么，只听到："没醉！这点酒……哪能醉？再来一壶……也醉……醉不了！"他一转眼看见弟弟。"你也……来一杯，小时候先练练酒量。"居然他还有点清醒，这句话讲得清楚。弟弟想起二嫂的话，说："二哥别喝了，回去睡吧。"二哥说："是……是……是你二嫂叫你来的吧？哈哈哈！"几个客人似乎醉得更厉害，只差没倒下；却有一个人还不糊涂，说："快带你二哥回屋吧。他找不到自己房门了。"二哥说："哪里的话！明天再喝。"他说着站起身来，摇摇晃晃往外走。到门边一脚踢着了地上睡的人，他也没在意，咕噜一句："好狗不拦路。"好在都睡熟了，喝醉了，谁也没在意他这骂人的话。弟弟望着他跟跟跄跄往前走，到前院中，居然望见了新房窗下的扫帚，忽然清醒了一下："好！好！一把笤帚替人听房。"其实窗下还有两个仆人不知是男是女在蹲着听，他却没看见。这时院里挂的灯笼有的已熄了。小弟弟一直送二哥摸进了他自己的房门，才回屋，心想，二哥准是进屋就倒在床上睡着了，又不知二嫂怎么骂他。不过自己觉得已经完成了二嫂交给的差使，放心睡了。妈妈也累了，没有问他什么。

第二天他才听二嫂说，二哥在屋里大吐了一场，累得她打扫到半夜才能睡。

第二天全家行礼。

小弟弟却在这以前就同三嫂非正式地见过面了。那是在他送二哥回房以后，回到正堂屋的时候。他一到门口就看见三嫂从新房出来，手里捧着一个带小托盘的盖碗，走进大妈的房里去。这是送茶给婆婆，是"晨昏定省"的礼节。二姐就是嫁过去给抽鸦片烟的公婆每天"晨昏定省"侍候折磨了多少时候。三姐和大侄女没有公婆，没受这份罪。三嫂这是第一次向婆婆请安。以后不知演习了几次就拉倒了。她是乡下人，不耐烦这套礼节，大妈也不在乎，很快就"免礼"了，同二嫂一样了。

小孩子进大妈的屋时，茶碗已经放在大妈身旁边的茶几上。三嫂恭恭敬敬站在门边。送茶的情形没有看到。大妈说了句什么，三嫂就回房去了。第二天早晨的送茶礼也未见到。小孩子起来时，大妈已经梳洗完毕，坐在那里，旁边茶几上又有另一杯茶，大概早晨的礼已行过了。

三嫂真是个高个子。因为是新娘子，并未挺胸直腰，可是已算全家中最高的人了。这家人全是矮个子，只有三哥高一点，可是还比三嫂差一截。这在全家行礼时特别显眼。

这回看清楚了。三嫂同二嫂略有点像。不过二嫂是鹅蛋脸，秀气些；三嫂额稍宽，有点像瓜子脸。她们都和大妈的方形脸、大侄媳的圆胖脸不一样。三嫂比二嫂似乎白得多，事后才知道那是粉搽得多，二嫂不过稍带一点黑红色，不大搽粉。

到了行礼的时候，也就是全家道喜。但是不能同时全在一起，因为"大伯子"不能见弟媳妇的面。因此，在三哥点起香烛以后，大妈端然坐在供桌旁边，三哥三嫂并排在大红毡条上的一对拜垫上行了三跪九叩首的大礼参拜。这时全家除大哥和二哥外都在场站着，按辈分排先后。随后，三哥和三嫂转身向大嫂和二嫂分别行了个"常礼"，然后走到一边。接着是大嫂向上对大妈道贺，行一跪一叩礼。二嫂也照办。她们起身后也分向三哥、三嫂相对行个"常礼"。轮到小弟弟，向大妈磕了一个头；站起来向三哥和三嫂作了个揖。最后是大侄夫妇先向上拜他们的祖母，又拜大嫂和二嫂，三哥和三嫂。为了省事，他们只是对祖母行全礼，跪下又起来，此外就跪下不起来，回头叫一声磕一个头便完成对一个人的礼。对小孩子也行了个"半礼"，没等叩下头去，孩子就上前拉住了。侄孙由侄媳拉着跪在拜垫上，侄媳唱着"给太祖母贺喜"等等，侄孙便跪着叩一个头。这回，小孩子就不去拉了。礼毕，全体退出，只留下大妈。她命令小孩子去客厅通知大哥和二哥来行礼。他们二人行礼时，三哥出来了，彼此相对作揖，互说"恭喜"。大哥、二哥走了。妈妈和艾姑娘才从里屋出来，各对大妈叩头贺喜。这时三嫂也出来了。她们相对行了"常礼"。三哥和三嫂并肩行礼，都没有称呼。这一套礼节的作用是让全家同新娘子见面认识一下，只除了"大伯子"。由此也分出等级表演一番。仆人们在此后趁机来向老太太道贺，各领一份红纸包的"喜钱"。

借行礼写家中女眷各有不同的身份和性格。

这天中午的饭也是家宴。正面上座是大妈。左边上首坐着大嫂、二嫂，右边下首坐着三哥、三嫂，下边"打横"的是大侄夫妇。那个小侄孙不上桌子，坐在下方角上一个方凳旁，由艾姑娘招呼。二嫂的娃娃和艾姑娘的娃娃都太小，只照一下面做个样子就又送回房了。小弟弟的座位是大嫂出的主意，在大妈旁边安放一个凳子，也上了桌子，可是在凳子上跪着，虽在正上方，却不同大妈一样，矮了一截。这样显出辈分的方式只有大嫂想得出来。一桌刚好八个人。这次吃饭以后就不同了。男的在前面堂屋陪大妈，女的在后面堂屋随大嫂，只有

详写家宴，亦是照应下文小孩子参加宴会。

妈妈在前堂屋，为的是随侍大妈，也是免得同大嫂在一起不好排辈。这样，男女大致分开，夫妇只在自己房里能同席了。

第三天，三嫂在向大妈问安以后，吃了早饭，又打扮起来。原来是她的弟弟要来探亲了。因为是表兄弟，所以只是照例行仪式。大哥领着三个兄弟在大门里接了一下。他是坐小轿子来的。下轿进客厅，互相揖让一番，寒暄几句。大哥领先问候十舅和舅母。一通茶过，三哥领他到新房看望他姐姐。然后客厅招待，请人作陪。下午他就回乡下去了。他家离城不过一二十里路。

从第二天起，就有亲友女眷来贺喜的；有的要招待吃饭，有的只是坐一会儿，吃过茶点就走。

到了满月，三哥陪三嫂下乡，"回门"。住了三天才回来。

三哥结婚第三天，那位表兄走后，二嫂对小弟弟讲了一点三嫂的家事。

先是二嫂叫弟弟去看大哥在不在房里或客厅里，告诉他一声二嫂要去看三嫂。这意思是让他不要到院子里，暂时回避一下。弟弟在大哥房里对兄嫂讲了以后回报二嫂。二嫂便命他带路去前院堂屋。先到大妈房中禀报一声，然后转去新房。三嫂在房中先得弟弟报了信，起身迎接，叫了声姐姐。两人谈话。弟弟回自己屋里。过一会儿二嫂就出来了，又到

大妈屋里禀一声回去了。弟弟听见赶出来再陪她回去，路上还去告诉一声大嫂和大哥。因为二嫂叫他再去，他又到二嫂屋里。二哥不知出门到什么地方去了。

"这回看出长得不一样了吧？"二嫂一面卸妆，一面说，"我真没想到她长成这样一个细长条子。你看了小表兄，他们姐弟像吗？有她高吗？"

"一点不像。表兄比三嫂好像还矮一点。"

二嫂告诉弟弟：她家上一代是十兄弟，早已分家。原来八、九、十这小三房兄弟还有点来往，现在只剩下老十，是个"痰迷"，三户

再提"痰迷"，应前文。

都不来往了。这位十舅母是个能干人，辛辛苦苦才置了点田产。生下三女一男。说媒时，大表姐"八字"不合，小表姐年纪还小，就说成了这个"大个头"。二嫂说到这里扑哧一声笑了。又说生下小表妹以后不久，不知为什么事，老太爷忽然痰迷心窍，不言不语，拣些小石头当宝贝收在屋里。只好让他一个人住。她还有一位姑夫，算是小孩子的姨父。姑姑死了，留下一个独女。后来独女夫妇也死了，留下小外孙。姑夫便痰迷心窍，整天扫地。他自己独门独户，独自生活，带个小外孙。几亩地也不经管，靠种地的每年送租课。他倒会做菜，做饭。这两个"痰迷"说话明白，只是天上一句，地下一句。两人见面好像互不相识。"他们住西乡，我住南乡，我只小时候去过，那时还没有'痰迷'。后来这些事是听你大表兄讲的。"二嫂忽然打断自己话："你怎么这样看我？我脸上怎么啦？"

"我看你们两个表姐眼睛鼻子还是像。"

"现在是两个嫂子了。"二嫂说。

第四天上午，三哥分别通知大嫂和二嫂，三嫂要来拜会。于是大哥和二哥又躲到客厅去。这次是礼仪性拜会，有三哥陪同，弟弟只望了望，没有参加。

新娘子一个月不下厨房，除到后院吃饭，也不出堂屋门。"伴娘"先在新房门外夜里临时搭铺睡，三天以后去和女工们一同住。一个月后，她回去了。她从这边也得了些"喜钱"。

大哥、二哥每天很早就去客厅，很晚才回自己屋，有事进出二门时都先大声咳嗽，警告弟媳回避。

兄长不见弟媳，现在全国此礼都不留痕迹了吧？

弟弟去三嫂房里没有去二嫂房里勤。他发现新房里有一对水烟袋，都由"伴娘"洗擦，好像都用过。难道三嫂和大嫂一样吸水烟？只有二嫂不吸烟也不喝酒。三嫂一本书也没带来，大概是同二嫂一样不识字。两姐妹都讲乡下土话，但有的字口音稍稍不同。这是西乡和南乡的细微发音差别，弟弟感觉到了。这是一家人南腔北调给他的语音训练吧？这里引用她们的话当然是"净化"了的，也无法标出音调。

评曰：此回虽着重写已亡失的礼俗，但也从中显出家中各人的不同身份和性格及出身经历。写家至此已到高峰，随后要走下坡路了。实际上不是下坡而是瓦解，内外基础早已消失了。

第十九回

七 岁 成 人

评曰：本回述旧家庭对后代教育的重要一课，即会客吃饭。这里面的规矩很多，大有考究。拜客，见客，请酒，吃饭，不同礼节表示不同关系，还标志出不同的身份态度。一个动作，一句话，都有道理，有习惯规定。恭谨有加或者冷漠无情以至闭门不纳"投刺（名片）"即去等等都不是现代报纸新闻的照例用语。这里的客套也不是虚伪做作，而是好像武术中的套路，错不得的。这样的家庭教育也就是社会教育，可能是再也不会有了。

代拟回目如下：

世故人情无非饮食

名声地位全靠祖宗

两场喜事用了多少钱，只有大哥和大嫂知道。收了多少礼，别人也不清楚，账本都在他们那里。他们一回家，财权、人权都一把抓过去。老太太净享福，不问事了。大家都照本分和习惯过生活。

喜事过后，小弟弟看见大嫂在桌前坐着，一手翻账本，一手打算盘。算盘很小，是黄白色的（象牙的）。

能写会算是从前的文化水平标志。

"你知道这是什么吗？"大嫂停下来问。

"算盘。"弟弟回答，又补一句，"二哥、三哥也有。"

"知道怎么算吗？"

"不知道。"

"来，我告诉你。"于是大嫂教了他算盘珠的意义，格子上面一个当五个，下面一个当一个。可是没教进位，更没教算法。这时小孩子已经能数到一百了，认识百、千、万、亿、兆等字，可是不会算术，也不认识阿拉伯数字。

大哥走了进来。大嫂继续算账。

"小老四，过来。今天正好，我考考你。"

弟弟到大哥面前站着。大哥坐在床前大椅子上，桌上一本书也没有。

"大学之道——"大哥说。

"——在明明德，在新民，在止于至善。"

“好了。是‘亲民’还是‘新民’？”

“亲字在这里读新。”（这是朱熹注的读法。）

“天命之谓性——”大哥又说。

“——率性之谓道，修道之谓教。道也者，不可须臾离也；可离，非道也。——”

“好了。你《学》《庸》还熟。《论》《孟》没有忘记吧？有为神农之言者——”

“——许行。”弟弟不停嘴地把这长长的一章往下背。

“好了，好了。冉有、子路、公西华侍坐——”

这一章《论语》同那一章《孟子》一样，虽然长，却好背，弟弟流水似的背下去。三哥没有教他吟诵，他从来没有听见过“唱”书，只是讲话一样地背书。这引起大哥的笑，也许是高兴的笑。

大嫂停下了记账，回过头来。

“背书，你考不倒他。他记性好，现在还能背《三字经》，从‘人之初’背到‘宜勉力’，一字不差。我都考过了。”大嫂做了说明。

“趁记性好，把“四书”念完就念“五经”，先不必讲，背会了再说。长大了，记性一差，再背就来不及了。背‘曰若稽古帝尧’，‘乾元亨利贞’，就觉得不顺嘴了。到十岁再念诗词歌赋、古文，开讲也可以早些。《诗》《书》

《易》《礼》《春秋左传》，只要背，先不讲，讲也不懂。这些书烂熟在肚里，一辈子都有用。"大哥不知是在教导小弟还是大嫂。

小孩子心里一动。因为妈妈常说"肉烂在锅里"，"锅里饭烂了"；他觉得自己好像要烂在书里熟了，不是书烂在他肚里熟了。到后来，头发全白了，这几句莫名其妙的经书他还能背，可是不见得有什么用。有个很长时期，只觉得这是沉重的包袱，想忘又忘不掉，一遇机会就不由自主从记忆中冒出来。好像忘比记并不见得容易些。又好像古"圣人"把两千多年以后的讲话和行事真都预见到了一样。假如从小不曾读这些古书，或则读得不"烂熟"，仿佛一张白纸，可以随便在上面画什么，那就少掉多少烦恼。真是悔之无及。然而大哥、大嫂和小弟在一九一八年并没有丝毫预感。尽管下一年就爆发了"五四"运动，但这个偏僻的小城里依然风平浪静。古书并未能帮助读书人预见未来。

忽插一段感慨，表示不是小说。插话一之不足，下文再插之，也是一种风格。小孩子说大人话。

"念书之外，也要教点规矩。他在家里还懂事，也要见见外人。这回办喜事，他到处乱跑，我也没工夫给他讲。"大嫂提出建议。

小孩子心里立刻冒出花轿上那三支箭，那一再紧闭的三道门，那小小的带有颤动着的指南针的罗盘和"皇历"。他以为大嫂要讲这些，其实不是。从没有人给他讲这些。还是几年以后，他在乱书堆中找出一部石印的小本小字的旧小说《周公斗桃花女》，才得到了这套风俗习惯的迷信解释。至于科学解释，那要到将近二十年后他能看到外国书时才知道一点点。

"好吧。下回请客，叫他跟我上桌子。"大哥想了一下，答复大嫂。

小孩子把这件事告诉大妈和妈妈时，妈妈又喜又惊，紧张之至，说，"你才七岁呀！才六周岁，就上桌子！大嫂太宠你了。"简直像科举逢大考。

那一天到了。大哥晚上请客，席设在客厅院子里，比较风凉。大哥说是没有外人，连他作主人只七位，正好加上小兄弟。二哥、三哥、大侄都不上席。客人是应大哥邀请来的。

临去入席之前，妈妈带他到大嫂房里去时简直紧张得不知说什么好，只说："听大嫂话，看大哥叫你做什么就做什么，乖乖的。这回可靠天保佑了。"

孩子应考，最紧张的倒是父母。

大嫂并不紧张，她很有信心。手捧水烟袋，慢慢腾腾一面吸烟，一面讲种种规矩。大人不问不讲话，要站起来回答。吃菜只能吃大人夹在自己面前小碟子里的。要自夹菜也可以，但只能夹自己面前的，不许站起身来去夹远处的。（大嫂忘了弟弟站起来不比坐在椅子上高。）不要喝酒，只陪着端酒杯。大哥同客人站起来时，也要一同站起，一同坐下，不许先站先坐。不许大声说笑。不许吃饭、吃菜、喝汤有声音。不要自己下座位盛饭，自有旁边用人盛。酒也是用人先斟好。假如有人向你让酒、让菜，要由大哥代辞；辞不了的，自己端起面前小菜碟子接。讲话自有大哥代答，自己莫多嘴；大哥叫回答时必须回答。不叫吃菜、吃饭时不能自己先吃。大哥说声"请"，大家动手，才能跟着动手。假如自己先吃完饭，要把筷子并齐平放在碗上，表示仍在陪着吃饭。诸如此

二一

类，一一嘱咐，大嫂又给他整理衣裳，叫他坐上椅子，上下两次演习。要求站得稳，坐得正，动作不慌不忙，又要快，又要自然合规矩，不引人注意等等。演礼完了。大嫂笑笑，吹起纸捻子上火焰，吸了一口烟，说："不要怕。大哥起身让客离席时，大家走开了，你回到我这里来。莫把你妈妈急坏了。不要紧的。"又笑了一笑。实际上她所讲的就是大嫂自己的举止态度，弟弟早就看在眼里，记在心里了。"长嫂为母"，没有亲生儿女的大嫂正好为小弟弟起"母亲"的作用。

张祥在院中喊了声"四爷"。他已经改口不当着外人叫"老表"（江西老表）或"小老四"了。

这一次考试，见客是早有过几次经验的，主要是学习入席吃饭。大哥叫他坐在自己身边主位上，给他夹菜。面前有一碗菜，他也没有自己夹。一切都照大嫂的吩咐办，自觉一点没有失礼。椅子上张祥加了厚垫子，高低还可以，只是两条腿虚悬着。站起来，头刚比桌子高出来。

他回到大嫂屋里，紧跟着妈妈也进来。他不知道要说什么，只说，都照大嫂的话做的。

"放心了吧？"大嫂仍然捧着水烟袋，对妈妈笑着说。

妈妈走了。大嫂问起客人情况，不觉过了一些时光，大哥来了。他进门就脱马褂，嚷，"真热。"

"小老四怎么样？"其实大嫂也不是真正那么放心。

"还好。很大方。没有失礼。有人

在走以前还记住夸他。有些是应酬话，有的人看来是讲真话。只有七岁，头一回上桌子。"

大哥忽然回头对小弟弟望，脸色一沉：

"头碗饭吃完，怎么用筷子在空碗里扒饭，弄出响声来？我听见了。就这一件事，下回记住。"

小弟弟心中有点委屈。他是吃得快，第一碗吃完了，不能自己离座位去盛，又不好放下碗筷，就自出主意用筷子假作扒饭弄响碗底，引起注意。果然大哥回头看了一眼；仆人立刻过来替他盛饭。他还自以为做得好，不料挨了骂。

"这是头一回，就算不错了。"大嫂说，回头对小弟弟使个眼色，他连忙回自己房里禀报大妈和妈妈。

这是小弟弟随大哥在酒席上陪客的第一次，却也是最后一次。以后没过很久，大哥便离开家去洛阳，回来时已是另一世界的人了。

评曰：请客与赴宴是中外古今共有的民俗。其中的奥妙很多。尤其是中国的吃饭绝不仅仅是吃饭。也许因此中国才能以烹调优美称雄于世界。到晚清出现了另两种招待宾客的新花样，这就是抽鸦片烟和打麻将牌。流行起来可不得了。几乎大城市小乡村到处都是。那时的愤激志士甚至认为这是亡国之象。烟榻和牌桌是交际场所，又是谈判要地。上起军国大事，下至个人小事，无不在这里沟通声气。好容易这种现象一扫而光了。会不会变个花样卷土重来呢？但愿不会。

第二十回

长嫂为母

评曰：本回仍是写那位大嫂。旧巢之中以她为主，所以留下痕迹多，书也必定离不开这位家主即核心人物。数千年社会中女子地位不可一概而论，总有两面：一般的与突出的。简单说可分为贵族与平民，但不是指血统而是指门户传统。也不是指贫富。有的穷家风还是男主外而女主内，女权超过男权。此事难言之矣。

代拟回目如下：

教曲教棋　女才人何其潇洒

习诗习礼　书呆子如此愚痴

大哥终于走了。

洛阳打了电报来，给他又加了一个官衔，是个什么"秘书长"，不是虚衔了。他要去上任。这次回家，全家团聚，买了房子，又买了两块田地，嫁了女儿，替三弟娶了亲。上次回家，嫁了三妹，替二弟娶亲。父亲去世后，他还算把"书香门第，官宦人家"的空架子摆得不错，全城都以为他混得很好。其实，他并没有得过什么捞大笔钱的"实缺"，弄来的钱也消耗得差不多了。这只有大哥、大嫂知道。但看大嫂每晚翻账本打算盘，最后把眉头一皱，就可以知道。所以大哥也是非走不可。他实际还够不上在家当大绅士的资格。

家里的事都交给大嫂。他不放心的只有一件，是小弟弟的教育问题。

小弟弟被叫到他屋里，并且被命令在方凳上坐下。大嫂端着水烟袋。大哥望着他，没有马上说话。过了一会儿，大哥叫他过去到身边，右手摸摸他的平头，说：

这是长兄幼弟的最后一面，若有预感。

"伯伯把你留下给我教，你年纪还太小，我又要到外面去。家里的事就是惦记着你。你念书还聪明。我们家几代念书，不能断了'书香'。先要把旧学打好根底。我已经请了建亭（一位本家侄子）来家教你。他来以前，暂时还是三哥教。以后三哥出去教小学，就由他教。十岁以前，

二一六

把'四书''五经'都背过。十岁以后念点古文、唐诗、《纲鉴》。现在世道变了，没有旧学不行，单靠旧学也不行。十岁前后，旧学要接着学，还要从头学新学。三哥教的小学若是好，就跟去上小学；不好，就在家学。要跟你三哥学洋文和算学。他中学毕业，学得还不错，可以教你。再以后——"

大哥迟疑了一下，接着说，"反正三两年内我就回来，那时再定。你上学的事我都同你三哥讲好了。家里书很多。你字认得差不多时，可以整理一下。那里有旧学，有新学，现在讲，你也不懂。"大哥笑了笑，又说，"你将来会知道的。有些书，八股文，试帖诗，不用念了，你也不会懂。有些'维新'书，看不看都可以。有些大部头的书可以翻翻，不能都懂也算了。有些闲书不能看。我没有来得及查，不知是哪里来的。小本、小字、石印、有光纸，看了，眼也坏了，心也坏了。记住，不许看。有不少字帖是很难得的，没事可以看看，但不能照学，先得写好正楷。你的字太难看了。一定要天天下苦功练。虽说'字无百日功'，也不那么容易。记住，不要忙着去学行、草、篆、隶。"大哥越说越板面孔，到末了竟有点生气的样子。

这一大篇教训是把传统重担压到小孩子头上了。

大嫂起先还微笑着抽水烟，听大哥讲到"闲书"不许看时，她脸色一变，停下烟不吸了，不知大哥是否注意到。

沉默了一会儿。大哥忽然望了望大嫂，笑了。接着说："大嫂的话你要听。她可以教你一些规矩。她还有些本事教你，你可以陪她解闷，下棋，吹箫。"他微带笑容，又说，"不过，头一条是要把书念好，然后才能跟你三哥同大嫂学那些'杂学'。那是不能当饭吃的。可是现在世面上，一点

不知道不行。要知道，有的事也要会，
只是不准自己做。为了不受人欺负愚弄，
将来长大了也许用得着应酬，但不许用
去对付人。我们家历代忠厚传家，清贫

学杂学也是为了应付世面，求生存，求发达。

自守，从不害人。"最后几句是一字一字用沉重口气说的。
他说的有些话，弟弟当时自然听不懂；到他去世以后，才逐
渐明白，他一半是为了大嫂说的，也许还想到三哥。

　　大嫂等大哥停了一会儿，才插嘴："你放心吧。我知
道他，又聪明，又老实；念书聪明，做人老实。我不担心
他念书，不担心他做错事，只怕他将来受人欺负。放心走吧。
一两年回来看。包在我身上。"大嫂笑了，又吸了一袋烟。
大哥脸色也和悦了。

　　弟弟走开时当然绝对料想不到，这是大哥的最后一次训
话，而更料想不到的是，他受到的第一次欺负正来自大嫂，
后来却来自三哥。不过他们并不一定是有意的。

　　他回到房里告诉妈妈。妈妈的反应是很高兴，认为有了
依靠。"大哥为你操心，要好好听他的话，求上进。书念好
了，他会送你出去上学的。他不在家，
就听大嫂的。'长嫂为母'。大嫂能干，
也是个好心肠人。"她当然想不到这个
好心肠人竟然会对她"好心办坏事"，
使她上了一次大当，背后流了不知多少
眼泪。

一再涉及后来事，这不属于新小说体例，而是旧小说"书中交代"一类。

　　这次教训过以后，大哥忙着备办行装，可是还抽空又把
弟弟叫来房里。这回不是训话，而是亲自教书。

　　"我就要走了。过来让我好好看看你。"大哥说着，摸

弟弟的平头。弟弟觉得大哥从来没有这样对他亲热过，大哥的眼光特别温和。

意外的是桌上有一本线装书。大哥随手翻开，原来还是大字夹小字木板印刷的古书，但不是上下分两半截的，没有什么"要旨"之类在上头。

"这几个字认识吗？念。"大哥说。

"关关——"

"雎，念'居'。"

"——雎鸠，在河之洲——"

"窈窕。"

"窈窕淑女，君子好——逑。"最后一个字是他猜出来的。"淑"字在他三姐的名字里有。所以认识。

大哥叫他把这四句念几遍；顺嘴了。又往下教，但不让他自己念了。大哥教一句，他跟着念一句，把第一章的几节都念完了。

"这是《诗经》，开头是《周南》，这是第一篇。记得孔夫子说的话吧？'不学诗，无以言。'我亲自给你起个头，以后三哥教。建亭来了，再由他教。我不教你念几句书，总觉得缺点什么。伯伯要在世，他一定会亲自教你。现在我无论如何得亲自教你几句书。"

弟弟大声念了几遍，然后奉命捧书回房。大哥没有要求他背，其实他觉得许多句子都熟了，比"四书"还好念些。

在从前旧社会的读书人中，大哥的这种形式的表达感情已经是百分之百不能再多了。不是表演。表演给谁看？

大哥在他走时仿佛轻轻吁了一口气。大嫂在旁捧着水烟袋，直到弟弟走后才开始点起火来吸烟。

大哥走了。向大妈辞行，并向弟弟们告别后，带着张祥，由雇的挑夫挑着行李，直奔二十五里以外的小火轮码头。这回东西不多，不用雇小船从城门外小河转去大河上码头。全家谁也没有送行。三个弟弟和一个儿子拉着孙子送到大门口，望着他走出巷口。大嫂和妈妈只送到二门口。

张祥下午回家了。他要留下看守门户。大哥不要他跟去，认为一路上下轮船就上火车，换一次火车就直到洛阳，自有人接。还是家里门户要紧。

这位大哥比小弟弟大了将近四十岁，比三弟大二十多岁，比二弟也大十几岁，是真正的家长。他这年四十五虚岁。

家长一去不回，全家就要起大变化了。不过这还是两年以后的事。

评曰："喜怒不形于色。"感情不可外露。这本是中国汉族人的老传统，可是越来越做不到了。反而日本人的"武士道"据说是练这种功夫。面无表情和不动声色的本领，别处人好像不如远东人那么高明。祖师爷不会是《论语》里的孔子，倒是有点像《老子》的作者。不是没有感情，也不是不表露，而是要有分寸，有另外的表现法，仿佛要人去猜。表达真感情有一套方式，同表达假感情的表演一样，都是要学的，而且很难分别。这一回中的长兄长嫂大概是都练过这种功夫，连对小弟弟也自然如此，夫妇之间更不用说是"相敬如宾"了。在成为习惯以后，猜心思仿佛是娱乐习惯。必须学会看眼色行事，没眼色当然要被看不起。

第二十一回

新 风 旧 俗

评曰：此回写新旧交替，两者并存。既非一个排斥一个，也不是二结合。旧巢之痕写的当然是旧，但不是挽歌，也不是悼词，不是送别，没有依依之情，又不是憎恨，深恶痛绝，只是用小孩子眼光看世界，看在眼里，记在心里，又不明真相，靠说书人插嘴，评书人饶舌。一个世纪轻易度过。本回所写的两种游行好像还都未结束。究竟如何。还是下世纪瞧吧。评论历史可以，埋怨历史何必？太天真了。

代拟回目如下：

国际国内风云　外和内战

人前人后神鬼　旧式新年

大哥走后，家政照旧是大嫂主持。一切平静。

这一年却是军阀南北战争闹得不可开交的一年。李鸿章派袁世凯在天津小站练"新兵"。他任"北洋大臣"，创立北洋军阀系统。李是安徽合肥人。其

忽说世界不太平，对照家庭平静，说明冲击波来了。

嫡系大头目，主持过保定军官学校的段祺瑞也是安徽合肥人，称为"段合肥"，是皖系的首领。他是袁世凯手下的"龙虎狗"中的"狗"[1]，是真正北洋系军阀的最后一名大当权者。这时他正在北京政府掌最高大权，可是北洋后期的保定军官学校的以及非这系统的南北军阀都纷纷起来争夺江山了。"投笔从戎"的"吴秀才"，吴佩孚，正在长江一带"督战"，筹划他的"武力统一"。"胡子"（土匪）出身的东北的"张大帅"张作霖，也把手向山海关内伸进来了。吴属于曹锟部下，名为"直系"（直隶即河北）；张名为"奉系"（奉天即辽宁）；都是与段祺瑞的"皖系"（皖即安徽）对抗的。南方的粤（广东）、桂（广西）、滇（云南）等军阀更不听北京政府的话了。不过，段祺瑞有强硬的后台，日本帝国主义，所以还能借外债，买军火，卖国，掌政权，打内战。可是所谓列强还共居"太上皇"地位。四国、六国、五国的银

1　通常说法，袁世凯手下北洋三杰"龙虎狗"中的"狗"是冯国璋，段祺瑞为"龙虎狗"之"虎"。但也有段祺瑞为北洋三杰"龙虎狗"之"狗"一说。——编者注

行团有操纵之权。尤其是英国，在中国有大量投资和势力范围，常左右指挥利用各军阀。所以段政府也不能指挥如意。南方的孙中山向"非常国会"中途"辞"去"大元帅"职，离开广州到了上海。那时，自称"五省联军总司令"的东南的孙传芳，还有向吴佩孚"倒戈"而崛起成为西北军首领的冯玉祥，都还未露头角。这年年底，在欧战停后，那"五国"就公然出面干涉中国内政，逼出一个"南北议和"。这一年为了段政府与日本订立军事协定公然卖国，留日学生大批回国抗议，革命运动已有了先声。苏维埃俄国"十月革命"的影响也开始传过来。第一次世界大战，当时叫"欧战"，在冬天结束。美国的威尔逊总统代表着新起的西半球垄断资本在国际上耀武扬威。一九一八这一年正是天下大变的一年。

一九一八天下大变。世纪序幕已完，正剧开始。

当然这个大局，这些大事，在这个小城里只有极少的人知道，而且也不过是知道他们的同乡"段合肥"还有势力。世界大势便无人提起。他们没有"华工"去欧洲，也不知道政府对德国宣战和日本攻占青岛。

然而世界大势毕竟有冲击波的锋芒达到这个小县城，而且触及了这个小孩子，本来他在搬家以后足迹最远只到大门口的石头狮子，这个家就是他的世界。

石头狮子挡不住世界风潮。

有一天晚间，院中忽听到大门外人声扰攘。张祥到二门边喊："外面有提灯会。"于是两个女仆因厨房事已完毕就首先冲出大门。随着，二哥和三哥也到了大门口。大侄抱着侄孙也出来了。妈妈拉着孩子也到大门里边张望，不敢出去。张祥一回头，望见了，过来抱起他这心爱的"小老表"

二三一

就到外边去。大家拦在大门口，后面大门虚掩着防外人钻进来。妈妈也许是在门后从门缝里偷看。

小孩子跨在张祥肩上看得清清楚楚，原来是大队的学生提着纸灯笼排队从门前经过。队两侧拥挤着一些大人小孩跟着走。大队最前面是两个年纪大的学生，各举一面"五色"（红、黄、蓝、白、黑代表汉、满、蒙、回、藏）国旗。紧接着是一个"军乐队"，也是学生，打着身上挎的"洋鼓"，吹着"洋号"，照军操的步伐前进。军乐后面先是年纪较大的学生队伍。这是全县当时的最高学府"公学"的学生。那时学制是小学、中学、大学各四年。小学不分初等、高等，中学不分初级、高级。不过一般上学晚，小学生年纪较大，所以走起来还像回事。从"公学"开始，各校学生前面举着国旗和校名横幅，各有自己的乐队。教员在队旁跟着走，维持队的秩序。那时还不是人人打小旗，更不是沿途都喊口号。可是队前的领队和旁边走的老师都

> 学生总是打冲锋的，少年气盛，但无后续手段，果实归人。

拿着小旗子。上面写的字太小看不见。每个学生手里都提个纸糊的小灯笼。学生年纪太小的便不打灯笼，有的灯被风吹熄了或是烧掉了，所以也不十分整齐。但因为有军乐队，还是很壮观。

队伍很快过去了。小孩子是第一次大开眼界。回家来，张祥把他放下，第一个问："好看吧？提灯会？""好看。"但他不懂这是干什么，张祥也不懂。

"这军乐还不错，走得也齐整，同武备学堂一样。"二哥表示他是受过"军事训练"的，也许回想起自己当年的"威风"。

"吹的号曲子是'大马司',我在中学也吹过。"大侄放下自己的孩子接着说。所谓"马司",是从日文读音转译过来的英文字,就是"进行曲"。当时有各种"马司"曲调。后来三哥在小学教这些鼓号时,小弟弟才看见他有这些曲谱,都是五线谱。三哥照说最有发言权,可是他没有论军乐,却点了题。

"我看到了有的旗子上写的什么'和平''公理战胜',我想是欧洲大战结束了,所以提灯庆祝。"

大家都不发言,都不明白为什么欧洲人不打仗,我们要庆祝。我们不是还在打仗吗?前些天街上还有人打着白布旗招兵呢。欧战当然是对中国有影响的。本来被德国占领的青岛被日本抢去了。日本对德宣战,打的却是中国。可是《申报》《新闻报》在全城也没有几份,三哥还没有去教书,所以都不知道。

无论怎样,国际的风总算吹到了小孩子的身边,他这回见到了孔子、孟子以外的大世面,见到了小学生、中学生,知道了原来哥哥和大侄上学是这样的。

小孩子又见到一次大世面,又在门口看到了"出会"。然而,上次的"提灯会"是新事情,这次看的会却是中国的数千年传统文化的一种片段表演。

过了旧历年,有人来凑份子,捐香火钱,说是要"出会",城隍老爷要出来驱邪保民了。这是不是受了欧战停止以及"南北议和"的影响,有点"天下太平"的味道,不得而知。大嫂出了多少钱给他们也不知道。募集的钱由"香头"同城隍庙里的道士经管，要在庙的大门墙壁上公布。据说这是敬神的钱，谁也不敢贪污，怕进地狱。是否是由城隍托梦给道士提出恢复举行这次"出会"，没听人说。城隍老爷是当地的阴间地方官，手下有判官、小鬼和基层的官土地老爷。他的庙就在离巷口不远处，可是小孩子这时还没有到过。他只见到东岳庙。照说东岳大帝比城隍老爷官价高得多，可是"现官不如现管"，地方官毕竟势力大，香火盛，不比东岳庙冷冷清清。虽说都是道士的庙，却也有贫富不同。但和尚的庙"大寺"（报恩寺），从不参加"出会"。

张祥的消息灵通，通知全家，"出会"的一天到了。小孩子归他包管。侄孙自有他的父母管。这一天全家都可以到门口拜"菩萨"。（其实不是佛教的"菩萨"，而是道教的神，但一般人分不清。）当然，二哥是三嫂的"大伯子"，他们虽算是表兄妹，也不能见面，所以二哥一人老早就出门去街上了。这正合他的独往独来自由自在的愿望。

小孩子骑在张祥肩上，靠着石头狮子，有时下来骑在狮子头上。门前巷子里早已挤了不少人，多半是儿童。家里的人还躲在大门洞里。

忽然一阵乱哄哄，小孩子们跑了起来，不知叫嚷些什么。从北边巷口起，大人小孩闪开一条路，远远来了一个比两边的屋檐还高的人，身穿白袍，长得几乎拖到地，一个小小的脑袋晃晃悠悠地颠簸。他仿佛走走跑跑，而且来来回回。来到附近，忽又转身回去；走了几步，又回来向前走。这样，小孩子才看出这个头是假的，是安在什么架子上的一个抹着白粉戴着奇怪高帽子的鬼脸。他一向前走，儿童就在他身后喊；他回头追儿童，儿童又跑过来喊；因此他走得虽然快却前进不多。人们也不怕他，闪出的路很窄。他是在人群之中闯荡，两只长臂长袖晃动着仿佛要捉人，显然也是假的。

张祥笑嘻嘻地告诉小孩子这是什么鬼，可惜记不起来了。其实这是城隍的开路神，打先锋的。

这个高大的鬼过去后，人群一阵大乱。这回不是拿鬼开玩笑而是真正躲避鬼了。只见远远从巷口又来了一个同先前那鬼一样高大的鬼，穿着长到地面的黑袍，脸涂得漆黑，与前一个白鬼不同。这黑鬼的两臂会自由活动，前后乱摸。这一对鬼大概是"白无常"和"黑无常"的变相。

"摸你鬼！摸地鬼！摩地鬼！"儿童们乱喊起来。他们像捉迷藏一样躲避这鬼，不让他摸着，却又前前后后逗引他来回抓人。有时鬼的巨大袖子裹着的手碰到了什么人，大家就一阵吆喝，连笑带跑。原来被摸着是坏事也是好事。这是抓妖邪的鬼。摸到了说明你身上的妖邪，可是他一摸就把妖邪抓走了，所以又高兴得笑。实际上这不过是群众的集体游戏的仪式化。

这两个鬼之后是正式称为"无常"的鬼来了。这也是一身白，脸上白粉搽得可怕，嘴里伸出一条长长的红舌头。

他头上戴着一顶足有二三尺的高帽子，上面写着"一见大喜"。然而谁也不喜他，一看他来就两边躲，挤得大人小孩都哇哇叫。原来这是"催命鬼"，是抓人的，抓到了的人就要死，所以大家害怕，赶忙闪开路让他过去。他却并不匆忙，晃晃荡荡大摇大摆地走，两只大袖子摇来摇去四面甩动，真像在找人抓的样子。

驱邪的鬼过去，一阵锣鼓喧天，喜庆的场面来了。各种表演，一个接着一个。有走旱船的，扭来扭去，脸上抹胭脂花粉，男扮女。有玩狮子的，有耍龙灯的，也有打花鼓唱歌的。四句歌词，第二句末敲一下锣鼓，前三句唱完，一阵锣鼓响，然后唱最后一句。歌词有旧有新。有时唱歌的看见或早知道走过什么有钱有势的人家门口，就要即景生情唱

艺术表演是跟着神鬼来的。

一段，如"这家门楼高又高"之类；唱到第三句后停下来打鼓时，这家就得赶快出钱送过来，然后唱出吉庆的第四句。如不送钱，那第四句就未必好听了。因此，自认为有可能被点名的都事先准备好红纸包封的钱。这家人也准备了，可是人家并没有唱，反而在隔壁邻居门前唱了一段。原来这些人都是地方上人，平时了解得很清楚。他们的目标是真正有钱而吝啬装穷的土财主，大地主。这种打花鼓唱临时编的花鼓歌的习俗城乡都有，"出会"停止以后还继续了一些年，不过只是过旧历年的正月里临时组合的年轻人的零星小队伍了。

走旱船虽新鲜，却不好看，小孩子也不懂那种挤眉弄眼配合锣鼓的表演是什么意思。引起他最大兴趣的是另一个表演。一个大头和尚，一个年轻女子，两个头都是套在真人头上的假脑壳。和尚慈眉善目一副笑脸，女子眉清目秀，前有"刘海"垂发，后有漆黑发髻，还戴着珠翠。两副"头面"都画得很好玩。一个身穿和尚袍，一个是乡下女子打扮。两个人配着铙钹和锣鼓点子扭着来回对舞。他们正好在这家大门口停下舞了一阵再向前走。这巷子不算窄，同大街差不多，

但也不过两丈来宽。音乐舞蹈的场面圈子外，大人小孩围得风雨不透。小孩子若不是在石头狮子顶上，也不能看得那么清楚。

"这是大头和尚戏刘翠。"张祥说。

这个故事的流传可能有一千年了。明是讽刺出家人的，却为群众所喜欢。这种"出会"其实是人民庆贺新年并预祝丰收的欢乐仪式。拿出家人开玩笑，道士、和尚也不在乎。他们并不神经紧张以为演这故事对他们的地位有危胁，反而从群众的开心中得到他们的实际利益。这也并不会丝毫减少求神拜佛的香火。

欢乐的场面过后，严肃的场面到来。许多人家在门口放起了长串爆竹，一连不断。张祥把小孩子放在石狮子上，交给坐在"马台"（有狮子的石头台子，据说原是为上马用的）上的女工，转身把大门洞里先预备好的一根竹竿和上面挂着的一大串爆竹取出来。不等邻居的爆竹响完，他就点着了，高举在门前，噼里啪啦地放起来，碎纸片撒得房檐上和人身上都是。

这时是一排排烧香的队伍过来。前面是抬着大香炉和高举红蜡烛的人。随后是各种各样打扮的敬神的人。有一些人穿着"罪衣罪裙"，摆出"低头认罪"的样子。有的还戴着纸糊的手铐，扛着纸糊的大枷。最严重的是有人光着膀子，叉着腰，在手臂上有根铁钩子钩着肉，下面挂着一大盘香，是点着了的。香烟缭绕中，手臂上的挂钩处皮肉下垂一截。这样忍着痛苦向前走，真是自己惩罚自己。也有走几步就下

这一出和尚破戒的原始戏剧表演，歌颂什么？反对什么？难言之矣。

大轴戏照例是神出场。

跪一次的。这些人都是自愿的。他们自认有罪，所以借此时机先演习一下被城隍、判官、小鬼用刑时的情况，据说是这样一来就免去到阴间受苦了。至于他们究竟犯了什么罪，那只有他们自己知道。听说有的是杀猪的屠户，用这个赎"杀生"的罪的，不知是否。当然也许有些犯了什么不可告人的隐秘的罪的，也有些是为免除病灾许下愿而还愿的。

再以后就是扮演各样鬼卒的人走过，随后是庙里的判官偶像由两人抬着前进。判官手拿一支笔和一本"生死簿"。最后是四人抬一座座轿台，轿中露着神的偶像。仿佛有关帝庙的"关老爷"，火神庙的"火神老爷"，东岳庙的"东岳大帝"。在他们前面还有一对"土地爷爷"和"土地奶奶"夫妇，却同判官一样只由两个人抬着。都走过去了，才是八人抬的大轿，里面坐着"城隍老爷"的偶像。这位掌握一县大权的阴间"县太爷"据说到任还没有多少年，不知姓甚名谁，是否曾由道士宣布过。

最后这批神像过去时，前有鼓乐，中夹香烛，两旁看热闹的人一齐停止了声音和行动。有些大人和孩子在路旁和

出会结束于拜神，对神磕头。

门边跪下磕头。小孩子被命令从狮子上下来，也不许张祥抱着，要在大门楼前对神像磕头。可是门口人挤不动，小孩子夹在人群中并没有跪下去。至于门洞里边有多少人跪下，他也不知道。他只知道大妈是在城隍过时才出来的；是否在后面摆下拜垫磕头，也不知道。不过，后来当妈妈问他是否跪下而他摇摇头时，妈妈说："我替你磕过了。"

孩子心里闪过了《国文教科书》里的一课和插图。那是画的一个孩子手指着一个端坐的神像，旁边一位老师做手势

讲着什么。课文中说：神像都是泥塑木雕的。偶像不值得崇拜。

旧历年期间，全家也像大门外面一样有一种欢乐景象。除了放爆竹、烧香、磕头、辞岁、拜年、拜节（元宵节）等等仪式以外，还有全家欢聚的场面。小孩子得到了"压岁钱"。他还受了侄儿、侄媳妇（也是干女儿）、侄女儿、侄孙的行礼，俨然是个小长辈。他却没有给侄孙"压岁钱"。侄孙自己在元旦早餐吃的饺子中吃到了预先放的一枚制钱。他问："会发富吧？"大家都笑了。他跟着妈妈形影不离，几乎不见外人，所以讲话还同他妈妈一样带湖北口音，这也引起大家发笑。这天吃的饺子是同面条一起下的，名为"金丝银丝穿元宝"。正月里，至少在十五日元宵节以前，是不许做新饭的。除夕以前就做了许多米饭，蒸了很多包子和馒头，弄好各种各样的菜。旧历腊月二十三日祭灶之前杀了家养的一口猪（那也是一件大事），做了许多香肠挂在廊檐下。所有的门上都贴了红对联，门楣上有红横批。影壁上也贴上新的红纸"福"字。灶上、缸上、粮食圈上、磨和碾上，甚至猪厩和鸡笼上，都贴了红纸"福"字。连后园的井栏上，打水的吊桶上，都是一样。正方的红纸要四角朝上下左右，不是边朝上；字也是这样写的。二嫂和三嫂屋里都挂了新的有"美女"画像的月份牌。元旦那天全家都穿新衣。实际上多是平时不穿的礼服，只有孩子们穿的真是新衣。

前后堂屋的门前各摆一张供桌，围上红毡条，摆上香炉、烛台、杯、筷、酒、菜等等，这是供天地的。堂屋里

同样一份是供祖先的。大哥在搬家时
就安排好了。前堂屋正中是父亲的临
终画像，框架下面有台子，像前有浅

家门内仍是祖先统治着。

黄绸幔遮着，祭祀时才打开幔子，像帐子一样两边用原有
的丝带系上。后堂屋中间挂着"祖先神位"的"中堂"条幅，
前面是供祖先牌位的神龛，有关着的门，上面门楣上有"祭
如在"三个金字。这神龛只在除夕前打开，将"神主"（牌
位）一一取出，除去龛内和"神主"上的灰尘。以后只在
祭祀时将门打开，其他时都关得紧紧的。为什么这最重要
的祖先神龛要供在后堂屋呢？当然是因为祭祖是长房的事，
长子、长孙、长曾孙都在大房（长房），所以嫡长子的继
承大权是无可动摇的。这也就奠定了以后分家的原则。长
房和其他兄弟是不能并列的。

　　除夕要"守岁"。照规矩应当通
夜不睡，实际上遵守的人不多，大多
过了半夜就去打盹去了。但还是要熬
上大半夜，这就要玩。玩什么？无非
是赌博之类。张祥大约在厨房和女仆

细述"守岁"。这也属于一去
不复返之列了。但是变了花样
的赌博，各色人等混杂的游戏，
是断不了的，不过不照历法规
定的日期罢了。

们打骨牌，玩"牌九"，掷骰子，不
知谁输谁赢。二哥和三哥和大侄三个男的在前堂屋陪老太
太打骨牌，仿佛后来也打了几圈纸牌。后堂屋里是女的加
小孩，因为人多，大嫂说要掷"状元筹"，拿出些象牙雕
的筹码和一张印了许多格子和字的纸。纸铺在桌子上，放
上一个碗，碗里摆两个骰子（也可以三个，算法不同）。
大家轮流掷，掷出有点子，由大嫂照纸上订的规则将掷的
人的筹码向前或向后移。纸上的格子是清朝人做官的途径，

其中有升有降。本来地位最高是状元，再由状元升官，所以叫"状元筹"，现在改了名目，就名为"升官图"。官名有清朝的，也有民国的，有文也有武，掷的点子好的升官，不好的降级；有的弃文就武，有的改武从文。骰子的点子有颜色。"一"是红色的，"四"也是红色的，都算是好点子。几个小孩为主，由大人代掷骰子。开头忽升忽降，大家哄笑。后来侄孙的官位总不升，侄媳妇的脸色就渐渐变了。好容易升了一下，又被那小小的叔祖父赶过去了。笑声渐渐少了。大嫂胡乱跳了几格，自己坐上了最高官位，说："好了，大家都升官，不玩这个了。"于是以小孩子和大人都分糖吃结束了这场游戏。二嫂说女儿要睡了，首先带孩子回自己屋。三嫂因为两个大伯子都在前堂屋，她回不去，坐在那里。侄媳妇因为儿子没有做上大官，也不高兴。大嫂为了使过年显得欢乐，便开赌禁，说："还是掷骰子吧。不过不许下大注，只算铜元。我这里有筹码，一枚铜元一根，随便换多少。大点子通吃。这个容易。"于是除两个孩子以外都上场，闹了一阵，输赢很小，当然也没有人生气。终于三嫂开口说她要歇一下，坐到一边去了。她离新娘子身份还不太远，何以不敷衍一点礼貌，也学二嫂？大嫂先只眉头略略一皱，大概是觉得扫了她的面子。转而，她说，"你们先自己掷一圈，我再来。"转回身进屋去。不一刻，她手捧一台崭新的镀银水烟袋和一根点着的纸捻出来，笑嘻嘻地递过三嫂面前，说，"这是新的，我还没用过。烟是'净丝'，不辣。你学会吸一袋。夜长，容易困。我陪你。"三嫂笑了，站起来，一直说"不会，不会"，手却接了下去。大嫂又拿过自己的水烟袋，陪她吸了两口，然后又去看赌钱。大嫂怎么知道三嫂犯了烟瘾？原来是小弟弟无意中把在三嫂房中看到水烟袋的事告诉了大嫂，大嫂记下了。她自己是时刻无事不离水烟袋的，很容易想起来，一试，果然灵。三嫂接过烟袋，一捧，一拿纸捻，一装烟，一吹火，一吸，大嫂当然就看出她是个行家，大烟瘾；这就知道她离开桌子不是和自己过不去，也就放了心，同时也暗中得到拉拢手段。以后她就让小弟弟替她给三嫂送过新买的"净丝"烟和"皮丝"烟。

骰子掷不多久，大家又厌倦了。于是大嫂拿出一包纸牌，一匣子麻将牌，问玩哪样，若有人不会，她都可以包教。终于把方桌抬起斜着摆，桌面上铺上毡条使牌没有响声。大嫂、三嫂、妈妈、侄媳四人刚好一桌。艾姑娘在旁看。小孩子和侄孙被送回屋睡觉。

除夕就这样过去了，也不知道前后堂屋里两场牌局和厨房里一场赌局是什么时候散的，究竟有人熬了一个通宵"守岁"没有。至于二嫂一个人守着孩子在屋里做什么，那就更不知道了。

这是全家除大哥外一起欢度新年的一次，几乎是唯一的一次。下一个新年就不像这样了。再一年，大哥真的"不在"了。全家开始大变化了。小孩子上了小学，教育他的环境也改变了。

评曰：文体分类本不容易。现代人从外国引进了新概念加在旧体裁上，又发展出新的样式，新的名堂。小说即是其一，从《汉书》提出小说类的书以来，这一标签下的货物不断变化。直到蔡元培的《石头记索隐》说"《石头记》（红楼梦）乃康熙乾隆间一大政治小说也"（1917年出版），梁启超等提倡的以小说为"开通民智"之工具的理论结合了实际一直传下来，不过后来换了"艺术为人生"等种种帽子。其实这和老传统的"有功于世道人心"，"不背乎纲常名教"仍是一脉相承。有人想打破传统，便成了外国人的"为艺术而艺术"，为中国一般人所不懂也无法学，好比"无根之水，无本之木"。然而一查实际，英国王尔德讲"人生模仿艺术"，他的创作不离道德问题。法国小说《摩班小姐》鼓吹美为至上，实亦在人生上树理想，而且大有现代意味。女子独立，文武兼备，亦男亦女，离奇而又不离人情，结局飘然而去，不滞人间婚姻之网，可算一百几十年前的超前的前卫思想。中外对照，各有各的对于对方的看法，不必全合实际。再说，蔡元培以小说为依托来发表他对清初政治史和文苑传的见解，其实他脑中的清初不过是清末的影子。他不是发《石头记》之隐，而是借《石头记》表自己思想之隐。所以胡适考出了曹雪芹，断为自传，而蔡元培并不服输。甚至到八十年代仍有人继续做"索隐派"。看不见说不明的文化思想传统实在很顽固，不过也很脆弱。有了外来的风吹草动就会沾染上，去不掉，但也改变不了自己的本性，不久就会借尸返魂。消灭往往是继承的代号。由此看来，这部《旧巢痕》不是小说，又是小说，但不是清末和现在的所谓实事小说。所以看书不必拘泥于商标。文体不等于分类招牌。在真假之间看得通者也是看通了世人世事者。《石头记》说的"假作真时真亦假"真乃通人之言。此书作者的另一部同类作品[1]末有两句也可以作为这一部的题词，照录如下：

"真真假假寻常事　雨雨风风一代人"

作者不过是以不拘一格的文体表现他所见所闻的一个时代的一个角落而已。可惜写得出的少而写不出的多。然而写得出写不出，有人看无人看，看得明白看不明白，又何必追究？各明其所明也就是了。不知作者与评者是否有同心共识。这也是不必计较的。看到此回记风俗人情，显出作者写此书有留时代痕迹之意，不觉说出这许多废话。

1　这里说的"作者的另一部作品"，是指金克木的小说体回忆里《难忘的影子》——编者注

第二十二回

天 雨 花

评曰：本回写的是一家之主大嫂所起的精神主导作用。作为主人，必须兼掌物质与精神两方面。单靠一面不能牢固树立威望。所谓不怒而威，使人闻风丧胆或者心悦诚服，这才是当领袖的必有的本领和风采。此回题名《天雨花》，不仅是弹词书名，也是散花天女解说男女性别"平等平等"之意。不知作者和读者是否和评者一样想到《维摩诘经》，但是天女散花故事无疑是都知道的。

代拟回目如下：

女扮男装　孟丽君竟成偶像

妇随夫唱　白娘子永镇雷峰

年也过了，节也过了，大哥走了几个月了。家中平静无事，过着刻板的日常生活。

当然，各人心中有自己的想法和期待。大嫂是等着大哥来信中的好消息。大侄媳妇是等着让她带孩子回娘家去。二哥、三哥也许是等这位严厉的大嫂走开，以便得到自由。

各有心事，除了小孩子。

小弟弟不懂这些，依旧天天念书，有时同他的小侄孙在一起玩玩。

不料有一天忽然发生了一件小事，使这个孩子开了眼界。也许这对他以后一直有着看不见的影响。

那天，妈妈匆匆忙忙回到屋里，叫过孩子，说："大嫂叫你去。马上就去。"说着便给他整了整衣裳，也没有嘱咐什么。她也不知道叫去干什么。

到了大嫂房里，只见大嫂一个人坐在椅子上捧着水烟袋，艾姑娘蹲在地上打开一个箱子上的锁。接着，大嫂对站起来的艾姑娘微微摆了摆头，等于说，这里没你的事了。艾姑娘连忙出去，回自己房里看孩子去了。

大嫂对站在门边的小弟弟望了望，说："今天的书念完了？"

"念完了。"

"先不要去玩，我要你给我做点事。"说着，嘴角微动了一动，仿佛是要笑，却并没有笑出来，就用拿着纸捻的手向地上的箱子指了指，说，"把箱子打开。"随即吹着了火，吸烟。

小弟弟掀开箱盖，出乎意料，原来是一箱子书。

"把箱子里的书一部一部拿出来，分开摆好。摆在桌上、床上、凳子上都行。不要弄乱了。拿出一部就查查有几本，全不全，对我讲书名。"

弟弟以为是要考他认字，便取出一部来一看，报了书名：

"《天雨花》。"

大嫂笑了笑，说，"放桌上。检齐了，共有几本，摆顺了。"

弟弟翻开书，第一本有一些图，都是人像，还有字。里面好像是七字一句空一格的诗。是木板印的，字不算小，本子却不大。

这样，一部一部检点出来，都是小孩子从来没见到或听说的古怪书名：《天雨花》《笔生花》《玉钏缘》《再生缘》等等。书的样子差不多。箱中大书缝里夹着一些比巴掌大不多少的小书。抽出一本来一看，字也很小，同写的一样，不是木刻印的，是石印的。

"《玉蜻蜓》。"《玉蜻蜓》写尼姑恋爱，犯戒，罪加一等。可是到儿子中状元做官，就平反了。白蛇成精是"义妖"。"义"是不是爱情至上？她也得状元儿子来祭塔才能解脱。到底是功名富贵第一，可改变一切。

大嫂立刻把脸一板，说："放床上。"

同样的小本子书还有：《珍珠塔》《双珠凤》《庵堂认母》等几部。都奉命放在床上。

箱子里的是另一种书，读书人看不起的俗书，有的还是禁书，所以平时不摆在外面。

有一部木板书名为《义妖传》。报出书名后，大嫂不仅下令放在桌上，还破例补了几句话：

"这就是《白蛇传》，讲白蛇变成人，同许仙结成夫妇，后来水漫金山。以后我讲给你听。"

小孩子还没有见过，也没有听过，什么小说、弹词，也不知道有童话。所有他知道的故事就是从《三字经》到《幼学琼林》里的。王道清"包厨"给他讲过孙猴子、猪八戒，可是他以为那是王道清自己编出来的，不知道那也是书，不知道有那样的书。

靠箱底出来了两部奇怪的书，都是木板的。一部叫《缀白裘》，一部是《六也曲谱》。那"曲谱"的一行行字旁边还注着一些字，是斜行的。

"这个你不懂。这是唱曲子用的谱。过些天我教你吹箫，学'小尼姑下山'。懂吗？"大嫂笑了，把手向床边一指。

原来床上挂帐子的一个钩子上不知什么时候悬挂了一根紫竹箫，上面还刻了一些字。小孩子望了望，摇摇头。

"等我再闲些，还教你下围棋。"大嫂又说。她把烟袋放下，站起身，从梳妆台边拿过两个圆盒子，打开盖，从里面取出小石头似的黑棋子和白棋子给他看。又推过一叠木板，掀开来是一张棋盘，全是方格子，给他看了，又叠好。

"这就是棋。你把箱底里那两部棋谱也拿出来。"

果然箱子里最下面有两部大本书。一是《桃花泉弈谱》，一是《弈理指归图》。

"念书人不光是要念圣贤书，还要

吹箫、唱曲、下围棋是从前文人少不了的看家本领。会了这些，"落魄"时还有当"清客"的资格。加上写得一笔好字，又会作骈四骊六的"八行"书信，更有吃饭保证了。

会一点琴棋书画。这些都要在小时候学。一点不会，将来遭人笑话。正书以外也要知道闲书。这是见世面的书，一点不懂，成了书呆子，长大了，上不得台面。圣贤书要照着学，这些书不要照着学；学不得，学了就变坏了。不知道又不行。好比世上有好人，有坏人，要学做好人，又要知道坏人。不知道就不会防备。下棋、唱曲子比不得写字、画画、作诗。可是都得会。这些都得在小时候打底子，容易入门。将来应酬场上不会受人欺负。长大了再学，就晚了。你们男人家什么样人都会碰见的，什么事都会遇上的。光背'四书''五经'，不够用。现在不比从前了。不是考八股文中状元了。文的、武的，上中下三等都得懂一点。世道越来越难了。变了。像上一辈那样做官，靠不住了。再过些天，你去打开书箱，晒晒书，顺便长点知识。趁小时候，各方面打点底子。少玩一点，就有了，长大了不会吃亏的。"

大嫂好像这天心情特别好，竟然讲了一大篇。说完了才又抱起水烟袋，重新点起纸捻子。

大嫂似乎比大哥的识见还要通达些。

小弟弟对于她讲的这些话似懂非懂，只知道是要教他本事，而且是让他多看书，至于什么本事，什么书，却一点不明白。大概是因为这一切都很新鲜，所以给他留下了一个多少年也不磨灭的印象。

大嫂的这一套教育理论未必是大哥所赞成的。她好比一个艺术家，有了机会，不由自主就想把手里的一团泥照自己想的模样塑。她自己没有儿女，就看上了这个小弟弟。

把书整理好了，有的放桌上，有的收进床头柜里，有的还留在箱子里。

"回去洗洗手。叫艾姑娘来把箱子放好。"

弟弟出房门到对面艾姑娘的房里去。她正在哄孩子，一见他进门，便满脸堆笑，不等他开口，就说："快去对你妈妈说，你大嫂要唱书了。让她同你大嫂说，哪天晚上唱，好告诉大家来。啊，你不知道她会唱书吧？叫我一搬书箱，我就知道了。老爷不在家，她就看书，唱书。我这就去收拾箱子。"

小孩子回去对妈妈一说，妈妈开心了。

"唱书"好，不是念台词那样的"朗诵"。

"我早听你三姐说过她会唱书，在A城也听她唱过。你这大嫂什么都会。她肯教你，你就跟她学吧。别惹她生气。她才是一家之主哩。"

大嫂开书场也并不容易。

先是妈妈去向大嫂说。大嫂心情很好，大概也感到寂寞，就答应了。只要约好听众，晚上她可以天天唱，当然是在她打好了小算盘记好了账以后。

大妈也是妈妈去打招呼。她并不去听，但妈妈需要说明自己晚上到哪里去了。大妈认识字，有时自己戴上老花镜，在明亮处看一会儿书。但看不多久就放下，把书连眼镜一起收起来。小孩子始终没能看到那是什么书。直到过了几年以后，她不再看书了，有一次小孩子替她收拾东西，才见到这本书，原来是《圣谕广训》。这是用"康熙圣祖仁皇帝圣谕曰"开始，而以讲故事终了的一篇一篇的集子，是又讲道理，又讲故事，又有"三、三、四"一句唱词或七言诗的书。

《圣谕广训》现在还有谁知道？应当选印几篇连同故事给大家见识见识。最好再加上现代评点，指出奥妙。知新不可忘旧。

少奶奶是由艾姑娘去请。二嫂、三嫂处就只有小弟弟出面了。三嫂捧着水烟袋，坐在柜子前面，一听说大嫂要唱书，她笑了。半晌才说："我没念过书，不识字，可听过说书。不知大嫂是怎么个唱法。晚上没事，你来找我一同去。"二嫂啰唆些。她得到通知后，一直不说话，只是给孩子收拾衣裳，穿了脱，脱了穿，又打开柜子把衣裳都放进去，另取出一件，给孩子穿好。好在小弟弟是来惯了的，不需要让座，自己坐下，望望月份牌上的女人像，望望二嫂，等她回答。不料她没有答复，却问：

　　"这几天你看见二哥没有？"

　　"看见的。"小弟弟心里觉得奇怪，二哥不是天天回屋吗？怎么还问我？

　　"他又发什么疯了？喝酒了？赌输了？吸大烟了？净交些什么三朋四友，狐群狗党，不学好。大哥不在家，大嫂还要讲书。你二哥什么书也不看，天天在外游逛，不求上进。孩子缠住我，我什么事也不能干，回娘家都不行。你那两个表兄成天不知忙些什么，一年也难得上门来看我一回。你九舅、九舅母去世，我就倒霉了。霉到今天也没出霉。书上也不会有我这样苦命人。什么时候讲书，我就去，把孩子交给你二哥，要他管。你见到就跟他说，晚上早点回来，二嫂要听书了。是大嫂讲书，他不答应，自己同大嫂讲去。"

二嫂口中的二哥总是不成气候。

　　小弟弟还不能明白这是怎么回事。不过他知道二嫂答应了。

　　"哪天晚上唱，我来请你。"

　　二嫂扑哧一声笑了。

"哪个要你请？你来陪我去。二哥不回来，我就不能去。你说，能带孩子去吗？我带孩子去，管你二哥什么时候回来！"她忽然想起什么，问："你能看懂大嫂唱的书吗？"

"没看过，不知道能不能看懂。"

"你一定能懂。我不信大嫂有多大学问。她教过你认字，现在就不如你了。女人家总不比男人。我小时候也偷偷认几个字，想念书，挨了一顿骂。还听到你大表兄笑，说，'小丫头家念什么书？'好，我赌气不学了。女的就该死，下贱！"

为什么二嫂一见弟弟就有这么多的话呢？大概这是唯一能听她讲话的人吧？

二嫂属于不准识字的女子一类。大嫂是另一类，但只准学到读弹词唱昆曲为止。两种教育并行。读书多的是特殊女人，说不定会成为秋瑾，被砍掉脑袋。书本知识越多越危险。

都串连好了。大嫂决定开讲日期。到那天晚上，妈妈先禀明大妈，服侍她老人家上了床，然后走过去找三嫂。小孩子去找二嫂。大侄媳是艾姑娘请去的。

第一个到场的是小弟弟。

大嫂记完账，收拾好，捡起一本书。艾姑娘哄孩子早睡了，站在旁边等着。一见大嫂拿书起身，她连忙擎起那盏有白罩子的煤油灯，引路到中间屋里。方桌已经移到中间，铺上了毡条，摆好了椅子。大嫂坐下。艾姑娘递过了水烟袋和纸捻子，在桌上放下一个眼镜盒。

大嫂见听众还只来了一个小孩子，就一面吸烟，一面对他讲：

"我本来想讲《天雨花》，后来想想还是讲《再生缘》吧。你也听听孟丽君的故事。你问二嫂、三嫂听过没有？"

孟丽君活到今天，如同花木兰。

"不知道，没问过。"

听众陆续前来，还带着两个小孩子，一个是大侄女，一个是小侄孙，都一声不响靠在自己的妈妈身上。显然二哥还没回家。

大嫂略略起身招呼，一见听众到齐，先客气了两句，然后戴上老花镜，翻开书唱起来。弟弟站在她身边紧靠着，远望她手里的书。灯正在书旁边，字又大，不费力就可以一句句读下去。

书开头便是一首七言律诗。大嫂只念了回目，把"诗曰……"一段跳了过去，开唱前几句。头几句有点文绉绉，弟弟看着书上字也不十分明白，只懂得大意，大约听众也未必全懂。

"……骏马常驮村汉走，巧妻每伴拙夫眠……"

这两句却是除了几个小孩子以外全体都懂的。这已经收入《集世贤文》，成为口头语了。

提到《玉钏缘》时，大嫂放下书。问大家知道不知道，然后约略讲了一下。小弟弟趁此时机，抓过书来，一路先看下去。他既不唱，也不念，一个个字溜过眼，连默读也不是。大嫂的《玉钏缘》故事提要还未讲完，他已经看到正式开篇"话说大元世祖朝中……"了。不料大嫂也不是一字一句往下讲，简单说了一下天上的事由就转到人间，正好也从"话说……"这里开始。

大嫂的唱法很好听，不知是什么曲调。大体是相仿的双行七字句对称调，有三字句夹在中间便三字停顿一下。虽然有点单调，却并不令人厌倦。到后来小弟弟成了大人，学了咏诗，听了戏曲，也没弄清大嫂唱的是什么调子。那既不是旧诗，也不是江南弹词，又不是河南坠子，更不是河南梆子（豫剧），离昆曲也很远，却像是利用了咏旧诗七律的音调，改变为曲子，也可能是大嫂自己的创造。听的人一半是听故事，一半是听音乐。弟弟在旁边，一边听，一边看，看得比听得快，不久就觉得没有什么难懂，相信自己也能看这种书了。

第一场是全始全终的，大嫂唱完一大段落大家才散，只有两个孩子先打瞌睡。没几天，二嫂就中途退席，后来也不是每晚来了。三嫂学二嫂的样，不过她没有孩子作借口，还多维持些日子。侄媳妇是每场必来，却是除头几场外每场必先带侄孙回屋睡觉。只有妈妈、艾姑娘和小弟弟是坚持到底的听众。每晚都唱到大嫂房里玻璃罩下的八音钟响起音乐再敲十下以后。

二嫂和三嫂中途退场是不感兴趣。她们当不成孟丽君。

小弟弟得到大嫂允许，把《天雨花》一本本拿去自己看。他越看越快，没过多少时候，大嫂的摆出来的藏书已被他浏览了一遍，看书的能力大长进，知识也增加了不少。遇到不认识的字和讲不通的句子，也挡不住他，他会用眼睛一路滑过去，根本不是一字一字读和一句一句想，只是眼睛看。这和读"四书""五经"大不相同，不过两者的内容对他来说都是似懂非懂。

"孟丽君能女扮男装考中状元，你是男的，还不好好念书？"这是妈妈对他的教训。

二嫂、三嫂的反应是淡漠，不知是受二哥、三哥的影响还是因为她们不大听得懂那些诗句。

评曰：书不是仅仅在少数读书人的中间转。识字不多的人常是书本和不识字人的中介。外国唱史诗的和"行吟诗人"以及传教士，中国的说书人和唱弹词、鼓词的，都是大媒人，将书传向大众又将大众的创造传回来成为书。当然还有戏曲。都知道"三国"，有几个人读《三国志》？连看过全本《三国演义》的人也没有只看过戏和只听过书的"三国迷"多。小孩子知道孙悟空，没读过吴承恩的《西游记》原本。孔子和耶稣又何尝不如此？记《论语》的人未必个个见过孔子本人。佛也是"如是我闻"，听来的。家庭书场少有，今天想已断绝。此一回记此事，不可缺。眼前音像书渐渐流行，会不会代替书本？家庭书场会不会转变为世界书场，由电脑传播？

第二十三回

木鱼伴

评曰：此回以小儿眼光看"正宗"寡妇，着墨不多，足足当得一篇《寡妇赋》。不必多言，代拟回目如下：

三五瓣心香　祝今世莫逢男子面

千万声佛号　愿来生不作女儿身

有一天，忽然来了两顶小轿子。这是两位本家婶婶来拜访了。

一清早小孩子就见到妈妈忙个不停，又是给大妈穿戴，又是指挥女仆打扫屋子和院子。吃早饭时又见大嫂也是穿戴整齐和往常不同。轿子进了院子，才知道这都是为了招待客人。

有亲戚串门，家的世界开拓了，伏下文变化。

轿子是雇的，张祥打发了轿夫。走时再另雇。

两位五十上下的婶婶由大妈下台阶相迎，进了堂屋坐下。大嫂在院中先接下轿，随着她们进屋。然后是二嫂、三嫂出来见礼。小孩子先是站在廊下看，随后被妈妈拉进屋，让他叫"二婶、四婶"，行礼。孩子不知怎么办，要跪下去，两位婶婶连忙拉住，他就顺势半跪一下起来，作了一个揖，站在门里面。接着，大侄同大侄媳带着小侄孙从后院出来，进堂屋，也行了见面礼。当然是都行常礼。说是老长辈，也没有谁正式跪下磕头，已经不那么严格要求了。从轿中搬出的几包礼品陈列出来，无非是点心之类。小侄孙得了两个红纸包，作为见面礼，大约是钱。小孩子大了，只得到点心。

都是女眷，除晚辈大侄儿以外，二哥、三哥都没有来见。不知是在客厅里，还是出门去了。

这是认亲的礼仪拜访。是本家，但不是从那穷山沟里出来的，血缘离得很远，所以往常并不来往。两位婶婶都是寡妇。可能是二哥、三哥，或则是大哥，同这两家的兄弟们有过交往，因此，打了招呼，今天来走走，以便以后来往。可是两方的男的一直不曾十分熟，倒是大嫂后来成为他们家的常客。他们两家好像都是做生意的，开着铺子，家境不错。

过了一天，大嫂代表大妈，带着小弟弟，也把后面放着不用的一乘小轿子打扫打扫，雇了两个临时轿夫，由张祥护送，带了礼品，前去回拜。

二婶家和四婶家连着，是两所宅子，都是两进大院子。分别拜访过以后，大嫂略略坐下谈谈，就要告辞起身。可是两位婶婶怎么也不让走，一定要留在二婶家吃"便饭"，还预约下次到四婶家吃"便饭"。说来说去，大嫂便留下了。

后来她告诉小弟弟说，因为自己家是做官的，有点身份，如果坚决不留下，那就有看不起人的嫌疑，就不好再来往了。虽然照规矩，第一次来往是不能留饭的，应当是以后正式请吃一次筵席。可是他们家不照这种规矩，真心实意留客，一次就当作熟人，不能不迁就一下。这叫作"入乡随乡"。不能惹人生气，得罪人，又不能不顾规矩，闹笑话。这就要随机应变，看对方的习惯行事。若是在外边，和官僚同事内眷来往，那就不同。越是口头留得凶，越不能留下吃饭；客人越不留下，主人越要极力留。互相拜访一次之后，一定要双方互请一次正式宴会，还要有双方都认识的适当的陪客。经过了这一关，如果谈得来，特别是彼此关系上有需要，那就可以无拘无束地来往了。这种宴会，谁先请，谁后请，请谁陪，都有讲究的，错了就成笑话，会误事。

"内眷的规矩不比外面的应酬小，做官不容易啊。一不小心，纱帽就靠不住了。"大嫂说，"不过在这种地方，没那么多讲究。那天她们一来，一进屋讲话，我就知道了。这就要随俗，照这里的规矩，要随和些。我们说是本地人，其实都是外乡来的，有个亲戚来往照应，好得多。不能不应酬啊！"停了一下，又说：

"内眷"非一般称谓，是有身份的。

"你大哥一时不会回来，我也怕一时不会走，还是要认亲交友啊！"大嫂微微嘘了一口气，随手拿起茶几上的水烟袋。

果然，大嫂又到四婶家去吃了一顿饭，然后安排了一次家宴。请两位婶婶，带着一位二嫂，一位即将出嫁的三姐，由大妈和大嫂、二嫂、三嫂作陪，不请外客。一共八个人，正好一桌。宴会完了，还打了纸牌。二嫂、三嫂退席。客人二嫂看牌。那位三姐拉住这个小弟弟不放，问这，问那。

这位三姐和他自己的三姐有点像，都有点龅门牙，喜欢讲话，年纪也差不很多。因此两人很快熟起来。她毫不客气，要弟弟带她去前院、后院、后园，到处看。她是平辈，除客厅不去外，不怕碰见家里的男人。小弟弟这样做当然是先得到大妈和大嫂允许的。

又一位三姐，与家中已走的三姐对照。

小孩子还没见过这么容易熟又容易笑的人，一点也不拘束，几乎是没规矩。他自己的姐姐和嫂嫂从来也没有随便把男孩子拉过来，几乎是要抱在怀里，又用双手把他高高举起，说是看看有多重。当然这些都是在后园里，不是当着人。可是小弟弟也觉得不大好。男女有别，他是除了妈妈和周伯母以外，能记事以来还没有哪个别的女人敢抱他，不知怎么冒出这么个不懂礼的姐姐这样大胆。不过他心里又害怕，又高兴，觉得这个三姐比家里那个三姐好玩得多，又有说，又有笑，不像个女的，一句也不教训他，最后竟然还教他捉蚂蚱。他第一次有了这样一个大女孩子做朋友，有说不出的惊奇和开心。

他心里忽然一动："孟丽君能装扮男人，只怕就是这样的。一点女人气都没有。"

可是回到堂屋里，这位三姐就变成女人了。进屋时也不拉他的手了，也不大说话，更不张开口大笑了。

点出"孟丽君"又男又女的两面性。

牌局一散，客人走了。

不用说，二婶、四婶又各回请一次。照旧是大嫂带着小弟去。二嫂、三嫂、大侄媳是不出门应酬的。大妈胖得一动就喘气，自来不出门。小孩子疑心两个轿夫未必抬得动她。

这三次宴会都没有外客，却都有牌局。大嫂一坐下打牌，小弟弟便自由了。两家的几个哥哥都是大人。有个比自己小两三岁的侄儿被称为"大学生"，还有几个更小些的侄女儿，都玩不到一起。这和在自己家里差不多。不同的是有个跳跳蹦蹦的三姐。

又一位大嫂出场，仅此一次，够了。

三姐拉着他到守寡的大嫂屋里。这位大嫂和他自己的大嫂很不相同。她年纪不很大，一身素服，不戴首饰，屋里供着观世音的画像，吃长斋，出来和大嫂见了一面就回屋。只有三姐敢把外人小弟弟带进她屋。

出乎意料的是这位大嫂同三姐很要好，而且一见到小孩子就开心地笑起来。

"哎呀！我可没有好东西给你吃，给你玩呀！怎么你三姐把你带来找我来了？你不知道我是——"

她脸上笑容骤然消失了。稍稍停顿一下，接下去说：

"——我是不让外人到屋里来的吗？"

这时她脸上又有一丝笑意了。显然并不是拒绝，而是欢迎。

"小弟弟不是外人。"三姐说。

小孩子一眼就看到观音像下，香炉旁边，有一叠书，最上一本有个书名很奇怪，是"佛说"什么"心经"，中间的字不连气，记不住。另一边还有个小槌，一个木鱼。这个他认得，书上有过，大嫂也讲过。他立刻想起大嫂讲过的"小尼姑下山"，正名叫《思凡》，说的是尼姑敲木鱼念经，唱就唱这些。今天真见到木鱼了。可惜他一直吹不响那支箫，大嫂直叹气。木鱼总该敲得响吧？

三姐毫不客气，大概是看出小弟弟向供桌呆望，就一把抓过木鱼和小槌交给他，教他敲，又一把抓过念珠，用手指数一颗一颗，嘴里一面笑一面咕噜着："阿弥陀佛！观世音菩萨！"

由木鱼想到《思凡》，又想到吹箫，小孩子心思，大人意思。其中可有多少妙文。

大嫂正在找什么东西招待这个不速之客，忽然听见敲木鱼和念经的声音，回头一望，却没有生气，只说：

"你又疯了。快放下。这是玩不得的。"

三姐连忙把东西放好。

"你认字、念书吗？"大嫂问。

"他可有学问呢。比你我念得多得多。不信，你问。只管考。我是考不倒他。"三姐抢先回答。

小孩子心里很奇怪。什么时候考过他？三姐不过问了一句"念过什么书"，这就算考了？

"那就好。我实在什么东西都没有，只能送你一本书。这本书有画，有字，你好好看看。可是有一样，不看时只能供在桌上，不能到处乱丢。知道吗？"

"什么书都不准乱放，字纸都要收好的，这个我知道。"小弟弟回答。

于是他得到了这本书，原来是讲观世音的灵验的。有画，有故事，是薄薄的一本石印的佛教宣传品。

这本书二哥、三哥、大侄见了全摇头。大妈没说什么。大嫂后来说："这本书不能乱放，不要放在"四书""五经"一起，放在我这里吧。要看就来拿，看了再还我。"把书没收了，小孩子又奇怪：不能放在"四书"一起，怎么能放在弹词一起呢？为什么大嫂要这本书呢？又不是不让看。

离开那位大嫂以后，三姐悄悄对小

儒家经典排斥佛经，但弹词不分宗派，兼收并蓄，俗中有雅。

弟弟说："你这大嫂没有孩子，心里很喜欢孩子。你再来就自己到她屋里去，包管不会挨骂。下回你来就会有好东西吃。这回是她没想到你会去。"

评曰：人生最苦恼者莫过于寂寞二字。孤独者有时并不寂寞。两者不是同义语。此回以小说笔法从小孩子所得的印象中写出两个女人的寂寞感。一个是孤独的，不见人，在世上自感孤单，但心在世外仍不孤单，有多少梦想。一个是将来有夫有家的待嫁之身，不孤单，然而寂寞，因为她是个直爽性格，是好热闹喜欢交朋友的女人。可是真能做朋友的也许只有这位孤独的寡妇。偶然接近一个一瞥即过的小男孩倒觉得可以无话不谈，所以一吐衷肠，好在小孩子听不懂也不会说出去。将来的丈夫孩子一家人怎么样？忙碌之后清闲中更会感到寂寞也未可知。人生寂寞。幼年无伴如此书中小孩子只能以大人为朋友，是寂寞。长大了更有种种想不到说不出的寂寞时光。到老来，孤独寂寞合而为一，加上行动不便，感觉不灵，心思迟缓。他人看来是享清福，自己心中不过是寂寞而已。现代人有没有寂寞？都市是喧嚣的沙漠，人不能静下来，极力奔忙跳跃一刻不停。一静下来，立刻孤独寂寞之感就会袭来，那就不是本书所写能够概括的了。

第二十四回

家 塾

评曰：人体由细胞组成。家庭乃社会的细胞。家庭瓦解必是与社会变革并行。特别是在中国，家是几千年历史演变的基础。祖先崇拜是普遍的宗教信仰。外来宗教及教会组织也未能破除此传统宗族思想。此一回写一旧家庭中的旧风气而显示出旧的不可能保持原状。家庭塾师终于成为英国人在中国创立并实行英国制度的邮政局中的终身职员。是否家塾旧风也会带进邮局在不知不觉中生根发芽，出现似结合又非结合之异种变化，那就不可知了。这一回写的是世纪初期的事，到世纪末期变化也许会露出端倪吧？

代拟回目如下：

小学堂已现新风气

大家庭仍读旧文章

三哥忽然忙起来了。

他本来主要的事只是教弟弟念念书，写写字，自己也看点，写点，可是常常回自己房里，撇下弟弟一个人在客厅里。现在不同了。他把一些课本取了出来，堆在桌子上，一对小号挂在墙上，一对哑铃放在茶几肚里。风琴也不大关上了。他忽然用起功来，常坐在那里看书，又在纸上乱画；还买了石板、石笔，自己写些不知什么，写了又擦掉。早晚他忙着练哑铃操，喊口令，吹号，按风琴，还大声唱歌。

原来三哥要去教小学了。这是二哥告诉的。

本县的第一小学要升级为完全小学，而且据说学制很快就要改为初等四年，高等两年，合共六年一贯。第一小学的校长是去过日本的，在地方上很有声望，决心要办好这所小学。学校在一所破庙里。一个大院子，正面的大殿和偏殿都改成教室。大门两边的房子，原来的神鬼塑像没有了，也改成了教室和办公室。庙的遗迹只剩下大门口悬挂着的一块匾，上面漆着"八蜡庙"三个大字。校长说这是名家手笔，不是迷信，不能同偶像一起扔掉。大门两边的房子，西边第一间是传达室，东边第一间是校长办公室，都是小屋子。再过去一间大的是办公室兼教员休息室。其余全是教室。有一间是手工教室兼图书室，中间一个个小桌子，周围摆些儿童

小学与私塾并行。革命革除了旧的私塾，但仍有家庭教师。"读经"换了花样。也有人认为洋学堂不好，只要留下数理化。

读物和杂志。正对校门的大殿是大教室，也是大礼堂，供全校的聚会。校西边院墙小门外是一片广场。再过去就是"公学"，原来是小学毕业升学的地方，相当于中学，四年毕业，是全县最高学府。小学校长很有办法，他和"公学"达成协议，中间的广场两校合用，作为足球场，把踢球的时间错开。这样他就可以在大院子的中间划出一块地给小学生学"园艺"，学"自然"。院子里不但可以上操，游戏，还有花，有草，成了名副其实的操场兼校园兼"自然"课室。校长这样充分利用房屋，派了许多"兼职"，多留空地，而且把盖房子的钱省了下来。学生增加了，经费增加了，学校的建设只是粉刷了一下墙壁，检修了一下破烂的地方。幸好这所庙盖得很结实，不用大修补。桌椅黑板等教具都照学生需要添置。

校长的第一件大事是请新教员。

由这一位校长可见领导人起主要作用。制度是死的，人是活的。

"一个学校，房子再大，再好，桌椅再新，再全，若没有合格的教员，就不能算学校。"他说。

他调查了一下本县城里在外边读过书回来的学生，发现了三哥是省城第一中学毕业的优等生，大门口还贴着毕业喜报。他立即递名片，登门拜访。一谈之下，很满意，当面敦请，约定将来学校改秋季始业时就去，担任高年级的算术兼教音乐、体育，将来再教英文。至于大侄，虽也是中学毕业，还到过日本，但是这位校长已经了解到，那是一个大少爷，不是教书的材料，连问也没问。大侄反而得意，他不屑于当教书匠。

这位校长姓陈，是在日本打败俄国（一九〇五）之后到世界大战爆发（一九一四）之前的一段时期中不知哪年去日

二五九

本的。他对于日本能成为东亚强国非常佩服。他去日本学到的主要一条是"日本之强，强在小学"。回国后，他又在几个大城市走了一趟，不去钻营什么差使，却回乡来当小学校长。他亲笔写下校训，两个大字："勤俭"，挂在礼堂门口上方正中间。

陈校长说："日本的小学教员都是全才。在日本教小学同教大学一样地位高。我聘请的教员也必须是全才，还要有专长，要比上日本。小学比不上日本，中国就没有希望。上大学可以去外国留学，上小学不能留学，必须自己办好。小学生比不上日本，别的就不用比了，都是空的。教好学生只有靠教员。没有好教员，我这个校长也是空的。"他这些话大概不知说过多少遍，简直是全城人都知道。

以上这些是小孩子后来听三哥说和自己上学看到的。

三哥这时也不打算留学了，就答应下来，忙着准备当教员的一套。

他没有工夫教弟弟了，可是大哥交下的教学任务还没有完成。弟弟是否上小学也还得请示大哥。这个难题不料很容易就解决了。

> 放弃留学去教小学，不易。这是无可奈何，也可能是校长延聘起了作用。

有个本家侄子，年纪和三哥差不多，闲着没事，想教个家馆，来请二哥、三哥推荐。正好，三哥借此脱身，便请他来，借给他这个小客厅作学塾，教小弟弟，也就是他的小叔叔。同时找了左邻右舍的小孩子，还有那位侄子自己收的几个大小不等的学生，正式开塾。

开学那天早晨，妈妈给孩子穿戴整齐，套上长袍和小马褂，还加上一顶红顶结小瓜皮帽罩在平头上。

"先去大嫂那里，看有什么话说。"妈妈叮嘱一句。

大嫂正坐在后堂屋里吸烟，一见弟弟这身打扮，像过年、过节、过生日一样，俨然是个小大人，不由得笑了。

"今天上学了。教你的人辈分是侄子，身份是老师，不能怠慢，可比不得三哥。你念不好，他打你也不好，不打你也不好。要尊重他，他才好教别人。"

"我叫他什么？"

大嫂又笑了。

"在书房里，当着别人，一定要称老师。对着他，尽量不称呼什么，不用叫。只是千万记住别叫他名字，当着人更不行。你听惯了我们叫，不留意，随口溜出来，可不好。我是第一个教你的，三哥是第二个，这第三个又是晚辈，你都得当作老师。"

小孩子从来没有不尊重教他的大嫂和三哥，他以为老师都是这样的。

开学时，客厅里四面摆着各色各样的桌椅，都是学生从自己家里搬来的。正中间一张条几，上有香、烛，墙壁上贴着一张红纸，上写"大成至圣先师孔子之神位"，左右边各有两个小字，是"颜、曾"，"思、孟"。条几前的方桌旁两张太师椅是老师座位和待客座位。桌上有笔、墨、纸、砚和一叠书。

老师亲自点起香烛，自己向孔子的纸牌位磕了头，是一跪四叩。然后，三哥对弟弟努了努嘴，弟弟连忙向上跪下，也是一跪四叩。那位侄子老师站在旁边，微微弯着腰。小孩子站起身，回头望一望这位老师，略略踌躇，没有叫，又跪了下去。老师并没有拉他，却自己也跪了下去，不过只是半跪，做个样子。小孩子心里明白，稍微点了点头，不等侄子老师真跪下就站起身，老师也就直起身来。三哥紧接着朝上一揖，侄子慌忙曲身向上陪了一揖。这是"拜托"和"受托"之意。孔子和他的四个门徒好像是见证人。

以后是其他学生一个一个上前行礼。都是向上一跪三叩或一叩，然后又向老师一跪一叩，老师只站在旁边斜向上方，并不还礼。有的学生有家长送来，也朝上作揖，老师陪揖。

拜孔子行礼如仪。后来孔子退位，磕头作揖没有了，仍然少不了圣像和神位和圣谕。

学生大的十几岁，小的七八岁，都是男的。仪式一完，各归自己座位。家长退席。

三哥退出客厅后，老师在正中方桌边坐下，回头向小叔叔点了点头。小孩子连忙站起身，捧着书本走到老师面前，将书放在桌上。老师一看，是《诗经》，愣了一下，问："念到哪里了？"

"《周南》《召南》都念了，该念《国风》了。"

老师翻到该念的地方，一句一句念，小孩子一句一句跟着念。念完了，老师说："回位去念，念熟了，拿来背。"他一句也没有讲解。

学生一个一个照样办。念的几乎都不一样，也不知事先怎么定下的。念《三字经》《百家姓》《千家诗》《论语》《孟子》的都有。只有小孩子年纪最小，念的书最深。

不多一会儿，几句诗念熟了，拿去一背，老师又愣了一下，问："每回念多少？"

"不一定。"

"再念一章吧。"又教了一章。

不多一会儿，又背了。

老师问："写影仿吗？"

"写字帖。"

"什么帖？"

"《九成宫》。"

"写字吧。写完了，拿来批。自己再温习温习念过的。"

整个书房里所有学生都是大声念各自不同的书，谁也听不清大家念的是什么；而且各有各的唱法，拖长了音，有高有低，凑成一曲没有规则的交响乐。亏得这位年轻老师坐得住。他还摊开一本书看，仿佛屋子里安静得很，或则他是聋子。这倒也许是一种很奇特的训练，使得小孩子长大了，在无论怎样闹嚷嚷的屋子里，他都仍然能看书写字。他这时还不会大声拖着长音唱，三哥没有教过，只是小声一句一句念，所以念得快。

小学校课堂里学生齐声诵读，好像是军队操练。私塾（不是官学）里学生念书乱哄哄，各念各的。到底哪样优越？也许是各有长短。

中午一到，老师把桌上的戒尺一拍，惊醒大小学生，然后说了声："放学了。回去吧。下午再来。"这天以后就只拍戒尺，不必说话了。

中午老师不回家，招待他吃一顿饭，二哥、三哥、大侄都来陪，恰好四个人。

小孩子成了学生，不便挤在一起，仍回屋跟大妈和妈妈一起吃。

前一个老师是哥哥，去教新学校；后一个老师是侄子，来开旧私塾。小孩子念的书照旧是圣贤经典。发蒙老师大嫂却在晚间教他弹词。私塾也有星期日，那是大嫂教下棋和吹箫的日子。

评曰：《家塾》一回又写到教育，不尽欲言。[1]

1　此处原文缺失，也许失落了，也许是未再写下去。——编者注

第二十五回

过 五 关

评曰：此回以几件琐事承先启后，是自然发展，也可以说是含有深意，只在于读者怎么看。"过五关，斩六将"的下一回就是"洪水"，然后"大仙"降临，一家濒临全盘瓦解。写小说和写史书同有白描与重彩两法，又有写实或实写与象征两法，都是可以兼有而且是经常兼有的，只看读者怎么看。小说和史书所说都是如同戏剧舞台上的一个场，也可以说是物理学上的一个场，例如引力场，磁场。作者不必有意，而且往往是无意，只顺其自然说下去，不是别有用心，然而读者常常可以有种种看法和想法，所谓"横看成岭侧成峰"是也。评者是读者，自然也有看法，但不见得便是作者的。评者说出自己的想法。不要求读者都照评者一样想。有时不可以一语道破，有时又必须有画龙点睛之妙，或者说是"颊上添毫"，也许有时会成为"画蛇添足"，甚至是引入歧途。一个评者是读者，也可以说是另一种作者，同一部书的第二作者。评小说是中国古时特有的。始祖可能是《史记》中的"太史公曰"和《左传》里的"君子曰"。由评史而评诗文进而评小说，评戏曲。这和诗话不同，是原文的附加物，货物所附赠品，可要可不要。金圣叹评《水浒》是改造原书发表己见。他评《西厢》是在晚明风气之中时有"恶札"。其他评点各有长短，难以一概而论。总之，评者不是原书作者，更不是导游或裁判，不过是一个多嘴多舌的插话人罢了。说的好，听的人点点头，说的不好就惹人嫌厌了。

仍代拟回目如下：

一字成师　半天诉苦

五关难过　八卦畅通

现在大嫂除掌管家务以外又有别的事做了，那就是应酬，打牌。

那两位婶子和几位嫂子，除了守寡吃斋的大嫂外，都有时候来。三姐也有时来，她也会打牌。凑成四个人，一坐下就是至少四圈或八圈麻将。人手不够，便是大妈、妈妈、侄媳、三嫂被请出来凑数。二嫂是不肯来的。牌底很小，输赢不大，大约是一块银洋为限，也有个名堂，叫"一块底"。赢家也抽头，拿出点钱，放在桌角一边，打完了时，大嫂拿去叫人买点什么点心之类大家吃。筹码和零碎铜元都是大嫂供给兑换。那时还不论"角"，一元钱换多少小铜元。也没有票子，只是不用制钱了。

大嫂出门的次数多起来了，多半是去打牌。时间也长了，一去一整天。也结交了一些牌友，她们却很少来。她对教小弟弟下棋、吹箫的事不热心了；说是棋让到四个子，可以了，自己去学棋谱吧。曲子是学不会的，箫吹得难听极了，"工尺上四合"也分不清，调不准，不用学了。其实是她得了牌瘾，另有消遣了。

写大嫂之变化以麻将为契机，其根源实已伏于弹词、昆曲。才人不甘心寂寞。

小弟弟却得到机会，趁大嫂出门时，不上学或放学后，由艾姑娘协助，打开柜子、箱子，把大嫂的藏书看了个够。艾姑娘的效劳也是有代价的，要小孩子把故事讲给她听。有时她低下头抿着嘴笑。显然有些地方小孩子讲出故事，都没有她懂得多。艾姑娘也有时要他教认几个字。

"孟丽君三个字是什么样的？"

小孩子翻开《再生缘》第一册中的"绣像"指给她看，说，"这就是孟丽君。"又指别人的像给她看。

"我要能有你这么大的学问就好了。"

"学问？我有什么学问？我还在念书，还刚刚上学。"小孩子茫然不解。他以为进家塾拜了孔夫子才算上学，以前那些学习都不算。

"大老爷一个月都没来信了。"艾姑娘转变话题。小弟弟不知说什么好。

"你看过你大哥的信吗？不知说些什么？"

大哥的家信是只有几个男的和大嫂看，看过了，三哥向大妈禀报一声，其他人什么也不知道。

"大哥会接大嫂同你出去的。"小弟弟忽然聪明起来，猜了猜对方的心思，也许是听妈妈说过。

"出去又有什么好？还不是一样？"

弟弟无言可对。在他眼里艾姑娘是个大人，在艾姑娘眼里他还是个小小的"老爷"。

"你将来做了官，也是一样。做官的都一样，没两样。"艾姑娘微微苦笑。

"我做什么官？"

"男的不做官也是当老爷、少爷。三老爷教书了，也是个先生，老师，还是老爷。女的只能守在屋里一辈子。"

"那孟丽君呢？"

“那是骗人的。孟丽君到末了也做不成官，还得嫁人。命苦的只能侍候人，就像我。”

小孩子不知怎样再说下去，想起身走开。

“你教我认几个字吧。别动！就这样教。这是什么字？”

艾姑娘让小孩子仍旧坐在桌边翻书，她站在后面俯在他身上，一只手伸过去指书上的字。

识字对于不配识字的人是只能遥望的仙境。

这样，大嫂不在家，他有空就去翻书，教艾姑娘认几个字，又听她的牢骚和夸奖。有时小侄女闹了，艾姑娘不能陪他，他把棋盘打开，自己照棋谱摆黑白棋子。艾姑娘看见了又赞叹一番，挤在旁边要他讲下棋。

妈妈知道他在大嫂房里同艾姑娘一起谈话，便说：“她也是个苦命人，只盼望能再生个儿子。”稍停一停，说：“你不要对大嫂讲你教艾姑娘认字。”小孩子答应了，心头浮起艾姑娘当着大嫂像老鼠见猫那样形象。

有一次，艾姑娘忙，他又不想摆棋谱，大嫂的书也没有可看了，他一转身进了大侄媳的屋。

“哎呀！干老子来了。喜客呀！来看干女儿，还是看孙儿？快坐下。——下床来，莫练了。”

两小孩一中年却是三代人。

原来小侄孙正光着脚在床上学习翻跟斗。

这个“干女儿”拿出一些饼干招待。湖北口音的话滔滔不绝。

“我都闷坏了。哪里也不能去。也不认得人。你那个大侄少爷呀，不争气，成天外面逛，回屋就对着那把酒壶。那是他的好朋友。不管孩子，也不管我，喝醉了，往床上一倒，打呼噜。花生吃完了，干喝酒，对着壶嘴就是一口，咕嘟咕嘟咽下去，什么样儿！"说着又抓出一把花生来给他。

"干老子啊！你不想你的干女儿呀？"她说着大笑起来，"求求干老子，放了你干女儿吧。放我回湖北吧。我也不能出门，讲起话来人家就要笑。陪人打牌，我都不敢多讲话。你的苦命的干女儿呀！有钱有什么用？这样活受罪。我的干老子啊！干女儿哪天才能回湖北老家呀？"

其实她当着人从来不这样"干老子""干女儿"的；背着人，大侄不在屋，大嫂不在家，只有个小孙子在旁瞪着眼望，她就这样开心，肆无忌惮，几乎是拿这个小叔叔开玩笑，解闷了。

小孩子不大习惯她这一套，勉强坐一会儿，听着她讲笑话，得个空，站起身来。

"你家要走哇？有空就来带孙儿玩啊！还有你干女儿，莫忘了啊！你家好走啊！"她拉着小叔叔，掀帘子，送出门外。

"哎呀！月季花又开了这么些朵啊。"回头抓住小孙子，"做么事？回屋去。"

爷爷和孙子只差两岁，但辈分错不得。

小孩子看见艾姑娘在对面堂屋里抱着侄女对他笑。但他还是回自己屋了。

大妈坐在桌边摆骨牌。小孩子看她摆来摆去，一会儿全部弄乱，重新洗牌又摆，嘴里说："三盘了，一盘也没通。"忽然她灵机一动，对孩子说："你替我洗，看你的手气。摆好，头一排六张，以下五排，一排五张，剩一张。"

小孩子靠在大妈怀里洗牌，摆牌，一行行横排下去。大妈随手翻牌。第一排只翻开两头的两张，下五排全翻开，然后把剩下的一张拿在手里翻开一看，顿时喜形于色。

"你带来了好运道，这回要通。"

小孩子看着大妈玩牌，忽然拿下来三张一起放一边，忽然又一排排一张张添上去，最后居然全都拿了下来，摆成一长条；于是又重排成方阵，又一对一对拿开。最后分开成为四块，一块八张。

"酒、色、财、气，都有。好！"

大妈高兴了，却并不告诉小孩子这是怎么回事。后来他问了大嫂。大嫂笑笑，拿出自己的一副精致的小骨牌，说："这是'过五关，斩六将'。你将来看《三国志（演义）》就知道了。'通'了才能看'酒、色、财、气'各有多少。我教你。先要记住花色名堂。"

"酒、色、财、气"，现在是不是还有这四道关？

他从大嫂学会了。有一次他摆大妈的牌时被三哥看见，说："来，我教你一个玩法。"他把牌每对都拆开，一半给弟弟，一半自己留下，都面朝下。他自己的排成八张一行，共两行，说："你拣出自己的一张牌，别叫我看见。我举起牌来你看，我自己不看。你说那张牌是在上一行还是下一行。我不看牌，自己连排三次就能猜出你的牌。"

照三哥说的一演习，讲了三次，重排了三次，第四次一讲在哪一行，果然猜出来了。小弟弟大为惊异，便想学。三哥哈哈大笑，不教他。他问二哥、大侄、大嫂、大妈，都说不知道这是什么把戏。最后还是三哥自己泄露了天机。

"记住'平求王元白（斗）非半米'，这就是八卦。遇'乾'一横，就顺推，遇'坤'两点，就逆推。不管照哪一卦推三次，就得出那张牌，正在那一卦的位置上。'白''斗'一样，记一个字就行。"

小孩子又学会了一件本事，但对于什么"八卦"和"五关""六将"并不明白，对于这种排列组合游戏中的数学意义，当然是更想不到了。

八卦成了游戏，并非闲笔。

有一件不明白的事终于明白了，这就是他怎么会有个干女儿。他问妈妈，妈妈只是笑。他忽然想起问艾姑娘，才揭穿了秘密。原来在父亲病故，全家一起理丧事的时期，忽然大侄媳得了急病。医生开药方，要用新鲜"童便"做药引子。一时无处取，恰好家里有他这个婴儿，正好用上。他是长辈，大家便说，认作干女儿吧。不然，怎么好用作药引子喝下去呢？从此他就成为大侄媳妇的"干老子"了。

评曰：本书写法简单，只铺叙一个小孩子在旧家庭中的所见所闻，加上记录者的必要的注释评论。这像是回忆录，又像是小说。本世纪初期兴起心理描写，特别是所谓潜意识的描写，以致重视社会而不挖掘个人心理的小说大受鄙薄被认为过时。十九世纪以来着重讲情节和人物的就更排入通俗之列了。这是国外尤其是欧洲的小说趋势。但心理描写局限太大。代叙不易，便用自叙，设计种种方式，以至用破碎句型，不断句，跳跃联想等等形式企图表达那种不说话的意识。其中要害在于思维不全靠语言，意识流动更大大超出语言，要求用语言表达非语言的心理活动，很难。作得不好，反而不如从形态动作谈话中表达心理。因为"有诸内必形诸外"，心理活动是遮掩不住的，能遮也遮不全的。滔滔不绝自言自语说胡话反不如给读者留下想象余地。把人物写成个个都只有社会性而无个人性以及反过来只见生物的个人心理活动而不见社会环境作用，两者都未必能充分发挥语言艺术的功能。见其一端不必就贬低另一端。何况个人本是社会的和生物的双方合一，心理活动也是语言的和非语言的并存。心理是像感情那样可以测量而又不可能用语言准确表达的。陈旧的叙述法不见得就不能有新意。创新的试验也不见得就必定有新的效果。断言谁低谁高不免有片面性。英国奥斯汀、俄国陀思妥耶夫斯基过了一两百年了，一再升降，忽新忽旧，是何缘故？关键在于读者。书是由作者和读者双方合构成的一个活动场。一本书本身不过是一叠字纸，对不识字的人和不读书的人，书的内容是起不了多少作用的。双方接触，作者在书中的语言成为读者心中的语言，这才能产生种种变化和影响。这样说来，评者是多余的中间人，当不了媒婆。评者怎么可能以一己之见概括种种双方呢？本书到此已将完篇，前已说到小说的阅读也就是评点，这里再多说几句小说的写作，仍旧不过是评点中的话。前是对读者，后是对作者。

第二十六回

洪 水

评曰：这一回写淮河大水，借一地一家情况，用不懂事的小孩子眼光，写出滔天大祸。末尾归结到引起全国大灾难的洪水，足见所说者小而所关者大。小中见大，这是一篇可读文字。

仍代拟回目，点出作者用意，也许只是评者的看法。

有力堵拦　人共见危城孤立

无心疏导　谁能唤大禹归来

正在全家等待大哥的好消息的时候，淮河忽然发了大水。春夏之交连连下大雨。从河南上游到江苏下游一片汪洋。一座城泡在水里，如同一个小盆。连城里都到处是水。

这时突然活跃起来的是二哥。他每天都往外面跑，光着一双脚，裤脚管卷到膝盖以上，袖子也卷得高高的，头上戴着大斗笠，在院中和街上的水里冒雨蹚来蹚去。

"不得了，水位又涨了。四城门紧闭，堵死了门洞。东西两个涵洞也堵上了。城北门已经淹在水里，南门还露出一小半。这里地势是南高北低。县官天

平时不活跃的人这时活跃了。洪水是变局。

天派人在北城门楼上量水位。昼夜都有人把守四门，在城墙上巡逻。北边街上都走船了。有人坐着洗衣、洗澡的木盆在街上水里漂。水里不能走了，漫过腰。我今天只敢走东大街。在十字街口朝北望望，没敢过去。前天我还去望了望老房子，一大半淹在水里。这回怕保不住，说不定哪天会倒坍。北边住的人都搬出来了。东岳庙只剩下旗杆同屋顶。东涵洞只看见口子。城里城外都是水。西边也是一样。北边住的人搬了不少到南城来。有些人搭个棚子暂住。北半城东西有大片空地和麦田、菜园，此刻都成了湖。南半城挤满了房子，没法再挤。已经不少人从城墙上搬到城外坐船走了。城里大户人家全家坐船走了，剩的多半是穷人，没处去的人。还好，没什么抢劫。也用不着抢劫。大门都关不住。关上也白搭，坐

木盆到墙头边，抬腿就能进去。许多东西顺水流出来，连桌椅板凳床都有漂出来的，靠在街上墙角里，没人问。县政府的人听说也走了一些，可是县官没敢跑，还派人在南城放粮。粮食说是大户捐出来的。捐不捐一个样，让粮食泡在水里等人抢吗？人一走，县里就派人去将那些家的粮食搬出来，北城的搬到南城，放赈。好，县官带头抢大户。不这样不行啊。听说还有船在城外对城里做生意。城以南十里以外没有淹。粮食不愁，烧柴不得了。说是雨一停，南边就来船。杂货铺还有开门的，油盐酱醋还不缺，也能出船去运。猪杀光了，肉价也没涨多少，都摸鱼吃。"

这是二哥陆续得来的消息。张祥胆子大，也认识人多，还去街头茶馆喝茶，若无其事。他的说法又是另一样。

借二哥的嘴说出被水困在城中的人。老仆人的议论反倒高一筹，是经验之谈。

"不用担惊受怕。这县城淹过多少回了。南城墙淹不了，北城门迈不过。水就是到我们这家门口，往南就能蹚水走，往北得坐木盆，坐小船。这水是上头下来的。城西湖是灌水的，早满了，水势差不多了。雨停了也会涨水。下水过不去，流不通，上水涌过来，还能不涨？放心。这是块宝地。等到北城墙上有人坐着伸腿到城外洗脚，水就要退了。水高不过北门城楼城墙豁子。倒是家里粮食够，柴火怕不够。我把后园的树枝早砍下来了。放在屋里晾着。柴火真烧完了，树枝还能凑合着多烧几天。蔬菜是没法想。吃鱼、吃肉吧。狗都宰完了。今天茶馆里真热闹。都站在水里端着茶碗。屋里围出一块地，烧灶还可以。"

他很有把握，抓来几条鱼，还打来一壶酒。

他说的不错，堆粮食屋的门，厨房的门，都砌起砖了。门成了窗户，外边水淹，里边没有水。磨上、臼上、"风婆"上，屋里空地上，都堆满了树枝。

一涨水，全城就做准备了。这里是年年涨大水的地方。北边的护城河，洮河，同淮河连起来，一片汪洋。等不到那时，大家就有准备了。不过往年主要是上游下来的水，浪头一过就好了，淹不了多少天。这次可不同，"连阴雨"多少天，水势一直往上涨。城里城外真能远走高飞的人家很少，能逃往乡下高处的人也不很多。大半是听天由命安心让水困几天的。却不料这回竟然一个月水还不退，雨也不停。

火柴节省用还不行，潮湿，划不着。前后堂屋香炉里一直烧着三根香。不仅是为了早晚女眷磕头求天保佑，也是为保存火种。吸烟的大嫂、三嫂着急的一是火不方便，二是烟丝潮湿吸不着。有时吸一口，呛嗓子，咳半天，只好把烟袋放下。

水灾成为常规，家家早准备应付变故。无灾无难是特别的"天恩浩荡"。

雨还是不断地下，像无数根绳子从天上一直挂到院子里。檐溜成了一根根飘荡的棍棒，声音响得日夜不停。

这天雨小一点，二哥从外边进来，一把抓住小弟弟，举起来又往外走，几步到了大门口。

"快看！那是什么？"

一只小小的船在巷口漂着。一个人站在上面，手执一根长竹竿在水里撑着，眼看要过来了。

"水快到腰了。家门口也行船了。你上不上船？"二哥问的是小弟弟。

城内行船，街道变水道。

"船上不来，只能容一人。我是看

二七八

水深到哪里。巷子南头怕出不去，水还不够深。只能到你门口。"船上的人答话了。

张祥的估计完全正确。家门口是分界线。

"城墙上有人洗脚了吗？"二哥问。

"昨天就有人洗了。洗着，洗着，城外过来一条船。他上船去跟着跑了一圈，城东边上，城西边下，他说，水停了。好，我该掉头了。"

巷子窄，船不能掉头，也不用掉头，只要他转过身来，将篙向另一头一撑，船就向北头退过去了。

"这船从哪里来的？"小弟弟问。

"从城墙上吊进来的吧？城里本来也有，放在涵洞边，涨大水就用。"二哥回答。

果然，水一齐北城墙豁子，淹没了北门外的桥，水势就停了。这是淮河在这里的最高水位。几百年，甚至也许一两千年前，就测量出来了。以后老城倒了，新城修起来。都照原先高低宽窄。城里的宝塔（唐朝的吧？），城外的桥，对着北城门的山坡上的古坟，都是照水文记录传统修的，本身也是水文标志。若不然，两千多年前在这里建都的人是盲目的吗？不过许多科学和工艺都只记录在实物上，没传下来文字。这种秘密是古代多少人、多少代的饭碗啊。这传统是不能轻易得来、轻易传授的，却是可以轻易被愚蠢的人砍断的。

不知有多少次有外来的自认聪明的掌权傻瓜要以种种理由拆去这座城墙，都被本地人阻挡了。"这是防水城，不是防盗城。打仗攻不下来，也不能拆掉。"终于到了淮河水淹地带竟变成常旱地带，水都截走了时，这座不高不大的城墙也还没有拆掉。本地人知道，旱是人为的，淹是天然的；墙拆起来容易，修起来就难了。要拆城，城里人全得搬走，只留下白地。

古城新解。这以后还有一次又一次的证明。但无人推论出筑城时何来几千年预见？

天上的水往回收，地下的水往上冒。

堂屋的地基高些，院子里的水淹不进，可是泡久了，不仅地上从潮湿变成烂泥，而且浸出水来了。张祥告诉一个妙法，说是家家都在屋里挖个坑，把里面的水往外舀。照样一办，一点不错。正屋中间有了一口浅浅的土水井，四面的水集中起来，舀出倒进院子的池塘。不过是走路得小心，怕掉下去。大妈不敢到中间屋里来了。

大佺忽然有了新贡献。他光着腿去张望后园，在关着的门缝里窥探时，觉得腿边有什么东西。他以为是鱼，顺手一抓，滑不留手，是条泥鳅，从门缝挤进来的。原来后园中成了泥鳅的天下。他这发现使得全家的男人都去后园捉泥鳅。抓出来往屋里小水坑中一放，养着，随时抓出来吃。泥鳅有些土腥气，味道却很鲜美。全家吃了将近一个月的泥鳅。

三哥的贡献是在廊下叠起桌子、椅子，从檐下洞里掏出几只麻雀来下酒。

看来水是不会漫进城来了。全城的人心安定下来。城南荡船送东西来卖的也多起来了。

"这个县官有眼力，他没走，会升官吧？"

"他逃到哪里去？再说，船早预备好了，就在县衙门口，水一进城，他先上船。全城人都淹死也死不到他。"

"他还是有两下子，天天都乘船出来查看水情，又把大户的粮食散给大家吃。到底是民国的县官跟清朝的不大一样，总算是好些。"

"他不出来，不散粮，又怎么样？等着大家抢粮、抢县衙门吗？是官都一样，要起钱来都狠心。"

"他这回算捞着了。不知报了多大的灾情。赈济的粮款一下来，他连同手下的人先捞一笔。"

"哪里来的粮款？做梦啊！省里收的税还不够养军队的，军队还要到处抢老百姓。那些司令还在打仗呢。谁顾得这些？说是上海有洋人捐钱，那也先落在办赈的人手里，分下来，这么多县份受灾，从河南到江苏，到皖北还剩下几文又不是你一个县。"

"反正老百姓遭灾了，当官的总能得几文。这个县官还算操劳了几天，得几文也不算多。那些捞得多的大慈善家和军阀官僚，连水影子也不曾见，就从水灾发大财。"

"这么多天大雨，这么大的水灾，总算天有眼，没死多少人。"

"你是在城里，没看见几个死人。坐在城墙上洗脚的亲眼看到死人在水上漂。饿死的，淹死的，大人，小孩，男女都有，还有牲畜和家具。"

…………

这类谈话在家里家外到处都有。二哥、三哥、大侄、张祥，这些不断外出的男人传述外边听来的议论，自己也议论。好像是大家给水灾做总结。

这是二十世纪初期第二个十年里的事。

官民一致，又不一致。有难先救官，此后也屡屡证明。不过不一定见于记载。

有发水灾财的，以后还有"发国难财"的。这说法在报纸上传播了将近十年，是抗日战争时。

更大的一次水灾是在一九三一年。水仍然没有淹过城墙，可是死的人更多了。那一年，政府用水灾名义向美国捞了一大笔"棉麦借款"。老百姓难得分文。日本军队趁机制造"九一八"事变，霸占了东三省。

末段是水灾小结。天灾好像是长期起作用的因素，与人祸互相连结，难分因果。

评曰：上古洪水传说普遍，这表明在亚洲有史实依据。犹太人传诺亚方舟，印度人传摩奴救世，中国则有大禹治水。西、南、东三方以中国所记最切实际，因而最有价值。然而自从《禹贡》以来，从桑钦《水经》及郦道元的不朽的《水经注》到清代的正续《行水金鉴》，对于洪水为患起了多大作用？先是黄河、淮河常成大患，后来其他河流也越来越容易成灾。存水放水的湖泊越来越失去类似银行对金融的调节作用。不说新的生态学说，就说在工业发达以前早就知道大禹定下的合乎水性的道理，可是黄河仍旧年年成灾，全国水患不断。是不是因为堵截归地方，分段自顾自，而且经手者容易"中饱私囊"，而疏导就必须统筹全局，成为所谓系统工程，所以难办？其实这正是大帝国的一个重要功能。秦初建帝国就改诸侯王国为郡县，修全国性交通的"驰道"，可是水道没有大建树。以后开发通连南北的大运河是古今中外一大创举，可是时修时废，忽通忽不通。帝国经常分崩，顾不得造福老百姓也有利于帝王官僚的治水大事。《行水金鉴》积累了那么多资料，《水经》早就排列江河水系，清末杨守敬和熊会贞已绘出《水经注图》，然而至今不知道有没有详尽而确实的全国河湖水系图谱，特别是蓄水湖及人工大小水库与江河山瀑关系的图谱。水系图谱还要标明情况及变化，包括天上降水，地下储水，地上流水，工业、农业、生活用水情况。有了依据才有治理可能。可惜的是拦腰一截，水利断为我有，容易，而远观全国大局，为子孙后代造福，既讲水道通连，又讲湖泊储放，太难了。祭这个帝，那个皇，对大禹王治水为何不大祭特祭？郦道元及其后继者的大著何以不受重视？噫！难言之矣。

第二十七回

黄 大 仙

评曰：此一回不忍睹矣。人情变换，性格迁移，亲人矛盾，全在小孩子眼中见到。小孩子只能看而不能懂。读者应当是能懂的，但也必定是各有所见，各懂其所懂，不会大家一样。因此，评者也就不必先啰唆了。

仍代拟回目如下：

二万对三条　牌桌碰和有仙有鬼

五行逢八卦　集资花会无理无情

大水过去，大哥有信来，并汇来了不知多少钱。这以后很久没有消息。听说北边又在打仗，也不知道谁打谁。

大嫂出门的次数多了。来的客人也多了。不是只有二婶、四婶家了。这些女客多是中年妇女，也不乘轿子。牌局常有，连上饭局。抽的头也不买点心了，都归大嫂。客人一多，家里人很少参加打牌。有外客时，妈妈嘱咐孩子不要去打搅，因此也弄不清究竟是些什么客人。

家事，世事，常如牌局。

三姐在出嫁前还来过一次。这次不那么大方了。她比以前打扮了。对小弟弟，说是亲热，也不是；说不是亲热，又像是。她得了个空，一个人在大嫂屋里，把门口的小弟弟招呼进来，一把拉在怀里，半晌不作声。弟弟想起自己的三姐。

"我要走了，不再来了，见不着你了，看不到你长大了。你长大了还记得三姐吗？"她轻轻地说，好像怕外面有人听见。

"你会回来的。我那个三姐也是嫁到外省，还回来过。三姐，你也要出远门吗？"

两个三姐对比，着墨不多，有余味。

"傻孩子！我比不得你三姐。我是不会回来看你的。要回，也是回到我的家。能来看你吗？你知道，我是去天津啊！远得很呢。这一去……"她没有说下去。那时嫁出去的女儿不轻易回娘家。"回门"，除新嫁娘外，不是好事。

孩子当然不懂得这些嫁娶之道，但是从"四书"和弹词里，从家里的二姐、三姐、大侄女等人身上，也模模糊糊知道这是女人的一件大事。他不由得对这个三姐也产生了一点莫名其妙的同情，抬头望着她那掩盖龅牙的紧闭的嘴唇。

　　大嫂进屋，三姐赶先放开弟弟，随后也不再和他说话了。这的确是最后一次见面。

　　大嫂现在应酬很忙。有时找不到轿夫，她居然叫张祥陪着她，送她到别人家去，过午再去接她回来。路是不远的，她一双小脚竟也能走到。但是"有失体统"就不管了吗？大嫂对弟弟说："入乡随乡，年纪也大了，走得动就走。这里的人有几个成天坐轿子的？现在轿子不时兴了。年纪大的人没什么'抛头露面'的说法了。"她那双小脚怎么能走那么长的高低不平石头路？弟弟很佩服，想来孟丽君也是这样的。

　　有一次弟弟去看二嫂，只见她倒在床上，斜着身，用手帕抹眼泪，看见他进来也不起身。小侄女坐在小凳子上不知玩什么，只叫了声"四叔来了"。

大嫂二嫂对比，仿佛是大哥二哥的影子。

　　弟弟刚要回身走，二嫂坐起来了。

　　"过来，我问你，你二哥天天出门到哪里去，你知道不知道？"

　　"不知道。"

　　"他把我的钱都用完了。快要卖首饰了。这个浑人，没出息。你三哥还能教书，能挣钱，他能干什么？那个大少爷有个阔老婆，有依靠。他来靠我，我又靠谁去？大嫂那里，他一个铜板也要不出来。也不敢去要。这日子往后怎么过呀？"她又揩眼泪。

二八七

“我能回家吗？你那两个表兄心里还有我这个妹妹吗？嫁出门的女，泼出门的水，他们巴不得永世不见我呢。”

弟弟觉得话说得有点过分，那两位表兄还是每年总要来一两次的。他却不知道他们是代看租课，来报账，并不是来看妹妹的。

“浑人总是说，等着，有一天就会翻身，好起来，石头还会翻身呢。我哪一天翻身哪？这辈子没指望了。连石头也不如。”

弟弟临走时，刚出门，二嫂又叫他回去，补了一句：“我讲的话你不要传给别人听啊！”

“晓得的。”

大嫂现在对弟弟也不那么热心了。吹箫、下棋，早已不教了。晚间的弹词也不唱了。她的书弟弟也看完了。现在见艾姑娘的次数反而比见大嫂多了。

不料有一天大嫂见他从院子里过，叫了他一声，他只好进屋去。

大嫂手捧烟袋，笑眯眯地，问：“你现在天天写字有长进吧？也练练小字吗？”

弟弟以为要考他，有点出乎意料，大嫂很久都不问他学习的事了。

> 大嫂忽然不“唱书”而论字，真是变了。

“大字小字都练，只是写不好。说是我没有笔力。我手腕没劲，悬腕、悬肘，都不行。”

“你能写小字，给我写几个字。不要太小。要工整。你进来。”说着，把他领进里屋，让他在桌子前坐下。

大嫂这次特别和颜悦色，自己打开抽屉，拿过一张长方形的红纸，铺在桌上，又拿过她写账用的小字笔交给弟弟，还打开墨盒。

"写什么？"弟弟才明白不是考他。

"在红纸正中间，从上到下，一行，六个字，我讲，你写。要写得正，排得匀。莫写歪了。恭恭敬敬地写。不要着急，慢慢写。写坏了，不要紧；重写，我还有红纸。"

弟弟作好准备。

"第一个字是'黄'字。会写吗？姓黄的黄。"

接着是写第二个字。她说：

"排好，一共六个字。排不匀，中间可以略空多些。前三个字一定要均匀，整齐。要写正了。现在写第二个字'大'。这个字容易写，大小的大。"

弟弟觉得稀奇，"黄大"，这是什么呢？

"第三个字是'仙'，神仙的仙。"

啊！原来是"黄大仙"。大嫂请到神仙了。怎么不是王母娘娘、观世音呢？

"下面三个字是'之神位'。会写吧？"

人到求仙万事空。

弟弟明白了。这不是和孔子牌位一样吗？大嫂怎么供起什么黄大仙来了？

写好了。大嫂戴起老花眼镜一看，还满意。写得不算好，但还工整，很正，很直。

大嫂笑笑，开抽屉拿出一包糖果给他作奖品，又叫他看见张祥时唤他来。

当天这张红纸就由张祥贴在下堂屋正中间墙上了。大侄媳不识字，不知这是什么。张祥也不识字。第一个看见认得的当然是大侄。他大概立刻就去报告了他的二叔、三叔。

第二天正是旧历初一。大嫂穿戴整齐，也不邀别人，自己到下堂屋去烧香跪拜。然后叮嘱儿媳妇一句，不要让人弄脏了这间屋，从此这就是神仙住的屋子了。

妈妈听孩子说写字的事后，连忙去看大嫂，回来对大妈禀报，孩子在旁边听着。

"后面下堂屋里供上黄大仙了。不知哪里听来的，说是一个老太太的样子，灵得很，有求必应，还劝我去磕头烧香。说了好些灵验，简直赛过了观音菩萨。我去看了看，一张红纸贴在那里，上头写了几个字。"她没说那是她的儿子写的。

"什么黄大仙？就是黄鼠狼！有了狐狸精，黄鼠狼也成了精，都是偷鸡吃的。供起妖魔鬼怪来了。"三哥一掀门帘，从房里出来，大声说话，像是很生气。

大侄不敢碰他母亲。三哥在前面生气，也不到后面去。二哥仿佛没看见，不知道。大嫂仍然坐在后堂屋里吸水烟，笑眯眯地，等着黄大仙显灵。全家都只是背后议论。二嫂也不信，对弟弟说，她决不去给黄鼠狼磕头。三嫂听了很开心，说她那乡下是有拜黄鼠狼的。这同狐狸、蛇一样，都是成仙的，有时变成人出现，可是谁也没见过。

新潮冲激只起微波。

三哥和二哥、大侄在客厅里，家塾放学后，议论起来。那位侄子老师还未走，但他没有说多少话，只是证实一些事，附和几句。

原来这时兵荒马乱，年头不好，涨大水以后，各种各样的神仙和"推背图"预言都出现了。据说外地传来的"同善社""纯济坛"都有了。供的神有吕洞宾、铁拐李、何仙姑、韩湘子。还有人"扶乩"。两个小孩扶着上面悬挂下来的一根横竿，绑上一支"笔"，下面放个沙盘，推来推去，就出现字。还能作诗、写字、画画。最稀奇的是照了一张相，里面有个模糊的人影子，背一把宝剑，站在中间，说是吕洞宾吕纯阳显灵。

年头好，神显灵。年头坏，神灵现，出鬼怪。

"这有什么？我也能照出这样的相来。要什么，有什么。我在中学时就玩过。可惜现在没有照相机。扶乩我倒不敢说。"这是三哥的话。

"我全不信！信神，信鬼，信神仙，还可以，就是不能信蛇，信狐狸，信黄鼠狼，信妖精。"这是二哥的表示。

没过多少天就出了事。

二哥不知从哪里弄到一头死黄鼠狼，说是在后园里打死的，用一根竹竿挑着，从后园举着出来，经过后院时大声喊："黄大仙来了！肃静！回避！"一路吆喝到前院，往地下一扔，哈哈大笑，出门去了。

张祥过来捡起死黄鼠狼，笑了笑，又叹口气，说，"这又何苦呢？"拿出去扔掉了。

这显然是二哥有意向大嫂挑战。他还是不敢正面谈话，就采取这条策略；不知是自己想出来的，还是有谁教他的。

行动抗议胜过语言。

过了一天，小孩子才见到大嫂，满面怒容，吧嗒吧嗒吸水烟。是她把弟弟从院子里叫进屋的，却又不马上说话。

好半晌，她才说：

"告诉你二哥，我的事他管不着。有本事，到大哥那里告状去。不要在家里瞎胡来，逞威风。客厅里还开着家馆，有外人。他不讲脸面，我还要讲呢。他的事，我不管；我的事，他也不要问。你就这样对他讲，就说是我叫你讲的。"大嫂怒气冲冲说完这几句话。

小孩子从来没见过大嫂发这样大的脾气，不知怎么才好，站着不动。

"听到了没有？就这样去讲。"

小孩子退出来，先去禀报母亲。大妈不作声，妈妈也没主意。还是三哥走过来，问清了，拉小弟弟笑着去找到二哥，说：

"问小老四，大嫂对他讲了什么？"三哥还忍不住笑。

小孩子只好再学说一遍。

二哥冷笑一声，说："我们家多少代也没有供妖精的。大哥回来，看她怎么交代？"

祖宗有灵，神仙可供，妖怪不行。可惜的是往往正不胜邪，反是妖怪本领高强。

当时谁也没有料到，大哥回不来了。

看来大嫂的赌运并不亨通。

黄大仙的事过后，二哥不再挑衅了，大嫂也不再拜黄大仙了，只剩下小弟弟写的那张红纸还高高贴在下堂屋里，没有人理，也没人敢动。

"赌运"，赌的是运气。结果常是运去气来，成了"赌气"。世界岂非一大赌场乎？

大嫂的脸色越来越不好，小弟弟也怕见她了。她不在家时，去看艾姑娘，艾姑娘也急得抹眼泪。

"大老爷再不回来，这日子怎么过呀？"

大嫂开箱，开柜，拿钱，拿首饰，都瞒不过艾姑娘。可是这个老实孩子什么也不敢说。只有对小弟弟她还胆大些。她相信这个小孩子不会乱说，而且以为他还不懂事。

"一个人赌迷了，就像疯了一样，变了一个人。把买菜钱往我手里一交，就不管了；想起来，又要我报账，一个铜板也不许差。我又不识字，哪有那个记性？也没钱贴呀！越输越急，越没钱越凶。我倒霉，真不如死了好。这个娃娃多早晚才能长大呀？长大了也是个女的，还是不中用。活着真没意思。"

小孩子模模糊糊觉得这话不对。哪知道她真的会早死？是不是死了比活着好呢？

大嫂常出去，三哥忙自己备课，家塾念书毫不费力。于是小孩子偷空就去检查家里的书，不等大嫂下令了。这也算是他的自我教育吧。

此一家藏书仿佛是两个世纪和两代文化之间交叉点上的标志。

原来家里几代存下来的书有那么多，又是那么杂乱。一大部书装了几箱子，本子和字体大小全一样，版心下面都有"照旷阁"三个字，内容有懂有不懂。到末了，看到一小本商务印书馆缩小影印这部书的广告介绍，才知道是一部大丛书《学津讨原》的原来版本。还有许多黑底白字的字帖，最大的一套有许多本，叫《停云阁法帖》。有一整箱子全是《小题正鹄》《某某科乡试闱墨》等等八股文，和《七家诗》之类"试帖诗"。石印小字本居多。文章题目都是"四书"上的。或"赋得"一句诗。又有一大部石印小字书在另一箱里，叫《富强斋丛书》，里面开头就讲电学。其中有个书名很奇怪，叫《汽机必以》（就是现在的"手册"）。这是"格致书院"出版的。还有一套字同样小得不得了的大部书是《皇清经解》。有一箱子里有一些洋纸大字两面印的新书，都印着"作新社藏版"，是在日本横滨印的。还有一批《新民丛报》（梁启超编），一套《不忍》杂志（康有为编），又有梁启超的大部书《饮冰室文集》。还夹着小本大字石印书，题目是：《劝告国民爱国说》，《劝告妇女放足说》，都是白话的。有一本铅印线装书，长长的，封面上三个大字：《天演论》；下署："侯官严复"。又有小字石印书，用两片薄木板夹住，是《皇朝经世文编》。一大批没有裱的大拓片，都是黄山谷的字。这些用木匣子装的大字大本《山谷全集》大约是父亲在江西买的，是"义宁陈宝箴"刻的。另几大张拓片是岳飞写的"前后出师表"。小孩子把几十箱书翻了一个遍，各种各样的书都有，小说却只发现一部，是木版线装一套，题为《石头记》，又名《红楼梦》。他翻了一下，觉得是弹词一类，不过不是诗而是白话文罢了，也没有在意。那时他还不能懂得其中奥妙。找来找去，又找出一部《燕山外史》，文章好像《幼学琼林》，讲的又好像是故事。他在那部《学津讨原》里找出一本两部书合起来的，封面上写着《甘泽谣》《剧谈录》，翻开看看，倒有故事。还有些书里面也有故事。他最佩服的是，不知哪本书中讲到的"妙手空空儿"，说是"一击不中即高飞远走"。

他没事就去翻书箱，经书和八股"时文"不看，专找有故事的，却找不到。忽然在夹缝中找出一本不大不小的铅印书，题为《巴黎茶花女遗事》，署名"泠红生译述"。他翻看了一下，觉得文章很好，可是不懂讲的是什么事，茶花女为什么要死。这同他看《天演论》一开头说，"赫胥黎独坐一室之中……"一样，有趣，却不知说的什么。更不知道他已经接触到了当时两大译家：严复、林纾。他觉得这些洋人跟中国人很不一样。还是《饮冰室文集》后面的一些诗文戏曲吸引了他。《意大利建国三杰传》和《新罗马传奇》和《新中国未来记》等等，他居然有点懂，又觉得洋人和中国人也差不多了。又找到一本破书，叫《十五小豪杰》，"拨发生述"，可惜无头无尾。这些他想问问三哥，但又怕说他私自偷看书，没敢讲。

难道家里真是除了大嫂的弹词和这几本书就没有闲书了？不是的。后来他在二哥房里得到二嫂给他看的一部《七侠五义》。又在三哥房里得到三嫂给他看的一部《聊斋志异图咏》。两位嫂子不识字，只见书里有画像，不知丈夫看的什么书，要小弟弟讲给她们听，仿佛有审查之意。小孩子却由此知道了小说。三哥还有一部白话小说，是《儿女英雄传》。

到他再长大些，才能发现家中另有一个小小的藏书箱子，里面全是小说，大半是石印的小字本（叫"刀头本子"），也有大本子，也有木版印的，什么都有，有全有不全。《三国》《水浒》《西游》

从读经书开始，归结到看小说，照旧说是下坡，照新说倒是上进。如今讲古书怎么比得上作小说。

等这时才看到了。他那时大半能看懂，可是傍晚偷偷去看，眼睛吃了大亏。这已经是在上小学以后。这时有个国文教员供给他各种各样的书，有新，有旧。三哥也借些《说部丛书》，甚至《玉梨魂》《江湖奇侠传》来看，小孩子总是先看完。他看这些文言、白话、正经的、不正经的，各种各样的书都是一扫而过，文字语言倒能明白，古文、骈文、诗词、白话、中国的、外国的，他都不大在意，反正是一眼看过去，心里也不念出字。大意了然，可是里面讲的事情和道理却不大了了，甚至完全不懂，他也不去多想。这一习惯是由于偷偷看书怕被发现而来的。尽管是正经书，也不许私自动，所以非赶快翻看不行。结果得了个快读书的毛病，竟改不掉了。

正当他这样探寻书的新大陆时，发生了与他有切身关系的事。

偷看书，偷学，这才是随自己兴趣，效果比被动被迫念圣训强得多。

大嫂在艾姑娘的眼里和嘴里是越来越坏，但是在妈妈的眼里和嘴里却是越来越好。

最稀奇的是大嫂居然到前院来向大妈问安，又探望三嫂，最后显出目的是要和妈妈谈话。大嫂是除了年、节、有事不来前院的，这次破例还不是唯一的一次。她对妈妈特别客气，有说有笑。又有几次是打发艾姑娘来请妈妈去，也不说有事无事。妈妈回房也不向大妈禀报，只说一声"没什么事"。大妈也懒得过问。小孩子正在迷着书本，对这些事看在眼里，却没有进到心里去。

有一回他见到艾姑娘。艾姑娘把他拉到身边，抓住他的手说："你妈妈来了好几趟了，同你大嫂在屋里咕咕叽叽不知说什么。我也不好说什么。我也不明白。"她停了半晌，只是抓紧小弟弟

一得"财迷"就钻钱眼。为了得钱就"纤尊降贵"，顾不得身份体面了。

的手，仿佛有话不好说似的。然后，又拉他靠近些，低低在他耳边说：

"告诉你妈妈，大嫂打牌太多了，赌上瘾了。现在不大打牌了，只怕又赌别的了。来的不知是些什么人，我也不好问。自从她拜黄大仙以后，我更不敢同她讲话了。我告诉你，你只告诉妈妈，千万千万别和外人讲，也告诉你妈妈莫对别人讲。记住！记住！我……"

她紧紧抓住弟弟，快要把他紧抱起来了，眼睛里含着

泪水。

　　小弟弟实在不能明白，有什么严重的事值得她这样做。看了那么多书，却没有一本书告诉他这样的事。

　　小侄女独自在床边玩一张什么画，忽然一下子扯成两半。艾姑娘一回头，劈脸打女儿一巴掌，小侄女大声哭起来。不用说，这时大嫂不在家。

　　小孩子回房把艾姑娘的话转告母亲，不料妈妈却好像不以为意，说："知道了。她是好人。你不要再讲了。"这个"她"是指艾姑娘，还是指大嫂，小孩子不明白，也没有再问。

　　大嫂的一些客人大约隔上一个月就来一回，后来妈妈也加入了。大家也不打牌，有说有笑，中间忽然鸦雀无声，过一会儿又热闹起来。谁也不知道是怎么回事。

　　这样又过了多少天，终于发生了突变。

　　小孩子发现妈妈趴在床上哭。哭的声音很小，眼泪却流了一大摊。脸朝下，看不见表情。

　　小孩子站了一会儿，悄悄出来，去看艾姑娘。不料这天大嫂留在家里没出去。她一个人坐在自己屋里，也不捧烟袋，脸色铁青，说不上是生气还是难受，从来没见过她那样。

　　小孩子站在门口，大嫂好像没看见。他进也不是，退也不是，也不敢回头去找艾姑娘，怕被大嫂看出来。

　　这时艾姑娘在自己屋里急得没法想。她又不敢出来，又无法让小孩子看见自己，又不敢打女儿惊醒他，怕惹了大嫂。

她直打手势，小孩子也看不见，脸不朝她那一方。终于这个年轻姑娘情急智生，想出了一个主意。她悄悄在自己屋里走到大嫂见不到的地方，对着小孩子旁边开着的那扇门上的玻璃，做了一个催走的手势。小孩子猛然看到门上玻璃里的艾姑娘的着急样子，吃了一惊，连忙不声不响转身就走。艾姑娘才放下心。大嫂仍旧一动不动。

小孩子没处去，便进了二嫂的屋里。

二嫂正在对镜子梳头，从镜中看见了小弟弟，满脸堆笑，说："快进来。我正想找你。你二哥出了什么事了？"

小弟弟一听说二哥又出了事，更加吃惊。可是二嫂的脸色非常高兴，不像是出了什么不好的事，便一步跨进门去。

"二哥出了什么事？我不知道。"

"你二哥上午出门不久忽然回来，进屋就嚷：'不好了，出了大事了。'随后就大笑起来，又说，'这回我可聪明了，没有上当。看那个能人摔个大跟斗。逞能，贪心，没好报。'说了又笑。屁股还没坐稳，就又起身出去了。你快去外边看看出了什么事。他也许在客厅里。见到你三哥、大侄，也能知道外边的事。知道了就来给我送信。我好知道他那几句无头无脑的话是说什么。"

小孩子这时才有点明白。妈妈哭，大嫂气，艾姑娘急，二哥笑，准是出了什么大事。他连忙回屋，进了角门，见妈妈还睡在床上，不哭了，也不作声。

由聪明的二嫂点醒，信息却是从"浑人"二哥那里来的。谁精明？谁糊涂？

进堂屋一看，大妈端坐在太师椅上一声不响。面前桌上摆着骨牌，还没有斩完"六将"。他听不到三嫂屋里声音，不敢进去，便走角门去客厅。这天老师有事，这时早已放学，师生都走了。一到小院子里就听见二哥的声音。原来家中三个男的都在那里。

"我一早出去就听到了。到处都听说：'好了，好了，这回"花会"完蛋了。想发财的归天了。真发财的远走高飞了。冒了会了。不定毁了多少家呢。'我早知道，这些日子，全城像疯了一样。有些女的出什么主意，闹'花会'，听说还是从上海传过来的。多少家凑到一起，上中下等人都有，出钱聚起会来，轮流'得会'。本来不是坏事。偏偏有人说这能发财，一本万利，出钱越多，赚头越大。利钱高，不多时就翻一翻。许多婆媳、夫妇为这吵架。闹腾了几个月，也没见谁发财。昨天，几个会头一下子，像约好了一样，把集的钱全带走了，逃得无影无踪了。今早就听说有上吊的了。真是'人心不足蛇吞象'。这年头，男的扶乩，女的拜黄鼠狼，还闹'花会'。有人在乡下忙着'起枪'，招兵。世道大变了。鸦片烟馆越来越多。我们这巷口又新开了一家。天王爷！真不知会闹成什么样。"

由"浑人"嘴中说出集资"花会"骗局，联系上鸦片烟。浑人不浑，清醒得很。

二哥这一番话是在大侄刚进屋时说的，恰好弟弟赶到，听了去。

趁他们三人议论纷纷不注意，小孩子连忙跑去对二嫂报告。

二嫂不笑了。拉过小弟弟，问家里见到什么事。他把见到的情况讲了，知道二嫂不出屋子，不会漏出去。

二嫂叹了一口气。

"我不出屋，也知道。你大嫂一定是上人当了。前些日来来往往的，我去厨房时，看着就讨厌。哪像正经人？真不知道你大嫂怎么一下子鬼迷心窍了。你妈妈一定是又上了她的当。你二哥他们知不知道家里也有人遭了殃，还寻开心？你同我讲，不要紧，就装不知道，什么也莫说，懂吗？"她一下子猛然想起什么，问："你知道大哥有信吗？"

"没听说。"

二嫂不作声，好像明白过来了，但对小弟弟不好讲，可是又想讲，一时忘其所以，竟把小弟弟抱在怀里，像抱自己的女儿那样。很明显，她是心里想起了什么，激动得不知怎么才好。这也是很少见的。小侄女在旁边呆望着。

精明与糊涂的分界线在哪里？标志是什么？是不是钱？

小弟弟并不吃惊。他和二嫂很熟了，和艾姑娘也很熟，知道她们都当他是小娃娃。那个三姐也是这样。本来他还不到十岁，才八岁呀。不过这些人对小娃娃不像大嫂那样板着脸发教训，也不像大侄媳那样嬉皮笑脸开玩笑。只有三嫂，虽说早已不是新娘子了，却还不大熟。这一半也是因为三哥常在房里，妈妈嘱咐过，叫他少去打搅。

二嫂没有再说什么，只再三嘱咐弟弟不要着急，不要声张，好好看待妈妈。妈妈有什么变化，就来告诉她；她去劝劝，想想办法。

弟弟没想到二嫂还是个精明人。他出门时心里想："花会"是什么？大嫂和二嫂到底是哪个精明，哪个糊涂？为什么这又扯上大哥来信呢？

评曰：此一回导向结穴，有欲言而未能言者，不能再评亦不必再评矣。千古兴亡家国事，叹息垂泪欲何为？

第二十八回

树 倒

　　评曰：此回写全家的大转折。关键虽然只在一个人的生死存亡，可是破裂的种子早已存在。古人说："二人同心，其利断金。"而今是没有两个人能够一条心，那么结果是什么呢？借用庚信《哀江南赋》的两句话加上尾巴以当一联回目。彼哀国，此哀家，"其揆一也"，轨迹是一致的。

　　将军一去　大树飘零来鸦片

　　壮士不还　寒风萧瑟见人心

三嫂生了一个男孩子，还没等到做"满月"就死了。是三哥和三嫂睡熟了，孩子放在旁边被里，不知怎么堵住了鼻子、嘴，哭不出来，闷死的。早晨一看，没气了。

三哥、三嫂倒不见怎么悲伤，年纪轻，不当回事。大嫂、二嫂都来看过，只叮嘱三嫂好好养息。大侄媳也来了一

趟。大妈坐在堂屋里"过五关，斩六将"的时候更多了。妈妈私下对孩子说："多可惜啊，一个白胖的男孩子。人家想还想不到呢。年轻，睡觉不小心，不知道放远些，时刻经心照看。"她叹了几次气也就完了。她还在想着和大嫂算账。大嫂答应赔她，但是眼下没钱。

真正为死去娃娃伤心的反而是艾姑娘。她对小弟弟抹眼泪，说："一个男孩子，就这样断送了。不知是哪世造的孽？来得快，去得快。养个孩子多不容易啊！"

三哥仍旧在屋里忙着，大概是准备功课吧？出门的次数也多了。家里的事，小弟弟的事，他不问了。自己孩子的事好像从来不挂心上，提也没有提一句。

大嫂仍然常打牌，请客，和家里人远不如和外面人亲热。"花会"结束以后，有一批客人不见了，可是老牌友照常来往。她受了多大损失，无人知道。

二哥和大嫂早就不大说话，自从黄大仙的事发生后，彼此连理也不理了。

大伯不是出去，就是在屋里喝酒。

全家除了厨房里有热气以外，像在冰窖里。声音也只有客厅书房里的一片乱糟糟的孩子们唱书声，剩下的是侄女儿们和侄孙的偶然的哭声，大妈的骨牌声，大嫂来客时的麻将声。

冰窖中的和平稳定不是真的，是冰消瓦解的前奏曲。

小孩子有空就去偷开空屋里的书箱子翻书看，也不管懂不懂，只是满足好奇心。好在书箱是书架式的，堆在下堂屋里的墙一边，开了箱子门，就是书架一样。书一叠一叠放着，线装书头上有书名或者夹着书名条，很方便检阅。洋装书大小不一，乱堆着，小孩子一一整理好了。后面下堂屋暗间空屋里也有些书箱，不都是书架式，上边的取出来才能看到下边的。那箱小说就是在这里夹空中发现的。他钻在书堆里，对于家里情况一点也不关心。

在这些事中间，又过了一个年，比以前差远了。冷得出奇。天气冷，炭火盆、小火炉都不很热。一切照旧安排。除夕、元旦、送年、拜年，腊月二十三祭灶，元宵看灯，都一样。全家也在一起行礼。可是谈笑声少得很。大嫂主持的状元筹、升官图、纸牌、骨牌、麻将等游艺也没有了。大妈一个人玩骨牌。只有男女仆人还是在厨房里赌骰子、牌九。二哥、三哥和大伯喝得醉醺醺的。

大人躲起来，指挥小孩子出面，妙极。

稍有发展的是小孩子开始学大人了。来客拜年，他都要随着见礼，还要答话。第一回被二哥、三哥带出去拜年。大伯并不处处同去，只去几家。他这时才知道还有那么多本家、亲戚、朋友，平时是不大来往的。

好在他的辈分高，多半是作个揖，只有到本家得对同族的祖先牌位磕一个头。还见到一位瘫痪的本家哥哥，在床面前见了礼。听说他样样都好，只是腿不能动，长年躺在床上。小孩子觉得很奇怪。为什么好好的腿不能动呢？一年到头在床上闷也闷死了。不知那叫"中风"。

过了没有几个月，家塾就结束了。因为那位侄子老师不过是借此混一段时间，现在有人介绍到外地去，据说以后可以有机会考进邮局，得到终身可靠的职业，自然他不再当"猴子王"了。

因为三哥很快就要去教小学，若得到大哥同意，小弟弟也跟去上小学；于是他暂时等一等。三哥没空教他，只让他温书。大嫂早已不管他了。自从晚间说书场"无疾而终"，大嫂就渐渐变成另一个人，忙另一些事去了。

小孩子自己做功课以外，空闲一多，得到允许去整理书，晒书。箱子搬不动，可以叫仆人搬。他成了合法的家庭图书管理员。只可惜这样的日子太短了。书还没有整理完，家里就出了天翻地覆的大事。

这一天，妈妈从空屋书堆里找到了小孩子，拉他出来，悄悄说："跟我走，去给大嫂送行。"

小孩子无伴侣无游戏，只有钻进书本世界中，不知外事，这是福？是祸？家产中他能继承的只是谁也不想要的书，但所有权不归他，他只有使用权。

孩子跟到了后堂屋一看，大嫂、大侄站在那里，地上摆着箱子、行李。几乎全家人都来了，除了大妈和二嫂、三嫂。没有一个人出声音。大嫂好像是眼泪汪汪的。

"怎么张祥还不回来？雇一只船，去这么大半天。"好不容易才听到大嫂这句着急的话。

小孩子不敢问是为什么事这样着急，为什么大嫂和大侄突然都换了行装要走。

又过了半晌，张祥还不见回来，大门外却有人叫门，仿佛是大声喊："电报！"二哥转身跑了出去，不一会儿就回来，手里拿着一个信封，一张纸，纸上一格一格的，有不多几个字，是译出来了的。因此，大嫂忙去拿出明码电报本，没有用上。

二哥伸手将纸交给大侄。大嫂还没有去摸老花眼镜，大侄已经念出声来："……病危速来。"

大嫂一下子倒在椅子上，眼泪哗哗地往外流。

没有一个人讲话。二哥和三哥一声不响不知什么时候溜到前院去了。是去禀报大妈吧？

大侄说了一句什么话。妈妈也说"菩萨保佑"之类的话。大嫂止住了眼泪。这时小弟弟才发现艾姑娘一个人躲在自己屋里。他伸头一望，只见她倒在床上，不出声，哭得同泪人似的。

他明白了，大哥病危了。"危"当然是危险了。

又过些时候，大门口一片吵闹声，随着，张祥第一个冲进来，手里举着一张纸，不用说又是电报。二哥、三哥紧接着进了院子，不用说是看过电报了。

> 写突变之来全用小孩子眼光。

大侄刚接过电报，眼泪夺眶而出，大声号啕起来。大嫂瘫痪在椅子上大声哭。艾姑娘在里屋哭出了声。妈妈也哭起来了。一片哭声。电报落在地上，上面有"病故"二字。

二哥、三哥也流眼泪，但没有大声哭出来。两人相对一望，三哥立刻进大嫂屋，一见椅子上放着叠好的红毡条，一把抓过来，回堂屋，打开毡条，向正中祖先神龛上一罩。二哥已经不见，大约是到前面堂屋里做同样的事去了。

妈妈先将大嫂扶进里屋去哭。三哥大声对大侄喊："还不快走！张祥船雇好了。家里事我们管。你一个人去扶灵柩。一到就打电报回来。灵柩到家再开吊。钱带够了没有？你一个人带张祥去。大嫂不必去了。"

大嫂尽管哭得厉害，心里还很明白，三哥的话她似乎句句都听到，一伸手从怀里掏出一个钱包，交给妈妈，手一挥，妈妈连忙出来，将钱交给大侄。大侄停住哭，向上跪下磕一个头，起来，向里屋喊一声："妈！我走了。"这是除正式行礼以外，小孩子第一次听见他当众叫"妈"。

大侄转身往外走，张祥扛着行李，提着箱子，随后跟。到二门口，二哥从前院过来，手中拿一块白布，向大侄的头上的帽子上一围。大侄连忙接过来，不停往外走。他们什么话也没有说。

小孩子跟出去一看，二哥已经找到大块白纸，裁成正方形，将大门的一副红对联上各贴一张。这样，等于向外报丧了。

大哥一死，二哥立刻是正式家主人。尽管传统法定的主人是大侄，他去奔丧了，家里还是二哥为主。大嫂这时只有哭，顾不得出面，也不便出面。二哥有过父亲丧事的经验，并不慌忙；这时比那时好多了，何况还有三哥当助手。可是财权还在大嫂手中，现在不好讲话。在大侄去奔丧扶柩的一段期间里，一面安排丧事，通知本家和亲友，准备发讣文，做孝服，一切都要花销，同时展开了夺权斗争。

小孩子回到自己屋，妈妈不知什么时候已经回来，倒在床上哭。一看见孩子进来，伸手拉一把，抱在怀里，哭着讲："你大哥不在了，你大嫂像这样，我们靠什么人活下去呀？你的命怎么这么苦呀！"

小孩子当然不知道，妈妈辛苦积蓄的几个钱都被大嫂要去闹"花会"，全赖了账了。

门口白纸贴出去，比发电报还快，全城都知道这家有丧事了，不过不知道去世的是谁。

很快就来了一些本家，多半是侄子辈的。大家商量办丧事。平辈的，有经验的人为主，没有长辈主持。不两天，老家也来人了，仿佛是代表，唁慰之后就回去了，等"开吊"前再来人。

第一件事是成立"礼房"，就是账房。管收礼，花钱，还要有人负责管一切杂务。第二件事是做孝服，要买很多白布。先要决定是否"满散白"，即每一吊客都发给白布"孝巾"一块。社会地位要有这排场，实际经济情况又花不起这笔钱。第三件事是编好讣文送出去刻木板印，或是用石印。

讣文是件大事。署名第一行是死者的儿子，即"孝子"。父死称"孤"，母死称"哀"，父母双亡称"孤哀子"。"孝子"若还有继母，上面要加一行小字"继慈侍下奉命称哀"，然后是大字："孤哀子某某某泣血稽颡"。随后一行行照辈分排，上面加"守孝"的"服制"，下面照此分别写各种不同的说法。例如弟弟就是"期服弟某某泣稽首"。"期服"是亲兄弟戴一年孝。有几个弟弟都列在一行内，名字横排，不写姓。最后排到"缌服侄"之类最远的家属。这样的"孝服"共有五等，称为"五服"。出了"五服"便不戴孝。只是"本家"，讣文上也不写了。讣文上只有家庭，没有亲戚；只有男的，没有女的。行数只能是单的，不能是双的。丧事忌讳双数。喜事才要双数。男的哪怕刚生下也得算上。女的多大也不算。女的死去，丈夫列第一行。要看女的曾否为丈夫的父母服过丧；服过的，丈夫称"杖期夫"；未服过，称"不杖期夫"。丈夫戴"孝"的标志不过一年，"期"年。"杖"是扶的拐杖，是一种说法。行礼时手里拿的是纸棒子，象征"杖"。"孝子"拿的叫"哭丧棒"。丈夫都是"泣稽首"，不论"杖""不杖"。讣文中署名前面照例是："孤哀子某某罪孽深重，不自殒灭，祸延"，以下抬头，"显考某某府君于某年某月某日寿终正寝，距生于某年某月某日，享年若干岁"等等。若是母亲，就改称"显妣"。照说是不曾做官的不能称"显"，但既发讣文就是有身份的，就都"显"起来了。由于这个讣文，男子、嫡、长之类就与家庭地位和财产继承权联系起来了。"礼"是古代的"民法"。这次大哥没有这些麻烦，自己是长房，有长子、长孙。可是不能写"寿终正寝"，因为是死在外地，所以改为"寿终某地寓所"。最后是"谨择于某月某日开吊，叨在"，抬头，横排"戚、乡、世、年……"，下加"谊"字。末尾是"哀此讣闻"。"闻"字抬头，特别大。

讣文、账簿、礼房、孝服、白布、白纸、香烛、钱纸等等都要花钱。这就必须开家庭会议。名义上是在大妈面前，即最长辈的主持下，实际上参加的只是大嫂、二哥、三哥。大嫂这时不哭了。大嫂和二哥也不能不说话了。不知他们在后堂屋怎么商议的。大嫂没有自己家的亲人，儿子不是亲生的，又去"扶柩"去了，提不出什么可靠的人。最后决定把前面的事分别委托几位本家和亲戚负责。内部事务她自己还要管，还有二嫂、三嫂，只要找一两个女的暂时帮助传话、跑腿、处理杂务，再等大侄女、三姐回来。最重要的是钱，当然大嫂不能不摊牌了。据艾姑娘告诉妈妈而小孩子从旁听来的是：大嫂拿出账簿和钱，一报数，二哥就不满意。大嫂要求尽量风光，卖地也得有排场，才体面。两个弟弟却不主张花费太多，宁可借一笔钱也不能动产业。而且认为大侄去扶灵柩，那边一定有大数目的"赙赠"。死在那边，那些官能不送钱？这边收礼收不到什么钱，只有挽幛、挽联之类，但是几家亲眷一定送"焰口"，就是说"开吊"三天的晚上要有和尚、道士念经"超度"，这笔钱是会有亲戚分担的。棺材想必是那边的大官们代买，不必操心。这边的坟地还是葬祖坟好，不能另找地，请看"风水"的"地理先生"，停灵等待找"穴"，实在花不起这笔钱。最后协议达成。大嫂拿出了现洋，是大侄拿走旅费和办事费以后剩下的，交给两个弟弟。他们再设法托人借钱。总之，"开吊"一定要风光，安葬等用费则从简，就是说，钱花在好看的面子上，不能伤筋动骨。

艾姑娘把在里屋听到的后堂屋家庭协商会议结果向妈妈讲了。两人又叹气，又哭。同是一般命运，只是两个人的孩子有男女之别。

"我这辈子没指望了。"艾姑娘哭着说。

她两人的这次谈话是在厨房的一个角落里进行的。别处都不能谈这种话。据艾姑娘说，"协商"的三个人，两个男的站一边，一个女的坐一边，话讲得不多，很快就定下了，可是一句和气话都没有。虽说没吵架，也听得出大家没好气。丧事以后的话一句未提。谈话中间，大嫂说了一句："地是大哥买的。"三哥立刻说："地是全家的。"当然，借了钱，以后大家分摊着还，卖了地，就没产业可分了。

"去世才一天，就成这样，往后日子真不知怎么过。"妈妈说。

一涉及钱财，立刻各有自己打算，由最苦之人说出。

"你有儿子。"艾姑娘说。

"这么小，男女都不中用，能指望什么人啊？"妈妈说。小侄女站在旁边，什么也不懂。

两人都哭了起来。这时，说话是要注意的，哭却完全合法，怎么号啕痛哭也不会引起人疑心。

最苦女人连指望孩子也不行。

小弟弟这时还只在帽子上围一块白布，等"开吊"再穿"孝服"。他完全不能了解事态的严重性，又去看二嫂、三嫂。

二嫂一点悲哀神气都没有，向弟弟问这，问那，和往常一样，也不像想管管丧事、家事的。不过最后自言自语似的讲了一句："这回该快搬出去了吧？"

三嫂也是一样，毫不悲伤，端着水烟袋吸烟，也问这，问那，也不像要管家务的。她没有二嫂熟，说的话不多。她最后也是自言自语似的说一句话："这回不知要花多少钱。"

小孩子也去看他的"干女儿"。小侄孙已经全身白布"孝服"了。他没进门就听见大侄媳在对她的儿子说:"到了湖北,不许这样不听话。外婆要不喜欢的。"她也并不流眼泪,只是当名分上的"孝媳",当然也不管事。

妈妈告诉孩子,家里有丧事,不许到处乱跑。以后院子里搭起天棚来,那是行礼的地方。要有规矩,要听大人的话。最后轻轻加上一句:

"以后要听三哥的了。天保佑,他有好心把你带大。"说完,她哭了起来。

过几天,大侄的电报来了,不长,只说"已亲视含殓"。他当然也没工夫写信讲那边如何办丧事。再来电报就是"扶柩还乡"的日期了。

这期间,家里的几个主人没有再碰头谈话。也没见二哥和三哥谈什么。里外各管各的。有经验的办事人把各项准备安排妥善,单等灵柩一到,就在讣文

古时"亲视含殓"的只有"孝子",不等于"向遗体告别"。

上填写"开吊"的日期,发出去。"开吊"仪式一完,随即"出殡",到老家祖坟中一块"十亩地"安葬。那块地将来当然归长孙继承。

大哥躺在一口黑色漆得发亮的棺材里回家来了。他只"享年四十有七",还比不上父亲寿长。死因据说是急病,只一天,他腹痛,中医开药方有热药附子、肉桂,因为是夏天,没敢吃;再找西医,说要开刀,已经来不及了。推想是阑尾炎穿孔转腹膜炎。洛阳那边暂时没有战事,一路也平静。他周围的同事和上司是多年的学生和老同事,照顾得还好。可是大侄究竟收了多少礼,花了多少钱,并没有向任何人报账。他回来后,第二天在后堂屋就开了第二次家庭会议。参

加者是大嫂、大侄、二哥、三哥。

这次"四方"会议艾姑娘只听到一个头，就被大嫂从屋里喊出来，连小侄女一起赶去厨房了。她能供给妈妈的情况只是：大少爷一进门，把带的钱向桌

此"四方会议"何如牌桌的"四方"？

上一放，对另外三人说："剩下的都在这里了。"大嫂马上大声叫"艾姑娘！"，以下情况她就不知道了。

这一对女人和一对小儿的命运所系的"四方"心中并没有他们四个人。他们是"下等"女人和小孩，还没有取得"人"的资格。

"开吊"三天。来了无数的宾客。挽幛和挽联从客厅排到院内天棚灵堂正面和对面墙上，全满了。讲究的是白色绸缎上面粘着白纸，纸上写字，事后取下纸就是一副好料子。差的就是白布，更差的是白纸。近亲除此以外还送别的礼，封好送来。凡送礼物来的仆人，都由"礼房"收下礼，付给包好的一点钱。本人则临时来到门口得一条白布佩上进门行礼，到厅屋略坐。一般客人自己提钱纸来，也给白布，终于是"满散白"。每一门都有穿白孝服的人接送。"孝棚"下有人赞礼。客人跪下，一弯腰点头，起身一揖。赞礼的人连续随着动作说"请，请，请起"；客人一揖之后就说"孝子叩谢"，客人又是一揖；然后赞礼者说"谢谢"，彼此又是一揖。出门时每门都一揖。二门送客者说"谢谢"，还说"请客厅用茶"。关系够的就去，那里自有人陪；不够的就回答"领情了"，走出大门，一揖而别。这些穿孝服招呼的都是本家侄子或表侄。天棚下面，供桌上有香、烛、供品。桌后正面是白布灵帏加篱笆上糊白纸，正中是死者的灵位，白纸

上写的同出殡时前面"铭旌"上一样，只是"铭旌"和"灵位"不同。灵帏后面是棺材，外边看不见。供桌前面，客人的拜垫前有两个盆，一是烧钱纸的瓦盆，一是铜盆，内放扎成一束的干草，是浇酒祭奠用的。两旁拜垫上，有客来时必须有穿孝服的二人或四人跪伏着。灵帏里面，棺材前是孝子跪着。棺材周围是女眷。来吊客时必须有一些人在里面放声大哭，哭的人越多，哭声越高，越好。若客人连续不断，跪着的人就都不能起身。中间一停，赶快换班。孝子只一个，换不了班，好在有灵帏挡住，只要客人来时有哭声就行。若来女眷，就全换班，除孝子外都换女的。接送的男子也回避。来女客，从大门口起就打招呼。女眷来吊是有定时的。有的事先就告诉时间。这些内眷都是亲属，要到后屋坐下休息，甚至吃饭，帮忙。夜间有人轮流在棺材旁边守灵。照说这是孝子的事，但多半是女眷轮流代替。棺材前一盏油灯是不能熄的。供桌前那个烧纸的瓦盆，在出殡"起灵"之时必须由孝子大哭一声亲自摔碎，任何人不能代替，这叫"摔老盆"。

"开吊"时，小孩子得到印象最深的是"点主"和"放焰口"。

"点主"的仪式是"开吊"的高潮。若不是一天而是三天的"吊"，那就在第三天中午。"主"是死者的"神主"，是一块有座的长方形的新的白色木板，像一座石碑。分为两层，外层恰好嵌在内层上面。两层是一样的写法。中间一行到底，"显考……（官衔，可不写）某府君讳某某之神主"，和"考"并列的是"妣"，和"府君"并列的是"某氏恭人"。称"夫人""恭人""淑人"等都有规定，按照官衔品级而定。左边一行从中间起是"孝男某某奉祀"，也有不写的。"主"字先只能写成"王"字，缺一个点，要在"点主"仪式上请一位名人在上面加点。先点红色的银石朱，后在上加墨点。写的都是黑笔字，只有这一点是另加的，有红有黑，红上加黑。这一点就表示死者的魂灵已经附在上面，棺材移出入土后，木主可以受祭显灵了，不是仅仅象征了。

　　"点主"的名人的地位标志死者和家属的身份地位。大哥是秀才，必须请一位秀才当"主官"。本地曾经出过状元，但现时连进士、举人都没有了，最高级的只有秀才，也剩不了几个了。做过官的倒有不少，但不论文武都没有考中过"科名"的，当县官的也是民国的县官。大哥虽是半文半武的官，究竟是秀才出身，书香门第，所以决定请一位老迈龙钟的秀才来任"点主"的"主官"。两边还要有"礼傧"，一般是四位，名位也要相当，仅次于"主官"。照说应当同"主官"一样是秀才，这就难了。于是降格以求，年高德劭的读书人就可以，留学生、大学生也行。到后来，小学教员、中学毕业生也有资格了。三哥在三十多岁时就曾被请去充当"礼傧"。有一次他因故不到，派十几岁的小弟弟代表他去，所以小孩子在几年以后也曾穿长袍马褂参与这一隆重仪式。家里这次的"礼傧"中就有那位日本留学生的小学校长。他为了聘任三哥当教员，答应来当"礼傧"，算是一种"优遇"。他是地方上受尊重的绅士，来站在"礼傧"之列，对死者，对生者，都是很有面子的。这位校长后来还曾和三哥一起为人家的孩子做媒。当"下定"时，三哥又因故不去，派弟弟充当。

所以弟弟还当过"副"的"红媒"；只不知那门亲事究竟怎样，定亲的孩子长大了骂不骂媒人。当初由媒人送来送去交换的小拜匣中，除聘礼和回礼的首饰以外，各有一张有红封套的大红帖子，上面写的称呼是双方家长"姻侍生某某顿首拜"，这是"亲上加亲"。男方写的是"敬求"，抬头，"金诺"；女方写的是"谨允"，抬头，"玉音"。帖子后面附的是双方的"八字"。这就是"庚帖"，订婚书。由此，两个孩子的出生年、月、日、时的干支八个字象征本人都交换了。不过媒人只管写帖子和送帖子，并且吃男家一顿酒席，不签字负责。小孩子虽小，却经历过旧社会的红白喜事。父亲的丧事记不得，而且正在辛亥革命之后，在外地，一切从简。这次大哥的丧事就风光得多。一则是由于他的地位和关系，二则是出于大嫂的坚持要求。往后，大妈去世已在抗战前夕，大嫂去世正在抗战之中，一个不如一个了。

"点主"本身并不麻烦。在这以前是"家祭"。宾客都在场。"孝子"由两人搀扶着，"披麻戴孝"，手拿白纸裹的"哭丧棒"，在"孝帏"前后出进几次。四位"礼傧"分列两旁。后面是所有的宾客，都站在天棚下面，甚至人多挤到墙边。一位"礼傧"赞礼，宣布仪式开始，首先是"扶孝子出帏"。"孝子"若不止一个，那就是嫡长子才有资格，其他儿子只能随在后面。先是跪在灵位前听赞礼的唱"献香""献箸""献尊""献牲""献馔"等等，每唱一项，旁边扶"孝子"的人便从香案取下一样，香、箸（筷子）、尊（酒杯），供品，递给"孝子"向上举一下，算是献上了，再接过来放还原处。这一套唱完了。"孝子"跪着听另一"礼傧"读祭文。该磕头了，也要服从赞礼的指挥。"伏"是趴下，"兴"是直起身来跪着。"伏""兴"各三次以后，赞礼唱"举哀"，"孝子"就哭；唱"哀止"，就停止哭。然后"扶孝子入帏"。"家祭"完成，略略休息。"礼傧"们回客厅。天棚下临时摆起一张桌子，对上斜放着，上有笔砚。"礼傧"再次出场，照旧赞礼，请"主官"，然后唱"孝子怀主出帏"，到桌子前面跪下，将"神主"送到桌子的红毡条上。旁边有人将木主揭开。每一动作都要赞礼。随后唱"研墨""旋石朱""请题内主""请题外主""合主""孝子叩头谢主官""主官答揖""孝子怀主入帏"，最后唱"礼毕"，仪式告终，全体退场。赞礼拖长了音，有一定调子。这位主要的"礼傧"是事实上的指挥，其他人只是陪祭。扶"孝子"的，侍候"主官"的，要有点知识，别人跟着走就行，所以小孩子也能充当"礼傧"的代表，但当不了"司仪"的"礼傧"。这样"代表"当然对丧家是有点不敬，所以三哥在派弟弟当代表之后，再没有人请他当"礼傧"了。

"点主"礼仪之后，一次大筵席，结束了"开吊"。

"开吊"的三天晚上都有"焰口"。最后一晚最隆重，是"双台"。院中搭起两座相对的木板台子，上面摆好桌子和座位。一边是和尚，一边是道士。和尚的较讲究。主持者若是一人，是最普通的，只摆一张桌子，两旁四个和尚陪着。或三人、或五人（很少有）主持，称为"三大士"或"五大士"，是隆重的。这回不知是哪位亲戚出钱送的礼，或是自家请的，一台"三大士"的"焰口"，请的是最大的庙"报恩寺"俗称"大寺"的和尚，包括一位年轻貌美又会唱的最著名的和尚。由老和尚亲自居中主持。台上一排桌子两旁四位和尚是陪着唱的。另有一位打鼓的坐在角上。实际上他是指挥，同唱戏一样。"焰口"本是佛教仪式，只能和尚来"放焰口"，也就是"超度饿鬼"。可是一台"焰口"法事的报酬很可观，于是道士也来"放焰口"，唱对台戏。和尚的音乐是平常都知道的几种打击乐器。道士的乐器却不同，是吹奏乐器、笙、箫、笛、管等，音韵悠扬，同和尚的热闹不一样。双方唱的调子也不同。有时同时，有时分开，有独唱，有齐唱。往往一边停下，让对方唱，彼此轮流，有竞赛之意。双方各打各的鼓，自有默契。不过道士最多只有"三大士"（三天尊？），中间的不知是"太上老君"还是"元始天尊"，和对方的"如来佛"相对。

"焰口"已亡而又有复苏之势，可是会做这"法事"的出家人，听说也很稀罕不易请到了。"水陆道场"谈何容易。

一到晚上，街巷里的小孩子早来围满了，蹲在地上，也有些外来大人站在墙边。和尚先排队在棺材边围绕念经，大概是《往生咒》《心经》，边走边唱。以后双方正式登台，各自"启请"佛教和道教的菩萨和祖师。唱腔类似，但又不同。小孩子先躲在帏后面，后来索性出来了。他大着胆子，趁人不注意，先爬上和尚的台，从桌边望去。和尚个个闭着眼，不能管他。他的目的是考察念的什么。只见主持的和尚面前有一本书，并不打开。他们早就背熟了，这不过是摆个样子。大书封面上四个字是《焰口真经》。小孩子怕家里人看见，忙跳下去，又爬上道士的台考察。看到中间道士面前摆的书是像字帖一样折叠的，有根竹签插在里面翻书页，封面上是《太上老君道德真经》。小孩子大吃一惊，"这不是《老子》吗？家里也有的。"正当此时，竹签翻开了第一页，果然道士大声唱的是"道可道，非常道"。孩子正在发愣，忽然有两只大手从后面伸过来，一把将他抱下去。原来是张祥。

"你好大胆！怎么能爬上台去？放焰口，满院子都是鬼。台上有神。你不许乱跑，跟着我。看不见，我背着你。"说着果然让他骑上自己肩头，两边台上都看得清清楚楚。

"焰口"的高潮是向饿鬼施食。和尚高唱："天也是空，地也是空，人身渺渺在其中……"这一大篇唱词后，唱"……无主孤魂来受甘露味"，随手从桌上的碗里抓一把粮食向台下一撒。对各种各样的"孤魂"都唱一段，撒一次。最后是将一些铜钱一把一把四面撒下去。于是台下的小孩子们争着捡钱，闹成一团。这是和尚们的拿手好戏，钱撒得均匀、分散，粮食撒得好看，一把撒上天去，散成一朵花落下来。道士们虽然也有类似的表演，却未免相形见绌。尤其是主持者"三大士"，以中间的为首，翻出各种花样的手印，使人眼花缭乱。道士在黄表纸上画符，用宝剑尖挑起，在烛火上烧去，口中念念有词，也很吸引人。双方唱的有些已经不是经咒了；不同曲调，各显其能。随着鼓音指挥，和尚、道士比赛，观众大饱眼福、耳福。实质上这等于是一场戏曲表演或音乐会。

布施饿鬼是头等大事。"焰口"原译"面燃"，是一类鬼名。这类鬼受刑，口中有火，不能饮食，故为饿鬼，只有在和尚行"法"做"法事"时，他们才能仗佛庇佑得食。撒钱对他们无用，那是给别的鬼的。饿鬼只求一饱。

到天快亮时才结束。和尚、道士下坛，到客厅中享受一顿丰盛的筵席，然后各自回庙。这时的出家人还不敢公然饮酒食肉，吃的还是素席，不过已经有"素鸡""素鱼"之类的菜了。菜形状像真的鸡鱼一般，大大违背他们的戒杀教义。没过几年，据说他们只是在"放焰口"和念经"超度"之前吃素，仪式表演一结束，酬劳的筵席就是大鱼大肉甚至有一壶一壶的酒了。

一切在变，婚丧习俗仪式也在变。大哥一死，结束了前一代，这一家的历史要另写了。

评曰：前文说过嫁娶婚礼，此回详写丧礼，不仅是留下旧痕，也是揭穿三千年祖先崇拜的男女有别传统。全书显示男女的不同处境。女子和男子明显各是一种人，各自守着不同的传统规范。为什么《论语》里孔子那么看重"三年之丧"以致和门人宰我争吵还在背后骂他？抛开"礼教"讲儒家，那是外国人用他们从宗教演变出来的哲学眼光看中国传统思想，不能说是不对，那是从他们的视点看，从中国人的视点看，那总是有点像是隔靴搔痒，盲人摸象，只知其一，不知其二。中国传统大变革，革的就是这个家。家就是男女有别，内外有别。中国的宗教思想来源是祖先崇拜。连外来佛教后来也讲传宗传代。这和基督教继承犹太教的《旧约》圣经有相似之处，而同用希腊语记的《新约》圣经的思想不大合拍。所以中国人比较容易懂摩西十诫而不容易懂耶稣的山上说教。由此看来，这一回书不仅是要结束一个家，也是点明一个传统的转折。可是这一变，妇女是出了"大前门"了，男的管不住她们，打骂卖是不合法了，然而祖先崇拜的旧礼已去，新礼未升，会是什么样子？没有礼，没有公认的行为规范思想，口说无私，实行的是唯我独尊无法无天，以自己的私为天下之公，那怎么体现"仁"和"智"？孔子在春秋时代已经叹息于"大道"之不行了。这个"道统"是怎么传下来的？三千年的家国史表明，礼有存在于表面的和流行于实际的两套。一是显，一是隐。一是言，一是行。虽然维持了三千年，其实是脆弱的。例如这个家，内部不是一个整体而是互相矛盾的。因此一旦炸裂就不可收拾。看起来好像是系于一个人的生死，实际上这个人只是代表传统势力的有功能有实体的权力符号。符号一失去作用，就"人亡政息"了。无论是老太爷，大老爷，不死还可以维持这个家的显的一面，他们一死，于是隐的一面现形，"三纲"颠倒了。然而传统社会这么简单地亡了吗？恐怕未必。不过是隐的变显，再想恢复旧的面目或面具很难了。旧的隐当作新的显不能维持多久。男女婚姻关系的变化足可证明。此书之所以可看，或说是有点意义，就在于此。书中所描述的仿佛是一个春秋时代又来了，然而孔圣人在哪里呢？家会变成什么样？全世界都尚无标本。

第二十九回

猢 狲 散

评曰：此回续前回写出结局。家主一亡，元老出来掌政，但不过是将隐藏在内的矛盾揭出来成为公开的分裂而已。这里所遵循的不是咒语一般的书本词句而是赤裸裸的现实即财产。

仍代拟回目如下：

离析分崩　一家如同一世界

烟云缭绕　好人难上好天堂

大哥出殡安葬。紧接着，大侄等人穿着"孝服"，由人引着，照"吊客"在门口签名的"吊簿"，晚间一家一家去"谢孝"，并散发帖子，上面一个大"谢"字，下面列名同讣文上一样。每七天一次晚间在门口"烧七"，烧纸钱、金银纸锭、纸马、纸箱柜等等，共七七四十九天。大侄女和侄女婿，过了必须女儿祭奠的"五七"，就都走了。三姐和三姐夫先走。二姐夫家根本没来人，也不知那边还有什么人。

　　丧事一了，全家陷入了分崩离析之中。

> "谢孝"，"烧七"，如密云不雨，等候着雷电齐来。

　　尽管大哥不在家里，但他还有遥控的作用。他是全家共同的希望，与每个人的前途都有密切的关系。他一死，家中人的无形联系像风雨中的蜘蛛网一样寸断了。失去共同的中心，怎么还能继续维持整体呢？

　　大嫂拿去丧事的全部账簿和剩下的零钱，除照旧经管家庭日常生活用度以外，不再同任何人打交道。因为是居丧，不出门也不打牌更不唱书了。大妈整天坐在桌边"过五关，斩六将"，算她的"酒、色、财、气"。大侄儿守孝，蹲在自己屋里，却并未断酒。大侄媳暗地里收拾东西。二嫂、三嫂掩不住内心的欢喜。一个不断吸烟，一个给小侄女唱儿歌。二哥和三哥在客厅里接触频繁。妈妈和艾姑娘在厨房里见面时相对流眼泪，不说话。小孩子没人管，公然拿了一部书回屋去看。这书是《红楼梦》。他只看了头一本，后面翻翻看，只知道情节，不能欣赏，又送回箱中了。

过了不多日子，从乡下老家来了两个人。一个是四叔，一个是大哥，他当过乡长，所以是乡长大哥。这是全族中目前地位最高的两个人。四叔到过江西跟随父亲，更常来往，亲切些。两人一瘦，一胖，一高，一矮，一个已入老年，一个还在中年。办丧事的期间，他们都来过。这次又来，显然是有人请他们来的。

他们一到就直接进堂屋，向"祖先神位""中堂"行礼，然后同大妈见礼，就在堂屋坐下。大妈的"酒、色、财、气"还未算完。幸而这回是在她自己的房里，牌摊在梳头桌上，没来得及收拾。

三哥听到招呼声音，立刻从房里出来见礼。没等客人礼毕坐好，就暗告小弟弟快去请二哥，并通知大嫂、大侄。

小弟弟先告诉大嫂。大嫂冷冷地坐着，抱着水烟袋，也不吸烟，也不说话，好像没听见一样，一动不动。去告诉二哥时，在门帘外面刚讲了一句，二哥一掀帘子，猛然钻出来，一头就往外跑。弟弟在大侄处，也是在门帘外讲了一句，就听到屋里大侄媳的声音："晓得了。就去的。要换换衣裳啊。四叔进来呀。"这回不叫"干老子"了，想来是因为大侄还在屋里。弟弟没进屋，又回前面。

大侄出来时，一身孝服，对来客跪下磕头。两客人只是站起来，也没还礼；都是老长辈，受"孝子"叩谢是完全应当的。随后，三哥先说，"请到厅屋去坐。"从此，厅屋里搭了两个床铺，两人都住下了，一住就是许多天。

大嫂没有出来见客，也许是因为新寡守孝不便。两位客人在厅屋略坐不久，就由穿孝服的大侄引着到后堂屋。

大哥的"神主"已入祖先神龛，但灵前摆设的供品和香烛还在，大嫂一直没让撤掉。神龛旁的墙上新挂起放大的大哥半身照片。大嫂已点起香烛，一身素服，站在那里。桌前拜垫也照旧未撤。

神龛即祖先牌位所在之小木结构如小型太庙，放在大哥大嫂处，继承名分早已定下了。由长房的长孙接班。

先是四叔对祖先磕了一个头，起身到大哥遗像前作了一揖。乡长大哥接着在两处都磕了头。他比大哥小，是弟弟，所以要磕头，而且可以见大嫂。大侄陪跪在旁边，礼毕，起来，向二人叩头道谢。然后大嫂也一一谢过，对四叔跪了一下，对乡长大哥只稍稍"裣衽"，并请两人就座。两人寒暄几句，无非是"真想不到，中年去世"之类安慰话。大嫂始终冰冷的，没有任何表情，一滴眼泪也没有。大侄在一旁站着。不久，两客人就走了。大侄送到客厅以后，告辞回屋换衣裳去了。

对这两位客人，除烟、茶外，顿顿酒饭招待，都是二哥、三哥作陪，有时大侄也参加，小弟弟却不许参加。过了没几天，二哥竟从附近大烟馆里端来了一副烟具和鸦片烟，请客人用。当然二哥、三哥也陪着吸两口。这是当时流行的最隆重的待客礼。鸦片烟是公开的，只是烟馆不挂招牌。城里、乡下都有吸的。往往招待客人的屋子里就有一张铺，一副烟具。来了客人就往床上一让，好像请吸水烟、纸烟，喝茶那样简单。

小孩子第一次见到这稀奇的东西。这是一个长方形的木鸦片烟公然登堂入室了。这是使这一家全盘瓦解再无生机的最后法宝。以下写吸烟艺术，表明中国化之深，似无动于衷，实欲哭无泪。吸毒之害不亚于赌博。旧巢倾覆由于这两项，正如清朝之亡也是由于鸦片烟和战争两者相加使腐者速败一样。

头盘子，里面放着一盏小油灯，有上面开口的玻璃罩子。烟枪是根粗竹管子，像短旱烟袋那样，不过烟葫芦不是在尽头而是安在尽头上面一点，只有一个小洞，没有装烟的烟锅。这叫作"烟斗"。全国驰名的名牌"斗"就出在本地，是一种暗紫色黏土烧成的。烟灯最著名的是山西太谷出产。还有根钢铁细"烟签"，据说名牌是"张记"，不知哪里出的。

盘子上还有一个磁罐子，小盖子掀开，里面是黑乎乎的"酱"，那便是熬好了的鸦片烟膏。吸法也很费事，要用烟签挑一点"酱"出来，在灯头上烤，嗤嗤响，冒烟，变大，还要在另一手的一个指头尖上滚滚压压；然后再烤，再滚压；最后趁热安在烟斗上的小口上，将烟签抽出来，留下一个通气小洞。这一套准备完了，再举起烟枪，让客人吸。这烧烟功夫很有考究，讲火候；弄得不好，一阵烟火起，烧起来了，鸦片成了一团灰，那就吸不成了。鸦片烟是从外国传来的，但是外国人"吃"烟简单，只有中国人发明了这样的吸烟艺术，吸一口烟有很多讲究，使人愿意躺在床上消磨生命。

二哥、三哥、大侄这时都还不大会摆弄这东西。四叔、乡长在乡下吸过，还勉强知道吸的程序，但是烧烟技术也不行。喝酒、吃饭、睡眠以外，几个人轮流躺在烟床上玩弄这个新鲜东西。烟盘放在中间，两边只能躺两个人，轮流把烟枪举起将"烟泡"对着灯火，吸进烧起的烟气。他们每次吸得不多，一天吸不了几口，所以暂时还未上瘾。

这一笔招待费总还是大嫂拿出来的。不多几天，就看见她吩咐张祥从后面仓库里扛粮食出去卖，将食物换成毒品。

这时北方的"直皖战争"正在进行。直系、皖系、奉系三派军阀、政客在明争暗斗。在这以前几个月，苏维埃俄国政府宣布废除帝俄对中国的所有不平等条约，放弃一切在华特权。这些事，这里全不知道。

点出军阀混战与俄国革命，这正是世纪初期的大事。

小孩子并不知道，这是他们母子二人一生命运的决定时刻，这两位客人就是主宰他们命运之神。不过妈妈还是知道的。她常常流眼泪，有时去找大嫂，回屋来就哭，好像自言自语地说："我不肯，偏要我去，说是利钱大，不多久就翻一番。日也讲，夜也讲，几个钱交给她了，赖账了！说是'亏不了你，尽管放心'。钱在哪里呀？孩子这么小，拿什么过日子呀？"孩子在面前听着，回答不出。有一次，她忍不住了，告诉孩子："要分家了。都要自己过日子了。去到厅屋同四叔说，同那个乡长说，莫忘了还有我们母子二人呢。有没有我们一份呀？哎！好人没好报，坏人上天堂，到哪里去讲理呀？一个一个一撒手走了，不管了。死的活的都是……"她骂不出口。孩子见了客人也不敢传妈妈的话，只是站在厅屋门边，也不说话，也不走。客人和主人本来讲话很起劲，见他去了，互相望望，都不说话了，躺着的尽在玩弄烟泡。小孩子站了半天，屋里冷静了半天。最后还是三哥先讲话。他和别人一样，完全明白小弟弟忽然自己去厅屋，不说话也不走，是有人指使的。

有的人连知道有关自己切身利害的信息的权利也没有，更不必说有一丝一毫发言的权利或权力了。权利和权力常混淆，因为都只对少数人存在。

"告诉你妈妈,放心,忘不了你们。"

小孩子心里一阵奇怪:"他怎么知道妈妈的话呢?我也没说呀。"回屋去告诉妈妈,妈妈说:"讲得好听,能算数吗?"可是她又有什么办法呢?连大妈也只能用骨牌算命,连大嫂也只能在屋里"守孝"呀。女的确是"不中用"。

有一天,两位客人来到堂屋见大妈。妈妈在屋里听着,又叫小孩子去到堂屋门口站着。果然,他一出来,客人又支支吾吾不说话了。大妈也把眼望着小孩子,不作声。这尴尬场面过了好半晌。

"你念书念得好,这知道。现在念什么书?"到底是四叔年纪大,先开口问孩子。

"《诗经》。"

"长得不错,文质彬彬的。"乡长也插上一句。

妈妈忽然自己出来了,出乎大家意料。她和客人招呼两句后,就说:"我们母子两人将来怎么样,就看你们了。总不能叫我们饿死吧?凭……"

她的"良心"二字没说出口就呜呜咽咽哭起来。

两位客人同声说:"放心!放心!不会亏待你们的。"

妈妈一把拉住孩子,不打招呼就往自己屋里走。回屋坐下,抱起孩子,也不哭了。

"全都一样。听天由命。没有一个人靠得住。"她好像恍然大悟了。命运掌握在别人手里,讲什么也没用。

不料忽然听见大嫂的声音。虽然中

"忘不了你们",可是怎么处置呢?留下话不说出口。不会忘记,不一定是好事。可记恩也可记仇。恩仇还可以互换。

好一个"听天由命"。什么天?什么命?不听,不由,又能怎样?

间隔了大妈的一间屋，但门是通连的，中间空着没人，隔着门帘，还是听得见堂屋里的讲话，只是不清楚。

听到大嫂带气说话的声音，过一会儿又好像带点哭声，随后又是愤愤之声，好半天只是她一个人讲话。两个客人好像哑巴。二哥、三哥、大侄一个也没出头，都不知哪里去了。三嫂大概也是躲在屋里听着。她离得近，听得清，很快就会报告三哥。可是她是乡下来的，来得不久，对家里事不清楚，也未必听得明白，听了也不见得讲得清楚。

四叔讲了话，话不多，随后又是大嫂的声音。直到这时，大妈和乡长大哥还没有发言，也许说一句两句的，没听见。

"听，讲你了。"妈妈说。她只关心孩子，别的听不见，提到"小老四"，她就听出来。

又听到大嫂的声音说："一份，好，我也一份。"

"一份什么呀？给你呀？"妈妈轻轻对孩子说。

口头恩惠谁都会说。

堂屋里的谈话延长很久，多半是大嫂的发言，仍然是慢腾腾的，一句是一句。大妈的话很少。乡长大哥也讲过一段话，随即被大嫂的话接下去，显然带着怒气。此后乡长大哥再不发言了。妈妈却知道这件事。以后她对孩子说过："你伯伯捐过二百两银子修祠堂，修家谱，如今两样都没有影子，钱也不知哪里去了。这个乡长还有脸讲话？他推说别人经手，他是死人吗？"原来乡长虽有地位却在我们家没有很大发言权，就是由于这个缘故。

末了还是四叔讲了一段话收场。听来这次会议中仍旧是大嫂当主角，不知拿出了什么分家方案和四叔他们的对抗。不过妈妈断断续续听到一点，对孩子说："总还有我们一份，可还得靠别人。落到什么人手里也靠不住。只盼你赶快长大。唉，这个鬼地方啊！真不是人住的。"不知她说的是这个县城还是这个家。小孩子这时还不懂什么叫"分家"。他看了那么多书，只懂人家的事，不懂自己的事。

这次会议之后，二哥、三哥、大侄在厅屋和客人吸烟、喝茶、吃饭、谈话，一直没有分开。到晚上，大侄先回房，也没去大嫂屋里禀报。二哥、三哥还接着谈到深夜。看来鸦片烟真能提精神啊，都不瞌睡了。

这样折腾了一个月左右，也不知卖了多少粮食，花了多少招待费，终于大事定下来了。

<hr />

招待费的开销中第一项应当是鸦片烟，引人上瘾，后患无穷，但怕不会登账。

<hr />

小孩子看到四叔在厅屋中间桌子上写字。一张一张的大纸，写得密密麻麻的，只是每张后面都空着一片。

最后是全家主要人物齐集厅屋。一张方桌放在中间，上面有写了字的四大张纸。大妈坐在条桌旁的太师椅上。另一边的太师椅上大嫂毫不客气地坐着。乡长大哥和四叔坐在中间桌旁。四叔戴着老花眼镜。二哥、三哥、大侄都坐在下面。小孩子被叫去，让他坐在门边凳子上。写着孔夫子神位的那张红纸还高高贴在正面墙中间，好像也当证明人。

四叔见人已到齐，便开口说明这么多天商谈的结果，说："天下无不散的筵席，有聚有散，都是骨肉至亲，还是一家人。"几句话过后就是念"分家单"。一式四份，四房各执一份。来的这两位本族尊长是主持人和见证人，大概也叫"中人"。

四叔先叫乡长大哥念一份，他自己看着另一份。念完了，四叔又作说明，问大家还有什么话说。谁也不说话。小孩子没全听懂，毋宁说全没听懂。四叔解释时，他才明白。名义上，他得了半块田地和半所老房子，是同三哥合得整的；事实上，他什么也没得到。妈妈还得侍候大妈。三哥管他上学。大侄和二哥各得一块地，合得这所大房子。二哥不要房，大嫂给他折价一千元，他给小弟弟作为读书费。大嫂也给小弟弟一千元作为结婚费。这两千元都归大嫂出，却没有时间限制，从此无下文，只是一句话。三哥什么也不出，光管教育弟弟。这母子两人实际是附属品，自己什么也没有，不能独立。祖坟的地归长孙和长重孙。父亲的坟地归大妈，由三哥奉养。很明显，这是大嫂的方案。这一切新产业都是大哥置下的呀。二哥只得到一块地。三哥得一块地和一所老宅子。小孩子得了个名义，算是一房。大嫂是异姓来的，大侄另有自己打算，让了一点步，给二哥一个好看的面子，给小弟弟两张不兑现的空头支票，给三哥一所百年老宅加上一对寡妇和一个小孩子。

至于动产，现钱在办丧事和分家招待上差不多花完了，所余无几，大嫂拿出来，大家也不分了。粮食剩不多少，分成三份。分开起火，大厨房当然归大房。家具、书籍，在谁屋里归谁，也不搬动，不另分，前院归三房，后院归大房，二房只有自己房里的东西。客厅的属长房。仆人也由长房包下。

大嫂拿出房地契来时，大家看到，

分产契约对小孩子来说不过是一纸空文，无法兑现。小孩子在纸上有名而无利。

细写分家，不仅结束这一家，而且说明小孩子母子从此只是吃饭有依有靠而身无分文听人摆布。覆巢之下岂有完卵？幸亏卵已成雏，又赶上一场大变革之初，才能活到世纪之末留下此痕。只怕这痕迹也是残存不久的。

原来契上户主并不是人名而是"堂"名，以便一代代传下去。"敦义堂"，名称多好听啊！"义"在哪里呢？

评曰：本回不过是前回之续，没有什么可再评说的。不过族中首长即元老的出现确实是从周公辅成王当摄政王以来的重要传统。帝王之家，辅佐往往名为大臣实是太监或太后，这里面有无穷的历史线索，丰富的复杂变化，绝非外国的教会与王权之争可比。因此，单用外国人的史法探索中国历史不易见全貌及核心内容，需要中外兼用。评者只是读此闲书，随意即兴发一点言，与研究和作论文无干，没有议论大问题的义务和责任。有什么问题，看官们自己会评说，又何劳评者多嘴？

第三十回

尾 声

评曰：这一回是"尾声"，也可以说是另一部书的"序曲"。这旧巢已只剩下痕迹了。新巢怎么样？是无巢之巢，或者是从无巢到有巢。本书作者无能为力了。等新的有巢氏出来续写吧。也许从此没有名副其实的巢了。因为男女有别，有尊卑上下，有"家主"的家破灭了。能不能出现新的家？新家是什么样子？至少是现在还不知道。评者只有这样代拟最后的回目了。

聚散兴衰　难言家国事

存亡成败　自有后来人

"傻子啊！浑人啊！被人赶出来了。房子也没有，钱也没有，光光的老远的一块地，谁也没见过。两个女孩子，往后怎么活啊！讲得好听，不靠人，靠自己。他一搬家，一拍屁股走了，我怎么办呀？他说对得起你，他对得起我吗？他给了你什么呀？还不是一句空话，白白便宜别人。"这是事后二嫂对小弟弟讲的话。

果然，她搬出去，租房子住。二哥走了。过几年，说是二嫂病了，疯了。二哥回来，小弟弟去，二哥还请他喝酒。二嫂躺在床上，一点也不疯。二哥出去打酒买菜时，她对弟弟哭诉："不知哪里找来一个道士，到我屋里捉妖，叫我伸出舌头看。我只当是医生，一伸舌头，他从背后拔出宝剑，用剑尖在我舌尖上猛扎一下。我连忙躲也没来得及。幸好，剑尖不快，扎得不深。混账东西走了。浑人还问我疼不疼。我气极了，说'不疼'。他就以为拿着妖怪了，还去谢道士。怎么不疼呀？疼了我两天。你看我有病吗？我的病就是你二哥。我活不长了。你长大了，记得你二嫂吗？记得你苦命的二嫂吗？你这两个苦命的侄女儿怎么活呢？"二嫂哭了。这时她又有一个女儿了。大、小两个侄女儿正在院子里玩。又几年后，小弟弟离开本城，再没有见到二嫂。再回到城里来时，才知道二嫂已经去世了。

"浑人"，是二嫂说二哥，也是说这一家人。勾心斗角，究竟谁得到便宜？

"二瞎子冤，把一所房子白白送掉。赌什么气呀！什么两千块钱！能还我的两百块钱就谢天谢地了。以后只有看你三哥了。我们很快就搬回老房子去。三哥去教书，你跟他去上学。千万莫得罪他。再得罪了他，我们就没命了。天保佑你没灾没病快长大。"这是分家后妈妈对孩子说的。从此她就叫二哥作"二瞎子"了。不仅因为他是高度近视吧？

"浑人"成为"二瞎子"，闭眼不看前途只顾脚下之谓也。

分家后没过多久，大侄带着大侄媳和小侄孙去湖北老岳丈家了。

一家人分作几处。搬家时，小孩子去见张祥。

"我也快走了。还想等把你送上学。"张祥的干瘪眼中流下一滴泪。

以老仆人与小孩子对话作结，意味深长。老的交班了。点出一九二〇年，这又意味着什么？不说大家也都知道，正是"一大事因缘"的前夕也。

小孩子知道他是孤身一人，问他到哪里去。

"回乡下去。找我哥哥去。我打听了，他还在。"他说。

停了停，他又说："这一家人算完了。我出来跟你大哥一二十年，没想到他一死，一家子就落到这样。以后就看你小老四了。只怕我看不到了。你将来还记得我吗？"

"记得的。"小孩子说。可是将来的事实证明，这个小孩子并不能适应中国社会大变革的时代，终于是"没出息"。张祥的希望落空了。

这是一九二〇年。

正是：树倒猢狲散，月明乌鹊飞。

评曰：评到尾声，无可评矣。写书已是多事，再加上评语更是赘疣。本应开刀割去，不料竟已评到书尾，那还说什么？只好借用古人的现成话作结了：

佛云：不可说，不可说。

子曰：如之何，如之何。

图书在版编目（ＣＩＰ）数据

旧巢痕：评点本 / 拙庵居士著；八公山人评 . --
北京：北京联合出版公司 , 2020.4
ISBN 978-7-5596-3973-8

Ⅰ . ①旧… Ⅱ . ①拙… ②八… Ⅲ . ①长篇小说—中
国—现代 Ⅳ . ① I246.5

中国版本图书馆 CIP 数据核字 (2020) 第 026195 号

旧 巢 痕

作者：拙庵居士
评点：八公山人

责任编辑：龚　将 夏应鹏
特约编辑：王春霞
书籍设计：鲁明静

北京联合出版公司出版
（北京市西城区德外大街 83 号楼 9 层 . 100088）
北京联合天畅文化传播公司发行
北京美图印务有限公司印刷
新华书店经销
字数 230 千字 710 毫米 × 1000 毫米 1/16 21.5 印张

2020 年 4 月第 1 版　2020 年 4 月第 1 次印刷
ISBN 978-7-5596-3973-8
定价：56.00 元